JN318805

新潮文庫

晴天の迷いクジラ

窪　美澄著

新潮社版

9988

目　次

晴天の迷いクジラ

I．ソラナックスルボックス

1

築三十年以上は経《た》っている古ぼけたこのアパートを田宮由人《ゆうと》が気に入ったのは、二階の部屋のベランダから飛び込めるほどの近さに釣り堀が見えたからだ。

釣り堀といっても、鯉《こい》や鮒《ふな》が釣れる大きめの四角い池が二つと、金魚用の小さめの丸い池が一つあるだけの、あまりにもこぢんまりとした都会の釣り堀だ。大きめの池の中央には水を循環させるためのポンプが設置されているらしく、夜中でもざばざばざばと、水が動く音が聞こえる。引っ越した当初はその音が耳について、なかなか眠りにつくことができなかった。

けれど日が経つにつれ、シャワーを浴びるためだけに会社からこの部屋に戻った夜《よ》更《ふ》け、くらやみのなかの誰もいない池を見ながら、水の動く音を聞いていると、ひと叩《たた》きした音叉《おんさ》のふるえがおさまるように、とげとげした気持ちが不思議に落ち着いてくるのを感じていた。たとえそれが泥水の大きな水たまりであっても、水のそばに住むことは、由人の精神状態にいくらかの安定をもたらしたのだった。

ただひとつの難点は、雨が激しく降った日、池の中からずるずるとたくさんのカエルが這《は》い出して、池のまわりを徘徊《はいかい》することだった。

由人がこのアパートに引っ越してすぐ、いつものように真夜中に仕事を終え、部屋に帰る途中のこと。暗い道の真ん中に転がっている大きめの石を何気なくつま先でついたとき、その石、のようなものが突然こちらに飛びかかってきた。あわてた由人が傘を放り出して濡《ぬ》れた地面に尻餅《しりもち》をついたその瞬間、おしりの下でいやな音がした。

そのときのおしりの感触を思い出すと、今でも腕にぷつぷつと鳥肌がたつ。

おしりの下を見ないようにして、その場でコートを脱ぎ捨て、グルグル巻きにした。自宅に戻ってから、玄関のくらやみでおそるおそるコートを広げたものの、一目見ただけですっぱいものが口の中にこみ上げてきた。由人がもらっている給料からすれば分不相応のステンカラーコートを、翌日のゴミの日に泣く泣く捨てた。

あけそうであけない梅雨の日曜日。午前〇時。

由人は、部屋の電気をつけずにふらふらと立ち上がり、窓を開けて釣り堀を見た。

もちろん、釣り堀には誰もいない。目を細めると、細かい雨が池の水面に小さな棘《とげ》を作っているのが見えた。振り返ると、くらやみのなかで携帯が光っている。会社の先輩である溝口から来たメールだった。

「野乃花《ののか》ちゃん行方不明。連絡つかない」

光る画面のなかの短い文面を三回繰り返して読み、携帯をベッドに放り投げてから、由人もベッドの上に体を投げ出した。

あお向けになって、安っぽい白い壁紙を貼《は》っただけの天井を見ていると、最後に見たミカの顔や、もうこの世にはいない祖母の顔がぼんやりと浮かんでくる。

明るさの欠片《かけら》もない、いやな気分がまた、じくじくと自分の体から沁《し》みだして、この狭い部屋いっぱいに広がっていくような気がした。由人は床に散らばっていた薬を二粒つまみ、マグカップに入っていた水でのみこんだ。けれど、マグカップのなかの液体は水ではなく、夕方からのみはじめたワインだった。医師からも溝口からも、薬をアルコールで飲んではいけない、と言われていたけれど、かまうもんか、と思った。ソラナックスとルボックス。池の水の音とともに、その二つの錠剤が由人の心を支えていた。

「来年は由人にとってショッキングな出来事がいろいろ起こるんだって。だけど、最終的にはぜんぜんまったく大丈夫なの」

どんな理由があって、その技術を身につけようと思ったのか、いつの間にか星占いのできるようになっていたミカが、毛布の上にノートパソコンを載せ、由人のホロスコープを見ながら、ベッドの中でそう告げたのは去年の十二月、最後の日曜日のことだった。

「由人はその体験を糧《かて》にして、ひとまわり大きく成長していくんだって。良かったねえ」

ノートパソコンを閉じて、ベッドのわきのチェストに置いたミカは、裸の胸に由人をかき抱いて、頭を撫《な》でながら言った。

どんなことが起こったって。

由人はミカの胸に顔を埋《うず》めながら思った。どんなことが起こってもミカさえいれば大丈夫、と。由人がミカの体から発するメロンのような甘い匂《にお》いを嗅《か》ぎながら、やわらかで色素の薄い乳頭を軽く嚙《か》むと、ミカが甘い声をあげた。

とはいえ、ミカの予言どおり、確かに今年は由人にとって、いつものようなのんべんだらりとした平坦《へいたん》な一年ではないようだった。

年明け早々、祖母が亡《な》くなった。

三人兄妹《きょうだい》のなかで、勉強が得意な兄と、運動が得意な妹の間で、何をやってもいまひとつぱっとしない由人を、いちばん可愛《かわい》がってくれた祖母だった。最後は由人の名前も、顔もわからないほど呆《ぼ》けていたが、祖母の入院していた病院に駆けつけると、一瞬だけ記憶が戻ったのか、枯れ枝のような手で由人の手を握り、「由ちゃん。氷、そんなあわてて食うと、腹こわすぞ」と言いながら、もう片方の手を伸ばして由人のおなかのあたりを撫でようとした。

仕事が最高潮に忙しい時期だったので、社長や先輩に嫌みを言われながら休みをもらい、祖母の葬式に出た。生まれて初めて体験した通夜《つや》から告別式までのフルコースを終え、疲れと哀《かな》しさと緊張と、胸のあたりを大砲で吹き飛ばされたような喪失感を抱えたまま、まっすぐ自分のアパートに帰る気にはなれなかった。

喪服を着たまま、由人はミカのマンションに向かった。

携帯のバッテリーが切れていたので、ミカに連絡はしなかった。午前〇時近く、輸入物の子ども服や雑貨の店で働くミカはとうに家に帰っているはず、と由人は思った。近くのコンビニエンスストアでミカの好きなロールケーキと、自分のために缶ビールを二缶買い、もしかしたらもうなくなっていたかも、と、念のためにコンドームも買って店を出た。

合い鍵《かぎ》を渡してくれたものの、緊急のとき以外、勝手に部屋には入らないでほしい、とミカに言われていた。その申し出に異議を唱えたことは一度もなかったけれど、今日はどうしてもミカの顔を見たかった。玄関のドアを開けると、玄関にも廊下にも電気がついていなかった。まだ、仕事中なのか、と思いながら部屋に上がり、リビングの照明をつけないままキッチンに向かい、買ってきたビールとロールケーキを冷蔵庫の中に入れようとすると、リビングに隣り合った寝室のほうから、かすかに音がした。耳をすますと、布がこすれるような音の合間に子猫のような声が聞こえた。聞き慣れたその声に、鼓動が速くなる。目の前の引き戸を開けたらどんな光景が自分の目に飛び込んで来るのか、もうわかっていた。けれど、寝室のほうに近づいていく自分の足も、引き戸を開ける自分の手も、由人には止めることができなかった。

ごくりと唾《つば》を飲みこむと、予想外に大きな音がした。音を立てないようにそっと引き戸を開けると、くらやみの中でミカの白い背中が由人の目に飛びこんできた。

リズミカルに揺れるミカの背中で、肩甲骨《けんこうこつ》あたりまで伸びた髪の毛が揺れている。ミカとミカの下にいる男は、どういうわけだか、それぞれにイヤフォンを装着していて、由人が引き戸を開けた音に気づいてはいないようだった。ベッドの上に、二つの

MP3プレイヤーが投げ出されていて、それぞれのイヤフォンからそれぞれ異なる音が漏れてきた。

つながりあった一点の快感を味わうかのように、ミカも男も瞼《まぶた》を硬く閉じていた。桃のような尻を後ろにぐっと突き出すと、ミカの声がいっそう大きくなる。由人は知っている。ミカのなかの、あるポイントに男の尖《とが》ったものがより強く当たるように、ミカが角度を変えたことを。

その体勢になったら、もうすぐなんだ、と由人は思った。

いっちゃういっちゃういっちゃう。

ミカが天井を見上げて声をあげた。

ふいに由人の目の前の風景がぐらぐらと歪《ゆが》み始めて、鼻の奥が熱くなった。コンドームの入ったビニール袋が由人の手からすべり落ちて、フローリングの床の上に落ちた。ピークに達したミカは男の体の上に崩れ落ちるように倒れると、腰を上げて、自分の体から男の性器をずるりと抜き取った。イヤフォンを乱暴に外したミカが驚いた顔をして、ゆっくり後ろを振り返る。立ちつくしたままの由人の口から嗚咽《おえつ》が漏れた。

ミカの下で荒い呼吸をくり返している男は、まだイヤフォンをしたまま目を閉じている。ミカは何も言わずに由人の顔を見つめていた。

「なんで」

やっとの思いで言葉を発した由人を、ミカは相変わらず表情のない顔で見つめている。ミカが浮気をしているかもしれない、という疑いは、それまでに何度も由人の心に浮かび上がった。だけど、信じたくなかった。信じたくない光景が今、目の前にごろんと存在していた。現場をおさえられたミカの顔は由人を憐《あわ》れんでいるようにも見えるし、心底バカにしているようにも見えた。どっちにしろ、それは由人が今まで一度も見たことのないミカの表情だった。

あの日以降、由人は忙しい仕事の合間を縫って、何度もミカの携帯に電話をし、メールを送った。

返事はなかった。この前と同じような光景を目にするのでは、と、どきどきしながら、合い鍵を使ってミカの部屋に入り、帰りを待っていたこともあった。キッチンの丸椅子《まるいす》に座ったまま、背中を丸めて、缶コーヒーをすすっていたけれど、夜明けになってもミカは帰ってこなかった。

どうにも納得がいかなくて、仕事の合間、自転車に乗ってミカのマンションに行き、ミカが帰ってくるのをマンションの玄関で待ち伏せた。玄関のオートロックを開けようとしたミカの前に由人が突然姿を現すと、ミカはひどくおびえた顔で由人の顔を見上げた。

「頼む。こんなんじゃ納得いかないから。理由だけ聞かせて」

　ミカの細い腕をつかんで、そう言うと、しばらく黙っていたミカが由人の腕を振り払って、手のひらをさしだした。

「じゃあ、まず、合い鍵を返して。あたしの居ない間に部屋に入ったよね。缶コーヒーの空き缶おいたままで。そういうの、やめてほしい」

　しばらくミカを見つめていた由人は、コートのポケットからキーホルダーを取り出した。キーホルダーには、赤いフェルトでできたハートがついていた。これ、おもしろいでしょ、とミカが自分の働く雑貨店で売っている商品を由人にプレゼントしてくれたものだった。ハートの真ん中を押すと、ちゅううううっとわざとらしいキスの音が聞こえて、子どもの声でアイラブユーと叫ぶ。仕事が忙しくてミカに会えないとき、由人は会社のトイレでこのキーホルダーを押した。それを聞いてにやにやしている自分ってなんて気持ちが悪いんだろう、と思いながらも。

　指の先が細かく震えて、由人は鍵を外すのにひどく手間取った。由人の手元を、ミカは何も言わずに見つめていた。時間をかけて外したひとつの鍵を、由人はミカの手のひらに載せた。ミカはその鍵に視線を投げることもなく、そのままジャケットのポケットに入れた。

「りっ、理由、教えて」

由人の声が震えていた。そう問いかけたものの、由人はミカの顔を見ることができずに、ミカの見慣れた黒いバレエシューズのつま先を見つめていた。

「……だって、由人、仕事が忙しいし、ぜんぜん会えないじゃん。たまに会っても疲れて寝てばっかだし」

「だけど、俺たち、けんかをしたわけじゃないじゃない。今まで仲良くやってきたよね。……仕事忙しいけど、がんばって、もっとまめに会えるようにするから」

由人がしぼりだすように声を出すと、玄関に入ってきたサラリーマン風の若い男が、ミカと由人を交互にじろじろと見つめた。オートロックのドアの向こうに消えていく男の背中を確認してから、由人がいきなり床に手をつき、土下座をした。

「僕が悪かったならあやまる。だからお願い。浮気なら許すから」

顔を上げてそう言うと、ミカが手に持っていた郵便物をいきなり由人の顔に投げつけた。分厚いカタログか何かが入っているのか、ビニールでできた封筒の角が由人の頬に当たり、べたん、という音を立ててイミテーションの大理石の床の上に落ちた。

「許す、ってなに。最近の由人って、そうやってなんでえらそうに、あたしに上から物を言う感じなの。由人が悪いに決まってるじゃん。仕事、仕事って、あたしのこと、いっつも一人にして放っておいて。寂しいってあたしが夜中に電話したときだって」

そう言いながら、突然ミカの声が震え、涙声になった。

「あたしのことなんて知ろうともしないよね……聞きもしないよね」

ミカがもう一度、オートロックのドアを開けるために、鍵を差し込んだ。泣いているせいなのか、なかなかうまく鍵穴に刺さらず、がちゃがちゃと耳障《みみざわ》りな音がした。

「えらそうなのがむかつくの。デザイナーとか言っちゃって、東京の人みたいな顔しないで。由人なんか田舎の人じゃん」言葉が終わらないうちに、由人のほうを見ずにやっと開いたドアの向こうにミカが歩いて行った。ドアが閉まる瞬間に、ミカが一度だけ振り返り、由人の顔を見た。

「それに、今度は浮気じゃないからね」

こんな状況なのに、目と鼻を真っ赤にして由人をにらみつけたミカの顔を、由人はかわいい、と思ってしまった。そんな自分を由人は恥じた。そして、そのミカの表情は由人の大脳新皮質のどこかに保存された。

「まーた、ぜーぜーしているのよねぇ。吸入させないとだめかしらねぇ」

2

乾いた冷たい風がこの盆地を吹き抜ける季節になると、由人の二歳上の兄は必ず、喘息《ぜんそく》の発作を起こす。由人と二歳下の妹が、父や祖母とともに朝食を食べているときも、母親は甘い声を出しながら、台所と兄の部屋を往復した。

そんな母の背中を見上げながら、由人はゼッケンと体操着を手にしたまま追いかけた。突然、振り返った母が、由人と、由人が手にしているものを見て、いらだった声で言った。

「もう！　昨日のうちになんで出さないの。今、忙しいから、ちょっと待ってて！」

そう言うと、由人の手から体操着とゼッケンを乱暴に奪い、台所のテーブルの端に放り投げた。

スリッパを履いてパタパタと兄の部屋のほうへ歩いていく母親を、父親が一度だけちらりと見た。由人の家は、父親の方針で、食事中にテレビをつけることはできなかったから、台所に隣り合った食堂には、祖母が漬け物をかじる音と、父親が新聞をめくる音だけが、やたらに大きく響いた。妹がごちそうさま、と手を合わせて大きな声で言い、使った食器を流しに置きに行った。

あと五分以内に家を出ないと遅刻だ、どうしよう、と由人ははらはらした。小学三年生の由人はまだ、裁縫ができない。廊下の先にある兄の部屋から、母が戻ってくる気配もない。

「貸してみ由人」

老眼鏡をかけたせいで、目がいちだんと大きくなった祖母が、クッキーの空き缶を利用した裁縫箱を開けていた。糸を通した針を二、三度、白髪の中に通すと、すいすいと針を泳がせてゼッケンを縫いつけていった。祖母の険しい横顔が気になって、

「ごめんね」と由人が言うと、

「何であやまんだこの子は」と、目を細めてやさしく笑った。その笑顔につられて由人も笑い返してはみたけれど、また、自分が祖母と母の諍《いさか》いの種を蒔《ま》いてしまったようで、体操着をランドセルにしまいながら、少しだけゆううつな気持ちになった。

兄は幼いころから、喘息の発作だけでなく、しばしば高熱を出した。熱で弱ってぐったりした兄の世話をする元・看護婦の母親は、いつもよりなんだかうきうきしているように、由人の目に映った。

兄が欲しがるから、と、母親は、由人や妹がめったに口にすることのできないハー

ゲンダッツのアイスクリームを臥《ふ》せっている兄に献上した。冷蔵庫の冷凍室には、兄が発熱したときのために、さまざまな味のハーゲンダッツがその出番を待っていた。

　由人が小学四年生のとき、冷凍室のクッキー&クリームのハーゲンダッツをジャンパーの下に隠して持ち出し、自分の部屋の隅で隠れるようにして食べた。冷凍室に長く入れていたせいなのか、スプーンがなかなか刺さらなかった。スプーンを拳《こぶし》で握り、表面をこそげ落とすようにして、アイスクリームをスプーンの上に載せた。由人がいつも食べている水色のソーダアイスとは違って、濃い牛乳の味がした。

　なぜだか子どものころから由人はおいしいものを食べると、足の親指を動かすくせがあった。一口食べては足の親指を動かし、目をつぶって舌の上で溶けていくその濃い乳脂肪分を味わった。

　ふいに由人の部屋の中に入ってきた兄が、「あーーーアイスどろぼうーーー」と大きな声を出した。兄の声に驚いた由人の手から、アイスのカップが畳の上に転がり落ちていった。

　母親は「これは子どもたちが熱を出した時の特別なもの」と、由人に懇々と説教をした。

「由人が熱を出したときには必ず食べさせてあげるから」と言ったけれど、由人は四年に一回ほどしか熱を出さないあまりに健康すぎる子どもだった。

母親に叱《しか》られている由人を眉間《みけん》にしわを寄せて見ていた祖母は、翌日、隣町のショッピングセンターに由人一人を連れていき、側面にスイカやオレンジや白玉が飾り付けられ、舌が青く染まるシロップがたっぷりかかったかき氷を食べさせてくれた。

何度も祖母が「うまかんべ？」と聞くので、そのたびに由人は深くうなずいた。確かにおいしいけれど、気持ちは複雑だった。かき氷を食べたことを、母や兄や妹に黙っていなければいけないし、本当の気持ちを言えば、由人が食べたかったのは、由人の頭の大きさほどあるこのかき氷ではなくて、あの小さなカップに入った濃い牛乳の味のするハーゲンダッツのアイスクリームだった。けれど、テーブルの向こうでにこにこと由人を見ている祖母に、自分の本当の気持ちは言えない。そう思うと、生まれつき口数の少ない由人の口は、ますます重くなるのだった。きーんとするこめかみの痛みをこらえながら、由人は氷を無理してほおばった。テーブルの向こうから腕を伸ばして由人の口もとをハンカチでぬぐい、祖母が微笑《ほほえ》みながら言った。

「由ちゃん。氷、そんなあわてて食うと、腹こわすぞ」

二十四年前、田宮由人は北関東の農家の次男として生まれた。

由人が自分の両親からいちばん強く受け継いだものは、父親の寡黙《かもく》さ、かもしれなかった。うれしい、とか、かなしい、とか、さびしい、とか、父親は自分の感情を表現することはめったになく、いつも何かに耐えているように口を真一文字に結んで、先祖代々受け継いだ田畑や土地を増やしもせず、減らすこともなく、ただ守っていくことに心血を注いでいた。

由人の母親と父親が出会ったのは、母親が勤務していた外科病院だった。

由人の父親が三十二歳のとき、コンバインのエンジンを止めないまま、からまった稲わらを取り除こうとして、右手の中指が回転部に巻き込まれた。どんなときでも注意深く農作業を行う由人の父親が、その日に限ってぼんやりしていたのは、半月前に脳内出血で突然亡《な》くなった自分の父親のことを考えていたせいかもしれなかった。

指先をきつく巻いたタオルが、みるみるうちに赤く染まっていく。この傷を見せたら自分の母親はひどく心配するはず、と考えた父親は自宅には戻らず、畑のそばに横倒しになっていた、誰のものかわからない古びた自転車をこいで、病院に向かった。「コンバインで、ケガして」と、由人の父親が病院の受付で、赤いタオルを開いて見せると、受付にいた年配の女性が、ひっと声をあげた。由人の父親もそのとき、自分の指先の傷を初めて確かめた。右手の中指の第一関節あたりに白いものが見えた。それが骨だとわかった瞬間、急に目の前が暗くなり、由人の父親はその場にしゃがみこんだ。

「田宮さん」と、由人の父親が自分の名前を呼ぶ声で目を開けると、頬いっぱい無数のそばかすのある、まるで女子中学生のような看護婦が、自分の顔を見つめていた。

「これから手術しますね。もう麻酔効いてますからね」

早口でそう言うと、看護婦が額の汗をぬぐってくれた。

ベッドに寝かされた自分の右腕は細長い処置台に伸びていて、その上にかがみ込むようにして、年配の男性医師が傷を縫い合わせていた。麻酔が効いているはずなのに、なぜだかずきずきと痛む。医師免許を持ってない、と噂《うわさ》になるほどのヤブ医者に手術されている自分の中指がどうなってしまうのか、ひどく心配になった。

奥歯を噛《か》みしめて痛みをこらえると、目じりから涙が流れた。耐えきれず、思わずつかんでしまったのは、看護婦の細い左腕だった。由人の父親の土で汚れた左手の上に、白くて小さな手を重ねて、看護婦がくすりと笑った。

「我慢しないで。痛いときは痛いって言っていいんですよ」その顔を見て、由人の父親はすぐさま恋に落ちた。

入院する必要はなかったが、消毒や包帯交換のために、由人の父親は週に二、三回のペースでその病院に通った。

「来週もう一回見せてくれたら、もうだいじょうぶだから」

けがをしてから二カ月後に、ギザギザの傷跡を見て、医師が言った。診療最後の日、由人の父親は母親に、シクラメンの小さな鉢植えをぐいっと押しつけて病院を駆けだした。

「なんだろ、これ」

うなだれたように咲く薄桃色のシクラメンの花を見て、由人の母親は首をかしげた。

「顔がぜんぜんタイプじゃないし、何を考えているんだかわからない人は嫌い」

結婚をしぶっていた由人の母親に、「あの家も土地もいずれおめえのもんになんべから」と時間をかけて説得したのは、由人の父親の叔父だった。同い年の友人たちは全員所帯を持ち、見合いをしても、いかつい顔でにこりとも笑わないせいで断られ続ける由人の父親を見て、不憫《ふびん》に思った叔父は、何としてでも結婚をさせてやりたいと思っていた。

迷っていた由人の母親が結婚を決めたのは、隣村の青年団の団長との、三年にわたる恋愛が終止符を打ったからだった。二人は結婚二年目に最初の子どもを、その後、一年おきに子どもをもうけ、三人の子持ちになった。

由人の父親は長男だったので、盆や正月になると、由人の家にはたくさんの親類縁者が集まってきた。仏間と居間のあいだの襖《ふすま》は取り払われ、いくつもの足つきのお膳《ぜん》が並べられた。どんな段取りでどんな食事を出すのか、祖母が中心になって仕切り、由人の母に指示を出した。まだ幼稚園に入る前、二歳か三歳の由人が覚えている光景がある。祖母はたくさんの客人の中心で談笑し、母は空いた皿の載ったお盆を持って、忙しく立ち働いていた。しばらくの間、酔客にかまわれ、くすぐられて、笑い転げていた由人が、水をもらいに台所をのぞくと、薄暗い台所の隅で、祖母に何かを言われてうつむいている母の姿を見た。祖母は怒っている様子ではなかったけれど、母が白いエプロンでしきりに涙をぬぐっていたのを由人は覚えている。

その次に覚えているのは幼稚園の運動会である。

二歳上の兄は、運動会のその日も、かけっこや綱引きなどの競技には出ないで、紺色のカーディガンを着て、先生たちとともにテントの下に座っていた。お遊戯のときだけ、先生に手を取られ、猫の額のようなグラウンドの真ん中でほかの園児たちに混じり、青白い顔をしてふわりふわりと踊った。

その年に年少組に入園した由人にとって、初めての運動会だった。運動が苦手な由人は、かけっこのことを考えると、心底ゆううつな気持ちになった。軒下に母と兄が吊《つる》したてるてる坊主《ぼうず》に、明日は絶対雨にして、と心の中で手を合わせた。

年少組の徒競走が始まった。両親や祖母が座っている場所を目で確認して、由人はスタートラインについた。母親が自分の名前を呼ぶ大きな声が聞こえる。全身が心臓になったような気がした。先生が空に向けてピストルを撃ったとき、その音に驚いて、ほんの少しだけパンツが濡《ぬ》れてしまった。駆けだした由人の目の前で、一人の男の子がつまずき、その後ろを走っていた女の子も、男の子に足を取られて派手に転んだ。このまま走っていいものかどうか迷ったけれど、「由人、止まっちゃだめ!」背中のほうで大きな母親の声がした。由人の小さな体の中に力が漲《みなぎ》るような気がした。ぐいぐいと左右の腕を大きく振って風を切り、ゴールに飛び込んだ。心臓のドキドキがいつまでたっても収まらなかった。女の先生が由人の腕をとって、二着の旗の下に並ばせてくれた。

しゃがんだまま首を伸ばして、由人は母親を捜した。家族全員がいた席には、なぜだか祖母と父だけがいて、由人を見て微笑んでいた。

祖母が開けたお重の中には、由人の好きなおいなりさんが隙間《すきま》なく並べられていて、祖母は、そのひとつをプラスチックの皿に取ってくれた。盆や正月だけでなく、運動会など、子どもがらみの大きなイベントのときにも、祖母が料理の腕をふるった。

「よくやったな由ちゃん。二着なんてすげえねぇ」

祖母が由人の頭を撫《な》でた。自分がほめられたわけではないのに、なぜだか父親が照れたように、おいなりさんをほおばったまま下を向いた。由人がおいなりさんを一口かじると、中からは柚子《ゆず》の刻んだものを入れた酢飯が顔を出した。柚子入りのおいなりさんは、祖母の得意料理だったけれど、子どもの由人はほんのかすかに感じる苦い味が苦手だった。今日は、母がときおり作る甘ったるい五目ご飯の詰まったおいなりさんが食べたかった。

「お母さんは？」

由人が祖母を見上げて言うと、祖母は水筒のフタに麦茶を注いで、ふーふーと、息をかけた。

「兄《あん》ちゃんが、咳《せき》が出っからって、先に家さ帰《けえ》ったんだよ」

九月にしては、冷たい風が強く吹く日で、キンモクセイの香りが園庭に漂っていた。食べかけの柚子入りおいなりさんの上に、由人の目からはらはらと涙がこぼれ落ち、由人は左腕でごしごしと両目をこすった。

この家には、お母さんチームとおばあちゃんチームがある、と由人が気づき始めたのは、このころのことだった。お母さんチームには、体の弱いお兄ちゃんと小さな妹がいて、自分だけがおばあちゃんチームにいる。自分がほかの兄妹《きょうだい》と比べて母親にかまわれない理由を、由人は幼いなりに考えた。色が白くて、奥二重だけれど、すっきりとした目元の印象の兄は、母親にとても似ていた。由人は兄とは違って色も浅黒く、全体的に骨太な感じや、濃い眉毛《まゆげ》や瞼《まぶた》を縁取るように生えた長いまつげが父親に似ていた。体が弱いだけじゃなく、自分に似ているから、お母さんはお兄ちゃんのことが好きなんだろうな、と。

まだ、一人で歩くことすらできない赤んぼうの妹はともかく、病弱の兄は母親の言うように、小さなころから手のかかる子どもだった。というよりも、世話好きな母親のために、病弱で手のかかる子どもに育ったのかもしれなかった。

由人は誰よりも口数の少ない父親に似て、子どもらしく感情を爆発させることがなかった。すべての感情は外に向かって表現されるべき、と考えている母親にとっては、言葉にされない感情はこの世に存在しないのも同じだった。子どもの表情や声の調子で、子どもの感情を読み取る、という細やかさも、心の余裕も、由人の母親は持ち合わせていなかった。

ほかの子どもに比べて放っておかれる由人のことを祖母はことさら可愛《かわい》がった。そのたびに、自分一人だけがおばあちゃんチームに属する人間なのだと、由人は理解した。不満足ではあるけれど、その気持ちを表現してしまうことは、祖母を傷つけることでもあると、由人は成長しながら身をもって学んだのだった。

「お兄ちゃんのお遊戯、最後まで見られてよかったわぁ」

運動会があった日の夕食の席で、大きな声を出した母親をちらりと祖母が見た。さっき、祖母が伝えた由人のかけっこの結果にはあまり興味がないようだった。うつむきながら、みそ汁の椀《わん》を傾ける由人の顔を見て、祖母が仕方ないねぇ、というふうに、目配せをした。

その日の真夜中、トイレに行こうと目を覚ました由人は、居間から漏れる灯りに足を止めた。廊下と居間を仕切るガラス戸からそっとのぞくと、座卓で祖母と母が向かい合っていた。二人が何を言っているのかは聞こえなかったが、由人の最初の記憶のような、祖母に一方的に何かを言われて泣いている母はもういなかった。祖母が何かを言えば、母も同じように言葉を返しているように見えた。そして、幼い由人にも、それが楽しそうな会話でないことはすぐにわかった。

母親の兄への溺愛《できあい》ぶりは、兄が中学に入っても変化することはなかった。

長年の農作業で持病の腰痛《ようつう》を悪化させた祖母は、体力も気力も少しずつ衰えていき、正面から母親とぶつかることも少なくなった。一日のほとんどを自分の部屋で過ごし、父親と由人だけがその部屋を訪ねるようになった。盆や正月、子どもがらみのイベントも、祖母ではなく、母が主導権を握るようになった。この家のボスは由人の母親が取って代わり、子どもたちへの愛情のアンバランスさをとがめる人もいなくなった。

由人が住んでいた家は、由人の祖父が建てた家で、古い平屋だったが、部屋数は余るほどあった。小学校に入ったときから、由人の兄妹にはそれぞれ個室が与えられた。個室といっても由人の部屋も妹の部屋も三畳程度の広さしかなく、勉強机と小さな本棚があるくらいの、シンプルなものだった。しかし、兄の部屋は、兄弟のなかで一番広い六畳の広さがあり、布団《ふとん》で寝ている兄が退屈しないように、と、テレビやミニコンポ、さらにはノートパソコンなどが次々に買い与えられた。

元々、本を読むのが好きな兄だったけれど、成長するにつれ、本棚には小説や図鑑よりもマンガが占める割合が多くなった。由人がこっそり部屋に入ってみると、テレビの横には、由人も知らないようなアニメのビデオが並んでいた。

中学に入学してからの兄は、どうやらいじめにあっていたらしく、次第にあまり学校に行かなくなった。小学校時代は常にトップクラスだった成績もゆっくり下降し始めた。運動をしないせいなのか、母親に似てスリムだった体型も、みるみるうちに丸くなった。このころから、兄の生活は昼夜が逆転し始めた。夜中にトイレに行こうとする由人が兄の部屋の前を通りかかると、まっくらやみの襖の奥からテレビの光が漏れ、べたついた声で歌う女の子の歌が聞こえてきた。

高校に入ればこの子は変わるはず、と、母親は高いお金を払って、兄に家庭教師をつけたが、母の希望に反して兄の成績は思ったように上がらなかった。まるで気に入らないデリヘル嬢にチェンジ！と言うかのように、兄は家庭教師への不満を母親に訴え、兄の訴えを素直に聞いた母親は受験までの一年間に家庭教師を三回替えた。

しかし、この子はやればできる子、という母親の思いは高校受験で砕かれた。兄がぎりぎりで合格したのは、このあたりで一番偏差値が低い工業高校だった。入学式にはとりあえず出たものの、さっそく初日からいじめを受けた。トイレに入っていた兄は、バケツいっぱいの水（どうやらそこにはほかの生徒の尿や煙草《たばこ》の吸い殻も混じっていたらしい）を浴びせられ、翌日から再び部屋に閉じこもる日々が続いた。

兄への興味を失いたくない母は、大学検定を受けさせ、兄を大学に行かせる、という新しい目標を掲げたけれど、兄はもう勉強をすることにも、外の世界にも興味がないようだった。兄の部屋の前に一日三度、食事を運ぶことだけが、唯一《ゆいいつ》の愛情表現になった母は、溢《あふ》れんばかりのその愛情を持て余していた。滾々《こんこん》とわき出て涸《か》れることのない、ダダ漏れのその愛情を、由人の母は今さらながら、兄の次に愛する妹に向け始めた。妹の生活に激しく干渉するというかたちで。

中学二年までの妹は、由人にとっても愛すべき妹だった。

由人と同じように勉強は得意ではなかったけれど、女ハン、すなわち女子ハンドボール部の副部長として、後輩を可愛がり、素直で明るい（すなわち物事を深く考えない）性格で、先生や近所の大人たちにも可愛がられていた。

妹は、突然自分に向けられた母親の愛情を持て余した。服装や帰宅時間だけでなく、学校や部活の友人関係にも口を出すようになった母と、真っ正面からぶつかり、聞いている由人が耳をふさぎたくなるような激しい口ゲンカになることもあった。いい加減にしろ、よさねえか、などという気弱な父親や由人の声に、興奮している二人が耳を傾けることはなかった。

母親とのバトルが増えれば増えるほど、妹が日々消耗していく様子が由人にも見てとれた。妹はいつの間にか部活をやめ、学校が終わっても、まっすぐ家に帰ってくることが少なくなった。妹は、このあたりのあまり頭のできのよくない、そして時間とエネルギーを持て余した中学生たちが迷うことなくその道を進むのと同じように、激しくぐれていった。

妹が中学三年になった夏休み、由人が遅い朝食を食べていると、突然金髪になった妹が食堂に入ってきて由人の前に座った。箸《はし》を持ったまま由人が妹の顔を見つめていると、

「何じろじろ見てんだてめぇ」と妹が勢いよく吐き出したチュッパチャプスが由人の顔めがけて飛んできた。チュッパチャプスは、ほんの一瞬だけ由人の額に張りついたあと、由人の手にした空の茶碗《ちゃわん》の中にからんという音をたてて落下した。

そのうち、真夜中になると、妹の部屋のほうから男の話し声がするようになった。不審に思った由人が自分の部屋の窓を開けると、妹の部屋の窓の下で、深くそり込みの入ったリーゼント、細すぎる眉毛、金糸銀糸の刺繍《ししゅう》入りジャージ、ラメのサンダルを履いた男が、

「あぁ、お兄さんこんばんわっす。うるさかったすか」とすきっ歯の前歯で由人を見上げた。真夜中にやってくる男は一人ではなく、頭頂部の髪の毛を異様に盛ったホスト風の男や、腰パンでバンダナを巻いた頭に野球帽を載せた一昔前のラッパー風の男など、入れ替わり立ち替わり、タイプの異なるさまざまな男が妹の窓辺に集った。

しばらくすると、妹の部屋から、春先の猫がさかるような声が聞こえるようになっ

た。当時、高校二年で、奥手も奥手、彼女すらいない由人は、ドラッグストアで買った黄色い耳栓をして眠るようになった。

それまで妹のすることに一切口出ししたことがなかった寡黙《かもく》な父が突然切れて、真夜中の妹の部屋に木刀を持って怒鳴り込んだ。妹の絶叫は耳栓をして眠る由人の耳にも飛び込んできた。由人があわてて妹の部屋に駆け込むと、父親が真っ赤な目をして「この犬畜生が！」と言いながら、裸の男の尻《しり》を木刀でおもいっきりぶったたいたあと、妹にも木刀を向けた。頭の上に振り上げられた木刀を真っ裸の妹が、真剣白刃取りのように左右の手のひらで支えながら絶叫した。

「やめてやめて。オヤジやめて。おなかに赤ちゃんいるんだから！」

父親は木刀を持ったまま、一瞬あっけにとられた顔をしていたが、「妊娠してんのにおめえらぁぁぁぁぁぁぁぁ」と叫びながら、再び、裸の男に木刀を振り上げた。妊娠週数から考えればまだ堕胎手術はできるはずだったのに、父親を言いくるめ、妹の妊娠を継続させたのは由人の母親だった。

由人が記憶するに、父親の酒量が急激に増えてきたのもこのころのことだったと思う。父親は日が暮れると飲み始め、それは明け方まで続いた。田畑の手入れをするために、家族の誰よりも早く起きていた父親が、朝、居間の畳の上で大の字になってひどいいびきをかいて寝ていることが多くなった。このあたりの農家の、誰よりも丁寧に行っていた田畑の管理もずさんになり始めた。そんな父親を見て、自分ひとりだけはまともな人間でいてやろう、と由人は心のなかで誓った。

中学三年の妹は、妊娠九カ月のはち切れそうな腹を抱えて卒業式に出席し、その翌月、元気な男の子を産んだ。妹は子どもに亜優汰《あゆた》と名付けた。相手の男は妹の妊娠中に窃盗容疑で逮捕され、鑑別所送りになっていた。母親は、孫、という新しいおもちゃを手に入れ、再び、いきいきとし始めた。兄よりも妹よりも愛情を注ぐ価値のあるものを見つけたのだ。

ミルク、おむつ替え、健診、予防接種のスケジュールに至るまで、亜優汰の育児は十五歳の妹でなく、母親がすべて取りしきっていた。妹は産後半年から自分の子どもを母親に預け、隣町のショッピングセンターの中にあるブティックで働き始めた。時には家に帰らない夜もあった。

「まったくあの子ときたら」

大きなため息をつきながらも、やはり母親はうれしそうだった。母親の愛情は、兄よりも、甥《おい》に向けられるようになった。

由人の家に、亜優汰という新しい家族が誕生したころ、まるで世代交代が行われたかのように、祖母が呆《ぼ》け始めた。最初のうちは、ぶつぶつと文句を言いながら面倒を見ていた母親も、祖母が排泄《はいせつ》行為すらままならなくなり、紙おむつをつけるようになってからは、

「亜優汰の世話でいっぱいいっぱいなのに、おばあちゃんの下の世話まで私一人では無理よ。更年期障害で体もつらいのに」と、父親に激しく迫るようになった。祖母は紙おむつを嫌がり、ときおり、廊下の隅には、祖母が外してしまった紙おむつが放り出されていた。由人は、廊下や部屋の隅で、紙おむつを見つけると、母親に見つからないようにそっと処分した。

「ばあちゃん、これ脱いじゃだめ。な。また、おふくろに叱《しか》られっから」と言いながら、由人は祖母に新しい紙おむつをはかせ、祖母の口にあめ玉を入れた。祖母は誰と勘違いしているのか、腕をしっかりつかんで、由人の体に猫のように頭をこすりつけた。

「もうあたし限界」そう言いながら、母親は、祖母をこの村の外れ、山のふもとにある特別養護老人ホームに入所させることを提案した。父親は最後まで反対したが、真夜中に祖母が寝間着で徘徊《はいかい》をくり返し、鍵《かぎ》のついたままだった隣の家の軽自動車を勝手に運転して、由人の家から遠く離れた見ず知らずの家のビニールハウスにつっこん

だとき（幸いなことに祖母も車も無傷だったが、激しく損傷したビニールハウスのバカ高い修理代を請求された）、母親の提案を渋々受け容《い》れたのだった。

「どこの人さ知んねえけど、ご丁寧にありがとうございました」

深々とお辞儀をして、職員に手を取られ、特別養護老人ホームの長い廊下を歩いて行く祖母を見て父親は泣いた。

「姥捨《うばす》てだなこりゃ」

無理やり笑顔を作る父親を見て、由人も涙ぐんだ。おばあちゃんチームの負けだ。おかあさんチームの圧勝だった。


引きこもりの兄と、早々と母親になった妹。激しく変化していく二人の人生をなすすべもなく見つめていくうちに由人は高三になっていた。

はっきりとした進路を決める時期に来ていた。由人の成績で入れる大学は数えられるほどしかなかった。それ以前に、大学で何を勉強したらいいのか考え始めると頭がぼうっとした。とはいえ、高校を出てすぐに働き始めるのも気が進まなかった。ほかの教科より少しだけ得意なのは美術で、小学校や中学校のときは県内のコンクールで賞をもらったこともあった。けれど、絵を描くことが好きで好きでたまらない、というわけでもない。美術大学が一体何をするところなのかもわからなかった。

「美大志望ならすぐにでも実技の勉強を始めないとね」

あまりにぼんやりした由人にはっぱをかけるように進路指導の先生に言われて、由人は隣町にある美大受験の予備校に見学に行った。壁に貼《は》られた赤い点数入りの鉛筆デッサンや、白い石膏像《せっこうぞう》をじっと見つめる生徒たちを見て、自分はもう負けている、と由人は思った。こいつらはもうすでに戦闘態勢に入っているんだ、と。絵を描くことにあんなに真剣になれない自分はもうすでに負けている、と。

やる気のなさを進路指導の先生にあきれられながら、進路は美術系、大学ではなく専門学校、としたものの、具体的に何をしたいのかもはっきりしないまま、由人は高三の夏休みを迎えた。絵を描くことが人より少しだけ得意だからといって、それでどんな職業につくのか、どうやって食べていくのか、由人にはまったく見当がつかなかった。

「よ」

夏休みのある日、由人がコンビニエンスストアでマンガを立ち読みしていると、クラスでいちばん仲のいい友人が由人の肩を叩《たた》いた。隣町の予備校の帰りだ、というその友人がくれた半分のパピコを口にくわえながら、青々と稲が茂った田んぼのなかの一本道を、自転車を押す友人の背中を見ながら由人は歩いた。クリームパンのような形をした輪郭のはっきりした白い雲が青い空に浮かんでいた。

「おまえさ、東京の大学行くんだろ。そのあとどうすんの」

「え、会社入ってサラリーマンになんだよ」

そんなの世界の常識だろ、というように、後ろを振り返って、由人の問いに即答した友人の顔を由人はまじまじと見た。こんなにうすらぼんやりとした顔の友人にも、あと何年か先、将来のビジョンがあることに由人は驚いた。

由人の母親は、「あんたがしたいようにしなさい。やりたいことがないのなら父さんの田んぼを手伝えば」と言っただけで、由人の進路にはとりたてて興味がないようだった。

夏休みの終わり、どこに出かけてしまったのか、亜優汰も母親もいない食堂で、由人は母親が用意していったカレーライスを温めて食べていた。足下には亜優汰のプラスチックの消防車が転がっていた。食堂の前には縁側があり、ちりちりと庭先から秋の虫の鳴き声が聞こえた。カレーライスを食べながら由人は暮れていく空を見ていた。空一面に広がった雲が、煙で燻《いぶ》されたようなオレンジ色に染まっていった。高三の夏休みになってもどの方向に進んだらいいのかわからない自分のことが、まるで他人のように、ばかみたいに思えた。

廊下のすみに置かれた蚊取り線香のにおいが鼻をかすめた。ふいに、呆ける前の祖母の声を思い出した。由人が小学生のころ、学校のテストで悪い点数を取って、母親にこっぴどく叱られたあと、祖母の部屋に行くと、泣きべそをかきながら祖母の膝《ひざ》に顔を埋《うず》めた由人に向かってこう言った。

「大《おっ》きな樹《き》は、いちばんゆっくり育つんだぞ。由ちゃん、あせったらだめだ」

畑仕事を終え、風呂《ふろ》から上がった由人の父親が食堂に入って来た。黙って冷蔵庫を開け、立ったまま、のどをならして缶ビールを飲んだ。由人は炊飯器からご飯をよそい、ガス台の上の鍋《なべ》からカレーをおたまですくってかけた。

「ん」と言いながら、目の前の皿を見て、父親はうなずき、カレーを五口くらいで食べ終えてしまい、また、立ち上がって、冷蔵庫から麦茶の入った円筒形のプラスチック容器を取り出した。妹が出産をするまでは、酒量が増える一方だった父親も、妹の出産後、一時的に体調をくずしてから、以前ほどの勢いは衰えていた。

亜優汰が生まれたころは、亜優汰の世話にはしゃぐ母親と妹を、部屋の隅から苦虫を嚙《か》みつぶしたような顔をして見つめていたけれど、近頃は誰かれかまわず笑顔を見せる亜優汰に、ぎごちない顔で笑い返すこともあった。

「決まったか？」げふっ、と言いながら父親が由人に聞いた。

「何が」

「何って、進路だ。どうすんだ」

赤黒い顔をした父親がTシャツの裾《すそ》をめくって、おなかをぼりぼり掻《か》いた。

「うん」と言ったあと、言葉が続かず、由人は黙った。

やわらかなオーガンジーの布が天井からゆっくりと下りてくるように、父親と由人のまわりを沈黙が包んだ。

「この家継ぐなんか考えんな」

まったくそんなことは考えていなかった、と、由人は心のなかで思ったが、もちろん口には出さなかった。父親は椅子《いす》の上に膝を立て、由人に向かって、つめきり、と言った。食器棚の隣にある小さな物入れの引き出しから、つめきりを出して父親に渡した。

「おまえ、東京行け」

ぱちん、という音を立てて、足の親指の爪《つめ》を切りながら、老眼鏡をかけた父親が言った。

「金ならあんだ。ばあさんが貯金してた。学費。孫三人分。ぐふっ」

体を丸めると、でっぷりとしたおなかがつかえるのか、父親が変な声を出した。

「その金使ってやれんのおまえだけだ」そう言いながら、父親は顔を上げて、廊下の先を見た。寝ているのか、兄の部屋からは物音ひとつ聞こえてこない。

「どの学校でもいっから。おまえが行きてえとこ行け。学校行かんでもいいんだ。この家さ出ろ」

父親がずり下がった老眼鏡の奥から由人の顔を見つめ、また、つま先に視線を落とした。

「母さんから離れろ」そう言いながら、父親はつめきりをテーブルの上のティッシュペーパーの上で振った。真っ白いティッシュペーパーの上に、クリーム色の爪が散らばった。わかるだろ、と言うように、黙ったまま父親が由人の顔を見た。

「悪い人間じゃ」父親はそう言いかけて、また大きなげっぷをした。

「ねえんだ」

わかってる、と言うように、由人も父親を見てうなずいた。

「やりてえことやれ。若いんだ。なんでもできんだ。ここじゃ見っからんでも東京行けば見っかるかもしんねえべ」そう言いながら、顔を洗うときのように、左右の手のひらでめくらめっぽうに顔をこすった。それは、父親が照れたときにする仕草だった。由人は父親を改めてじっと見た。手も指も、節くれだって黒々と日に焼けている。長年、屋外の農作業で強い紫外線を浴び続けたせいなのか、顔には年齢以上の深い皺《しわ》が刻まれていた。ふと、由人は自分の手を見た。白くてやわらかい子どもの手だ。まだ、何もやっていない手だ、と由人は思った。

「父さんは」

食べ終わった皿を流しに運ぶ父親の背中を見ながら、由人は言った。

「やりたいこととかなかったの父さんは」

由人の質問には答えずに、父親は給湯器のホースから出るシャワー状のお湯を皿にかけた。濡《ぬ》れた手をTシャツで拭《ふ》きながら振り返り由人の顔を見た。

「なーんも。百姓が天職だ」

もう寝んぞ、といつもと変わらない口調で言いながら、暗い廊下の奥に父親は歩いて行った。

由人は網戸を開けて、縁側に座りこんだ。もうすっかり夜になっていた。由人の住むこの盆地は四方八方を山に囲まれていて、夏になると県内で最高気温を記録する日々が続く。けれども今年は、お盆を過ぎたころから、日が暮れると、まるで季節を変えるスイッチが入ったかのように突然秋の風が吹き始めた。すねにとまった蚊を由人が手のひらでつぶすと、ひしゃげた黒い蚊と小さな赤い点があらわれた。

「父さんは子どものころ何になりたかったの？」

小学校低学年のころ、祖母の部屋の小さな電気こたつに足を入れながら、由人は祖母に聞いたことがある。無口な父はいつも機嫌が悪いのだと思い込んでいた由人は、ごく普通の子どものように話しかけることができず、父に聞きたいことがあっても祖母に質問していた。

「飛行機の操縦士になりたかったんだよあの子は。……だけど、長男だし、六人も子どもがいたって男は一人だんべ。仕方ねえべ。ほれ、あーん」そう言いながら祖母は、白い筋をきれいにとったみかんの房を、由人の口のなかに入れた。

小学校高学年になると、月に一度、町の農協での用事を済ませたあと、父親は家から一時間ほど車を走らせたところにある飛行場跡に由人を連れて行った。野山を越え、畑のなかに突然あらわれる滑走路のそばに車を止め、由人と共に外へ出て、煙草《たばこ》をゆっくり吸った。

「ここ何？」

滑走路も飛行場も、今まで一度も見たことのない由人は父親を見上げて聞いた。

「ここか。ここは昔の飛行場」そう言うと、ほれ競走だ、と言いながら、幼い由人にはどこまでも続くように思えるアスファルトの道をいきなり駆け出した。父親の、家のなかではぜったいに見せない、はしゃいだ姿が由人には少し怖い感じがした。けれども、馬のように白い息を吐き、何度も後ろを振り返りながら、由人が走り出すのを待っている父親の顔を見て、この人を喜ばせないといけないような気持ちに由人はなった。

走り出すと、この盆地特有の冷たくて乾いた冬の風が頰に当たった。冷たい空気が突然肺に入って来て、痛いような、息苦しいような感じがした。いつの間にか降り出した雪が、口の中に入ってきて瞬時に溶けた。

父親は由人が走り出したのを確認すると、その後は一回も由人のほうを振り返らなかった。由人は脚がもたついて思ったように速く走れなかった。壁のように広い父親の背中を見ながら、妹みたいに速く走れたら、父親をもっと喜ばせることができるのに、と由人は思った。

静けさを切り裂くようなヒステリックなバイクの音がはるか遠くから聞こえて、由人の家の前で騒音はピークになり、爆音とともに瞬《また》く間に田んぼの向こうに消えていった。

昔みたいに星はたくさん見えなくなった、と、このあたりの年寄りたちは夜空を見上げるたびにぼやくけれど、由人にとっては子どものころとちっとも変わらない星空だった。十分すぎるほどの数の星が、ちかちかと瞬いていた。東京に行けば何か見つかる、と言ったさっきの父親の言葉を思い出していた。そんなに簡単なことじゃないだろう、とも由人は思った。それでも、この家から出て行く、と考えただけで、由人は、なにか温かいものが自分のなかに広がっていくのを感じていた。

この家が、家族が、嫌いなわけじゃないけれど。だけど、もう十分なんだ、と由人は思った。

3

新幹線を使えば、由人の実家から、東京までは一時間半ほどで到着できる。地続きで、同じ国の、同じ島の、同じ関東地方なのに、由人の育った村と東京は何もかも違った。人の表情も、着ているものも、窓から見える景色も。田舎にいたとき、自分の視界に空の青や、田んぼや山の緑がいかに多くのパーセンテージを占めていたかを知った。

由人は東京にある三年制のデザインの専門学校に入学した。

高校の担任にすすめられるまま、雑誌やポスター、パッケージなど、平面媒体のデザインを学ぶ視覚デザイン科を選んだ。学校のすぐそば、脚を折り曲げないと入れないおふろと小さな台所がついた六畳間が由人の新しい住まいになった。

今にも倒れそうな木造アパートで、外壁には名前のわからない蔦《つた》状の草が、建物のカタチにアパートを覆《おお》っている。暴力的に繁茂するその草の隙間《すきま》に住み着いているのか、朝、目を覚ますと、寝ている由人の顔のそばをムカデが我が物顔で歩いていることがあった。壁は紙のように薄く、隣の住人の目覚まし時計の音はもちろん、箸《はし》が茶碗《ちゃわん》に当たる音や、ティッシュペーパーを引き抜く音までも聞こえてきた。

学費と家賃だけ負担してほしい、と由人は父親に頼んだ。それ以外の生活費も出してやる、という父親の申し出を由人は断った。祖母が貯金した孫三人分の学費を自分一人で使うわけにいかない、兄だって妹だって（その可能性はかなり低いけれど）これから学校に行くかもしれない、と考えたからだ。しかも、その貯金の存在を知った由人の母親が、

「これから亜優汰にお金がかかるのだから、それを亜優汰の教育費として使わせてほしい」と口をとがらせて父親に抗議した。

「母さんの言うとおりだよ」

渋い顔をする父親にそう言いながら、由人は少しだけほっとしていた。自分に投資した分だけ、自分が何者にもならなかったら、父親はひどく落胆するだろうな、と由人は心のどこかで感じていたからだ。もちろん、息子への期待なんて、無口な父親はそんなことを面と向かって由人に言うことはなかったのだけれど。

生まれてから今まで、感じたことのない緊張感を伴って、由人の東京での生活がスタートした。訳のわからぬまま、竜巻に巻き込まれるように、課題とバイトに明け暮れる日々が続いた。

アパートに住み始めてしばらくすると、由人の体に赤い小さなポツポツができはじめた。デッサンの授業中、おなかや背中をポリポリと掻き続ける由人のTシャツをぺろりとめくって、年配の男性教師が言った。

「水があわないんだな。毎年いるんだよ。一人か二人、地方から来た新入生でこんなのが」でも、ま、そのうち慣れるから、という教師の言葉を信じていたわけではないけれど、東京での生活に少しずつ慣れていくうちに、由人の体から赤いポツポツが消えていった。

クラスメートは、デザイナーとして食べていく、というしっかりとした将来のビジョンを持っている者もいれば、由人のように、親や教師にすすめられるまま、ぼんやりと入学して来た者もいた。

とはいえ、どちらのタイプでも、自分の世界観をしっかり持っていることに由人は驚いた。好きな音楽、好きな本、好きなファッション。それぞれの価値観や好みで選んだアイテムがぎっしり詰まった自分だけの本棚を、自分以外のクラスメートは持っているように思えた。東京に出てくるまでは、本も音楽も、売り上げランキングの上位に入っているものがいいもの、優れたもの、と頑《かたく》なに信じていた由人の価値観がぐらぐらと揺らぎ始めた。由人の耳にしたことのない固有名詞をすらすらと語る友人が、同じ年齢の人間とはとても思えなかった。

自分よりもっと東京から離れた田舎から出てきたクラスメートすら、由人にとっては、「東京で生まれて育った人」みたいに見えた。地元のショッピングセンターで買った服を着た、まるであか抜けない自分が、ここでは価値のない人間のように思えた。生まれてこのかた、服装にはまるで無頓着《むとんじゃく》だったから、バイト代を握りしめて洋服を買いに行っても、店員に話しかけられただけで足がすくんで、商品をじっくり選ぶことすらできなかった。

「もったいなーい」

デザイン学校に入学して一カ月がたったころ、由人に声をかけてくれたのが、一年上の同じ科に通うミカだった。階段の踊り場で、次の授業が始まるまでぼんやりしていると、踊り場にある大きな鏡の中の由人を見て言った。

「ちょっとここに立って見て」

この人、急になんなんだ、と思いながらも、言われるまま由人は鏡の前に立った。由人より頭ひとつ小さいミカも、由人の隣に立つ。四角い鏡のなかに、由人とミカが映っている。由人は鏡のなかのミカを見た。つるんとしたゆで卵のような肌で目ばかりがやけに大きく、化粧が濃いわけではないのに、ハーフなのか？と思わせるような顔立ちの派手さがあった。毛先だけカールさせた茶色のセミロングの髪を右耳にかけ、きゃしゃだけれど、体のでっぱりにはめりはりがあって、ショートパンツからのぞく太ももの白さにどきどきした。

ミカは由人の後ろに立ち、由人が着ていたボーダーのシャツの両肩を指でつまんだ。

「肩幅が合っていない。襟ぐりの開き具合とか、ここの肩のラインとか、微妙なところがいろいろと惜しい感じ。……気を悪くしないで聞いてほしいんだけど、そのシャツ、どこで買ったの？」

由人は鏡に映ったミカの顔をにらむように見つめた。自分とたいして年齢は変わらないはずなのに、子どもの答えを待つように、ミカがやさしい表情で由人を見つめていた。

「じっ、地元のジャスコで」

由人は憮然《ぶぜん》とした顔で言った。

「勘違いしないでね。ばかにしているわけじゃないの。だけど、そのシャツ本当に好き?」手にした紙コップ入りのコーヒーを一口のみ、ミカが由人の顔を見上げた。由人は黙っていた。

「……だけど、もったいないよ。手足も長いし、服が似合う体なのに」そう言うと、由人の肩についていた糸くずを指でつまみ、それをふっと吹き飛ばすと、ミカが由人の顔を見て笑った。鼓動が速くなった。授業開始のチャイムが鳴った。

「もっとかっこよくなれるのに」

ミカは由人に笑顔を向けて、階段を駆け上っていった。シャンプーなのか、香水なのか、ミカがいなくなったあとには、甘い花のような残り香が漂っていた。

翌日、授業を終えて廊下に出て行くと、ミカが由人の顔を見て手を振った。

「これあたしの兄貴の古着なんだけど。よかったら着てみて。似合うよきっと。多分、サイズはだいじょうぶだと思う」そう言いながらミカは、由人に重そうな紙袋を手渡した。由人が紙袋の中をのぞくと、シャツやパンツがきれいに畳まれて詰め込まれていた。

同じクラスの女の子たちが、由人とミカを見て、意味ありげな視線を投げかけてくるのを由人は感じていた。由人はこのときまったく知らなかったのだが、ミカはこの学校の有名人だった。ミカには噂《うわさ》があった。親が金持ちで、自分のお気に入りの男の子に洋服をプレゼントして、積極的にアプローチする。何人もの新入生がミカの餌食《えじき》になったのだと。「え」と言ったまま、由人が困ったような顔をしてつっ立っていると、ミカがあわてて言った。

「あの、変な意味はまったくないよ。超おせっかいなのは母親ゆずりなの」そう言いながら、ミカは廊下の向こうに妙に早歩きで行ってしまった。由人はあわてて、ありがとう、と声をかけたが、ミカの背中はもうたくさんの学生たちに紛れて見えなくなっていた。

ミカからもらったこの服を着てもいいものかどうか、由人は迷った。けれども、由人の持っている洋服の数は極端に少なく、梅雨の長雨が続いたとき、洗った洗濯物がなかなか乾かずに、仕方なく、ミカからもらったシャツとパンツを身につけて学校へ行った。

休憩時間に、いつものように廊下でぼんやり缶コーヒーを飲んでいると、煙草を片手に持った同じクラスの女の子が声をかけてきた。学校に通いながら、モデルの仕事もしているという背の高い痩《や》せぎすの女の子だった。

「そのシャツすごく似合ってる」

煙草をはさんだ指で由人を指さし、それだけ言うと、もうもうと煙をあげる脚付の灰皿に煙草を押しつけて、すたすたと歩いて行ってしまった。由人はそのとき初めて、その子の声を聞いた。

ミカからもらった洋服を着るようになってからというもの、彼女だけでなくクラスメートが由人に一目置くようになった。たかだか着ている洋服なんかで。僕の中身はまったく変わっていないのに、と由人は思った。だけど、ここではそれがとても大事なことらしい。デザインを学ぶ、自分と同じ年齢のワカモノにとっては。そのルールを由人は身をもって学んだのだった。

「思ったとおり。よく似合うね」

自分の選んだ服を着た由人を見て、ミカは笑った。ありがとう、と由人が改めて礼を言い、深く頭を下げると「そんなに正面きって御礼を言われると照れちゃうな。兄貴の着ない服だし。あの」そう言いながら、もう一度うれしそうに笑った。

「着てくれてありがとう」ミカの耳が赤く染まっていた。

それ以来、由人はミカと二人だけでたくさんの時間を過ごすようになった。見た目の派手さから、ミカのことをよく知らない人からは遊び人に見られがちだったけれど、その印象に反してミカは老若男女《ろうにゃくなんにょ》、誰にでも優しかったし、丁寧に話しかけた。母親似で超おせっかい、と自分で言うだけあって、由人だけでなく、一人暮らしのクラスメートが病気になれば、大量の食料を持って押しかけ、金に困っていると聞けば、返すのはいつでもいいからね、とほんの少し（それも相手が負担にならないような絶妙な額の）金を貸すこともあった。電車に乗れば老人に席を譲り、ベビーカーを持ち上げて苦労しながら階段を上る若い母親には率先して手を貸した。そして、自分に関する良くない噂に対しては、聞こえていても聞こえないふりをした。

「めんどくさい恋愛がやっと終わったんだ。だからつきあわない？」

ミカが親指に垂れたソフトクリームを舐《な》めながら由人にそう言ったのは、夏休みに入る三日前のことだった。

「あたしとつきあうと、由人はきっといいよ」

「なっ、なにがいいの？」

ミカの細い舌先を見ながら、顔を真っ赤にした由人が聞いた。

「いいほうに転がるよ、たぶん」

由人の心はすでにミカにわしづかみにされていて、けれど、由人には告白する勇気がなかった。ミカのほうから告白されて、由人には断る理由もなかった。

とはいえ、由人にとっては生まれて初めての恋愛、生まれて初めてできた彼女だった。ミカの周期的な気分の変調や、どうしてあたしの言っていることがわからないの、と突然怒り出す言動は、由人の理解を超えていることも多々あった。

つきあいが始まっても、いろんな男と遊んでる、とか、年配の講師とできている、とか、噂に無頓着すぎる由人の耳にもミカのよくない噂は伝わってきた。約束をしていた休日に連絡がつかなくなったり、深夜になると携帯電話に出なかったり、確かに由人がミカの行動について疑いたくなることもあった。問いただすと、「あたし人酔いするの。だから、一人になってリカバリーの時間が必要なの」と、由人が理解できないことを、ひどく不機嫌な顔で言った。

自分の気持ちを表現することも、相手の体に触れることで自分の気持ちを伝えることも、由人にとってはすべてが不慣れでぎごちなく、ときには、途中で力尽きて、伝えることを放棄してしまうこともあった。この気持ちを、数少ない自分のボキャブラリーで伝えるのはどう考えても無理、と。由人が口を結んで黙っていると、ミカが爆発した。

「黙っていたら由人のこと、なんにもわからなくなるし、あたし不安になるよ。ただでさえ、由人、口数が少ないのに。どんなにくだらないことでも言葉にして伝えてよ。なんでもどんなことでもいいんだから」

ミカはどんなときでも由人に真正面からぶつかってきて、自分のなかに閉じこもりがちな由人を日の当たるところに引きずり出し、ぱんぱんとおしりを叩《たた》いてから、自分のほうを向かせた。多少、強引なところもあるけれど、そんなミカが由人は大好きだった。さびしがりやで、セックスが好きなミカを。

東京で生まれ育ったミカは、学校とバイト先、自分の住んでいるアパートのまわりしか知らない由人をいろいろな場所に連れて行ってくれた。神保町《じんぼうちょう》の奇妙な名前の喫茶店や、白金にある植物園、渋谷にあるクラシック喫茶。上野で食べた愛玉子《オーギョーチィ》という不思議な台湾のデザートや、ラプサンスーチョンというまるで呪文《じゅもん》のようなお茶もミカが教えてくれた。

ミカが編集した「私の好きな東京の街」というガイドブックを手に、ミカという優秀なガイドを連れて、由人は東京を探検しているようなものだった。ミカ、という人間のフィルターを通して、由人は東京を学習した。そして、ミカは東京に、点状に、由人の居場所をつくってくれた。

クラスメートが噂するように、ミカの父親は日本中の誰もが名前を知るデパートの代表取締役で、上に兄が二人いる兄妹《きょうだい》の末っ子、美術大学を受験して二浪したあとに、由人と同じデザイン学校に入学した。何度か、由人も上野毛《かみのげ》にあるミカの実家に行ったことがある。錦鯉《にしきごい》がうじゃうじゃ泳ぐ池や、本格的な茶室があるようなあまりにでかい家だった。ミカは茶室でお茶をたて、由人にふるまった。おうすと食べる和菓子のおいしさを教えてくれたのもミカだった。

洋服を買いに行くときは、ミカに選んでもらった。ミカといっしょだと、どんなに入りにくい店も怖くなかった。それまで床屋で切っていた髪も、ミカのいきつけの美容院で切ってもらうようになった。カフェの片隅で、由人が髪を切り終わるのを待っていたミカのもとに近づくと、ミカは目を細めて由人を見て、無表情のまま言った。

「なんだか東京の人みたい。由人じゃないみたい」

一度だけ、ミカが子どものように泣いたことがある。

由人が東京に出てきて二年目の冬、クリスマスと年末の間のことだった。バイトを終えた由人と、由人を迎えに来たミカは、いつものようにミカのおごりで居酒屋でのみ、そのあと、ミカのいきつけのバーで電車の始発を待った。煙草《たばこ》の煙の充満したうす暗い店内を出て階段を上がると、冬の夜明け前のきりりと張りつめた空気が街に満ちていた。

「まだ少し早いね」

腕時計を見てそう言うと、ミカは駅とは反対側に歩き始めた。土地勘のない由人は、何も言わずにミカのあとをついて行く。ミカの履いているブーツのかかとが、アスファルトの道路に触れるたび、乾いた気持ちのいい音が響いた。坂を上がりきったところに小さな児童公園があった。ミカは水飲み場の水道の蛇口をひねって水を出して手を洗い、何回か口をゆすいだ。小高い場所から見下ろすと、みっちりと小さな家が詰まった住宅街の向こうに、小さな東京タワーが見えた。

「だんだんに明るくなってきた」

ハンカチで口もとをぬぐいながら、ミカが東の空を指さした。青いグラデーションに染まった雲の下にうっすらとオレンジ色が見えて、卵の黄身のような太陽が少しずつ顔を出そうとしていた。

「きれいだね」

まるで自分の母親のように、由人が思ったままのことを口に出し、ミカのほうを見ると、ミカがニットキャップを鼻の上までずらし、マフラーで口もとを覆《おお》っていた。

ニットキャップとマフラーの間から、ほっそりとしたミカの鼻だけが見えて、その先端が赤くなっていた。

「どうしたの？」

驚いた由人がミカのほうに向き合い、少しだけ強引にニットキャップをめくった。ミカの、大きすぎる目に今にもこぼれそうな涙がたまっていた。

「僕……、何かした？」

おどおどした様子で由人が聞くと、ミカは大きく首を振り、べそべそと泣いた。ハンカチ、と思い由人はコートのポケットに手をつっこんだが、そこには丸まって硬くなったティッシュしかなかった。仕方なく、ミカが握りしめていたハンカチを手に取り涙をぬぐった。

「あたしも朝日を見て、きれいだと思うけれど、由人がきれいと思っている気持ちとあたしがきれいと思っている気持ちはぜんぜん違う。そういうことを考えると死にたくなるほど寂しくなる」そんなことを言いながら、ミカはすすり泣いた。

「それに、きれいなものを見ると、あと何回こんなにきれいなものを見られるのかな、と思ったりもする」あと何回でも見られるよ、と言おうとした由人の口をミカが唇で塞《ふさ》いだ。唇に触れるだけのキスだった。

ミカは唇を離すと、涙のたまった目で由人に笑いかけた。笑う気はないのに頑張って笑っているように由人には見えた。瞬《まばた》きをすると、左の目からまた涙がこぼれた。ミカとはもう数え切れないくらいキスをしたのに、初めてキスしたみたいな気分だった。

「こんなばかげたことを考えて、こんなふうにめそめそ泣くのは、子どものころからの、あたしの病気なの。あたしはたぶん、人よりいろんなことを感じすぎるし、世の中のいろいろなことがあたしには刺激が強いんだよ」

ミカが話すたびに、由人の首すじのあたりに、ミカの温かい息があたった。

「そんなふうにはぜんぜん見えないかもしれないけれど」

ううん、と、声に出さずに由人は首を振った。

「ミカがいたから、僕、東京が好きになった」

由人がそう言うと、ミカは声をあげて泣いた。

4

「あんたの作るものは作品じゃない。商品なんだから」と言うのが、社長の口癖だった。意訳すれば「クライアントは神さまです」ということだ。クライアントのどんな小さな意見も見逃さず反映させたし、クライアントの一声で、オセロの駒《こま》が黒から白に変わるようにデザインは変更になった。これはデザイン的にはどうなの、と思われる仕事でも、クライアントが満足すればそれでよし、それが社長の考えだった。デザイナーのプライドや、ちょっとした遊び心みたいなものは、スリッパで害虫を退治するように社長の手によって徹底的に叩きつぶされた。

社長は中島《なかしま》野乃花という可憐《かれん》な名前には似ても似つかない年齢不詳の女性だった。髪はあと少し切ってしまえばまるで坊主《ぼうず》、と言いたくなるほど短く、度の強い小さめの眼鏡をかけ、夏でも冬でもアロハシャツにデニム、秋になるとアロハシャツの下に長袖《ながそで》のTシャツを、冬になるとその上に革のジャケットを着ていた。外見も言葉づかいも、名前以外は男にしか見えなかった。煙草をひっきりなしに吸い、そのせいで嫌煙権を訴えた優秀なデザイナーがやめたこともあった。

専門学校をギリギリの成績で卒業してから、先輩のつてをたどって、由人はどうにかこのデザイン会社にもぐり込んだ。

デザイン会社とはいっても、社長を含めて社員は八人。古ぼけた雑居ビルの五階、ワンフロアを借りきっているとはいえ、十五畳程度の広さしかなく、社員たちは顔をつき合わせて仕事をしていた。長引く景気の悪さに足を引っぱられて、今にも海底に沈んでいきそうな泥船のような会社だった。仕事の六割は雑誌のレイアウト、とはいえ、誰もが知っているような企業の駅貼《えきば》りポスターから、スーパーマーケットの特売チラシまで、デザインと名のつく仕事ならなんでも引き受けていた。

入社当時、大小のミスを連日、由人はやらかした。社長や先輩に、怒られない日はなかった。三年も高いお金を出して学校に通ったのに、実践で役に立つことはあまりなかった。

とはいえ、社長にどんなに罵倒《ばとう》されても、由人は会社をやめる気はなかったし、田舎に戻る気もなかった。東京には自分の居場所がある。ミカという彼女がいて、仕事をする会社がある。仕事の内容はどうあれ、由人はデザインの仕事を好きになっていた。山のような仕事をこなすために、家にも帰れず、会社のソファで短時間の睡眠をむさぼるようにとっているときも、妙な充実感があった。

仕事をして報酬をもらう。そのお金で好きな服や本やパンを買う。そんなことをうれしく思う自分が意外でもあった。そんな当たり前のことに、日々、由人は勇気づけられていた。自分の人生を自分の足で歩いている実感があった。大人って、なんてシンプルで自由でらくちんなんだ。由人は嘘偽《うそいつわ》りなく心からそう思った。

「会社、なんか本格的にやばくなってるみたいなんだよねー」

近所の定食屋でサバ味噌《みそ》煮《に》定食を食べている由人に、同じデザイン学校を出た先輩の溝口が囁《ささや》いたのは、由人が働き始めて、三年目に入ろうとする春のことだった。溝口は四十代前半、会社の設立当時からいる社内で一番古株のデザイナーだった。口は軽いけれど、仕事への責任感は会社の誰よりも強かった。無骨な指に似つかわしくない丁寧な箸《はし》使いで魚の骨を取り除きながら、溝口が話を続けた。

「ほら、うちがレギュラーだった雑誌の仕事、本誌のほうも別冊のほうも社内のデザイナーに頼むとかって、連絡が来たらしいんだよ。それも二社同時に。ほかの仕事の単価も軒並み下がっているしさー。転職しようにもどこも同じようなものだし……、俺、母親の入院費も払わないといけないのにどうすりゃいいんだ」そう言いながら溝口は細かくほぐした魚の身と白飯を口の中に放りこんだ。とはいえ、溝口の深刻さが、いまひとつ由人にはわかっていなかった。それは溝口にも伝わったようだった。

「どうすればいいんすかね」

ややぽかんとした顔で言った由人の顔を溝口がじっと見た。

「これから仕事、どんどんきつくなるってことは確かだね。俺、前に勤めてた会社もつぶれたじゃん。二度目だからさ、これからどんなことが起こるか、だいたい予想がつくよ」

あきれたような顔でそう言いながら、再び溝口は魚の骨を丁寧に取り除き始めた。

「……ま、野乃花ちゃんといっしょに地獄めぐりが始まったってことだから」

地獄めぐり、といった溝口の言葉を由人が理解するまでにそれほどの時間はかからなかった。仕事の単価が下がった、ということは、今まで以上の仕事をこなさないと、会社の経営が立ちゆかなくなるし、自分の給料も満足に支払われなくなる、ということだ。今まで以上に徹夜が続き、誰もが黙々と仕事をこなす毎日が続いた。

「今まで、車で悠々と日本を一周していた俺らが、子ども用の三輪車で廻るようなもんだよ。わかるだろ？」

深夜、事務所の換気扇の下で、また、いつの間にか煙草を吸うようになった溝口がぽつりと言った。由人は今日、何本目になるのかわからない眠気覚ましの栄養ドリンク剤を飲みながらうなずいた。一日に超えてはいけないカフェインの摂取量はとっくに超えているはずだ。胃がキリキリとうずいて口の中がねばついた。溝口の顔には無《ぶ》精髭《しょうひげ》が生え、目の下には黒々としたクマができている。自分も同じような顔をしているんだろう、と由人は思った。ふいに由人の携帯が震えた。ミカからのメールだった。

「今日、帰れるの？」

昨日来たメールと同じ文面だった。こういうときはどうやって返事すればいいんだろう、と悩みながら、「ごめん、今日も無理っぽい」由人も昨日と同じ文面を返した。

昼も夜もなく、一日中エアコンの効いた事務所で仕事をしていると、季節の感覚がなくなって、今は夏に向かっているのか、冬に向かっているのかも、由人はわからなくなることがあった。時間を区切るのは、唯一《ゆいいつ》、仕事の締め切りだったが、ひとつの締め切りが終わっても、休む暇なく次の締め切りがやってきた。回し車に乗っているハムスターのように、由人の抱える仕事には終わりがなかった。

家に帰れない日も多くなった。

ソファや簡易ベッドは先輩たちが占領していたので、仕方なく由人は机の下に新聞紙を敷いて寝た。それを見ていた経理の畠《はた》さんという会社でいちばん年長の男性が、自分の息子みたいな年の子が、それじゃあんまりだから、と、登山のときに使っていたという寝袋を貸してくれた。机の下で短時間、細切れの睡眠をとり、コンビニで売っているおにぎりやサンドウィッチを食べて、それ以外の時間はすべて仕事に注いだ。

にぎりつぶされたゼリー状飲料の容器、空になった胃薬の瓶、フタの取れたままの目薬、大量に消費される冷えピタ、栄養ドリンク剤、缶コーヒー、カフェイン剤……、たぶん、朝だと思う時間帯に、事務所のキッチンで大量のゴミをまとめながら、まるで戦場みたいだな、と由人は思った。

「あー、まった生理止まったー。ま、そのほうがラクだけどー」

由人がそばにいるのにもかかわらず、あごのあたりに赤く腫《は》れた吹き出物を作った先輩の女性デザイナーがトイレから出てきて、ひとりごちた。

社長は仕事を獲得するために奔走していた。深夜、酒臭い息を吐きながら、事務所に戻ることが多くなった。由人が一回も見たことのないスーツを着て、化粧までしていた。社長は若い女性デザイナーも同席させたがったが、

「クライアントに接待なんて、尻《しり》触られるだけ損ですよ。コンパニオンじゃあるまいし。こんなん、超ばかばかしい」とキレられてから、「あんたは、ただ、横に座って、黙ってお酒ついでいればいいんだって」そう言って、会社のなかで一番若い由人を酒の席に同席させるようになった。

挨拶《あいさつ》を大きな声ですること、腰から直角にお辞儀をすること、自分からは極力話さず、クライアントの目を見て、いつ終わるとも知れない話にじっと耳を傾けること。

由人の営業ツールはそれしかなかった。けれども、おばあちゃん子だったせいなのか、不思議と由人は年配のクライアントに人気があった。由人が農家のムスコ、というだけで、素朴な好青年、という印象を持ってくれるクライアントもいた。なかには、

「この子はいまどきの若い子には珍しく挨拶もきちんとできるし、素直なところがいいね」と、由人を指名して、会社の売り上げにはあまり貢献できないような小さな仕事を振ってくれることもあった。

「あんた、その長所、フリーになっても一生使えるんだからね。大事にしなよ」

接待が終わった深夜、めったに人のことをほめない社長が、ラーメンどんぶりに顔をつっこんだまま由人の顔を見ずに言った。

とはいえ、デザインの仕事とはまったく異なった疲れを由人は感じていた。必要以上に喜怒哀楽の出力を上げて、「好印象のワカモノ」を演じること。クライアントと交わされる大人の会話、霞《かすみ》のような言葉のやりとりのなかで、由人は自分が少しずつすり減っていくような気がした。興奮した頭と心底疲れきった体を引きずってなんとか家にたどり着き、シャワーも浴びずにベッドに倒れ込んでも、緊張や興奮が頭のまわりにまとわりついて、なかなか眠りにつくことができなくなった。

そんな日々のなか、由人をさらに追いつめるように、祖母が亡《な》くなり、ミカが由人のそばを離れていった。

カナメモチの葉がこすれあう音、遠くから近づいて通り過ぎていく救急車のサイレン、枕元《まくらもと》にまで迫ってくる冷蔵庫の振動音、今まではまるで意識していなかった自分をとりまく騒音の数々に神経がいらだった。釣り堀池をかき回すポンプを動かすモーターの低く鈍い音ですら、今では由人の入眠を妨げるものでしかなかった。

自宅に帰ってベッドの上でうつらうつらするものの、深い眠りは訪れなくなった。いったん起きて会社に行こうとするのだけれど、起きたときから体がひどく疲れていて、ベッドから体を起こすことができない。首と肩のこりはどんなマッサージに行っても解消されることはなく、頭は鉛でできたヘルメットをかぶっているように重くなった。食欲もなく、会社で誰かに話しかけられても口を開くのもおっくうだった。

社長に突然連れ出される接待のお供だけでなく、昼間は昼間でデザイナーの仕事が由人を待っていた。入社当時のように由人の仕事を先輩が最終的にチェックしてクライアントに提出する、という悠長なこともできなくなり、由人自身が直接、クライアントとやりとりすることも多くなっていた。そんな余裕のない日々のなかで大きな失敗をした。

単純なミスだった。

エステティックサロンの店名のロゴやパンフレット、チラシのデザインなど、一式を請け負った、会社にとっては大きな仕事だった。由人が担当していたのは、三つ折りの小さなパンフレットで、最終的なチェックを先方に頼み、いくつかの訂正が入った。しかし、印刷所に入稿したのは、訂正前のデータで、訂正されていないままのパンフレットが先方に届けられた。もっと悪いことに、そのミスを見つけたのは由人ではなくて、クライアントの担当者だった。

社長と先方にすぐさまあやまりに行き、二人で五百枚のパンフレットに、徹夜をして訂正シールを貼り続けた。このミスをネタに、先方が制作費の大幅な値下げを要求してきた。会社としては大損害だった。会社に戻る車の中で社長がどすの利《き》いた低い声で言った。

「今のあんた、首の皮一枚でつながってんだからね」

「……すみません」と言いながら頭を下げると、由人のスラックスの太ももの部分に、水玉のようなシミができた。

「泣いたってミスが直るもんじゃないんだからねこのばーか！」

うつむいたままの由人に向かって、社長は吐き捨てるように言い、のろのろと目の前の横断歩道を渡る老婆《ろうば》にクラクションを鳴らし続けた。

自宅のベッドで眠ってしまうと、もう二度と会社に行けないような気がして、仕事が早めに終わった日でも、会社のデスクの下で眠った。めっきり口数が減り、だるそうに仕事を続ける由人の変化に気づいたのは、先輩の溝口だった。由人の目の前のデスクに座る溝口は、隣にいる会社でいちばん年長のデザイナー、長谷川に耳うちした。

「こいつドーピング必要じゃないっすか？」

「あれ、やらしてみ」長谷川はモニターから顔も上げずに言った。

「由人、これちょっとやってみな」

溝口は由人のパソコンからあるサイトを立ち上げた。

「いいか、今から俺が簡単な質問をするからな。深く考えないで答えるんだぞ」

溝口がそのサイトにある質問を読み上げた。

「毎日のように気分がしずんだ感じがするか？」

「はい」由人が消え入りそうな声で答えた。溝口は質問を続けた。

「窒息感やのどがつまった感じがするか？」

「はい」

「毎日のように、疲れをひどく感じたり、気力がわかないか？」

「はい」

「この世から消えたいと思ったことがあるか？」

しばらく黙っていた由人は「はい」とは答えず、だるそうに頷《うなず》いた。

それを見ていた長谷川が、全部の質問が終わる前に、机の向こうから由人の目の前に一枚の紙を差し出した。

「ここ、今からなら今日の診察に間に合うから。すぐに行け。おまえみたいに出来の悪いデザイナーでも、今いなくなったら困るんだよ。これ以上仕事が増えたら、俺たちマジで死んじゃうから」

長谷川は由人に紙を手渡すと、フリスクを口のなかに放り込み、仕事の続きを始めた。

「いってらっしゃーい」

溝口が気持ちの悪いウインクをしながら、自分のデスクに戻った。残念ながら左右の目が閉じていたが。由人は手元の紙を見た。

「かきぬまクリニック」と書かれた大きな文字の下に「心療内科　あなたの体と心の回復をお助けします」と書かれていた。

「心療……内科って？　これ、何の病院ですか？　おれ、今、腹とか別に痛くないっすよ」と由人が二人に向かって言うと、

「何の病院でもいいんだよ。そこで薬をくれるからとにかくそれ飲め。おまえ、保険証と金持ってるか？　今日はこのまま会社に帰って来なくていいし、とにかく明日は

一日休め。その代わり、あさっては朝いちで来いよ」

溝口がそう言い、由人がうなずくと、溝口のデスクの上の電話がなった。

「やっべ。もう催促かよ」そう言いながら、溝口は電話を取り、「すいませんすいません」と連呼しながら電話の向こうの誰かにペコペコと頭を下げている。

長谷川も溝口も目が充血して、皮膚はどす黒く、こめかみには血管が浮いていた。なぜだか二人とも黒いパーカーのフードをかぶりながら仕事をしていたので、手に鎌《かま》を持たせたらこの人たちまるで死に神みたいだ、と由人は思った。

5

「記入できるところだけでいいですからね」

受付で由人が名前を告げると、エプロンをつけた年配の女性がバインダーにはさまれた問診票とボールペンを由人に渡してくれた。

さっき、溝口に聞かれたような質問が並び、由人はそのほとんどにチェックをつけた。下に目をやると、「特に気になる症状は?」という質問のあとに、不眠、頭痛、肩こり、腰痛《ようつう》、不安感、緊張、口の渇き、便秘、性欲の低下、めまい、耳鳴り、など、五十個近い項目が並んでいる。由人はさっと目を通し、不眠、めまい、肩こり、不安感、性欲の低下など、十項目に○をつけた。最後に、この病院をどこで知りましたか？という質問に、「会社の先輩から教えてもらって」とインクの出の悪いボールペンで時間をかけて記入した。

長谷川と溝口が紹介してくれたクリニックは、会社のある駅から電車に乗って、急行で一つめの駅のそばにあった。エステサロンや保育園の入った比較的新しい雑居ビルの三階。診療時間があと少しで終わるところだというのに、由人がドアを開けると、うなぎの寝床のような細長い待合室のソファにたくさんの人たちが座っていた。

記入し終えた問診票をさっきの女性に渡し、由人は少し柔らかすぎるソファに深く腰をかけた。待合室のなかをぐるりと見渡すと、自分と年齢の変わらないワカモノだけでなく、サラリーマン風の年配の男性や、幼稚園児くらいの子どもを連れた若い母親もいた。二十人くらいの人がいるはずなのに、クラシック音楽が小さめに流れる待合室は驚くほど静かだった。制服姿の女子高校生もいて、なぜだか彼女はひざの上にかなり大きめのスヌーピーのぬいぐるみを載せ、それをぎゅっと抱きしめている。彼女の持ち物なのか？と思いながら、由人は女子高生をちらちらと見た。女子高生はときおり、スヌーピーに顔をうずめ、泣いているようにも見えた。スヌーピーの体の白い部分は少し灰色がかり、所々毛が抜けている部分もあった。

由人が名前を呼ばれたのは、病院について一時間ほどたったころだった。待合室の奥にある診察室のドアを開けると、医師がマホガニーのデスクの向こう、アーロンチェアに座ったまま由人を見上げ、デスクの前の椅子《いす》に腰かけるように言った。頭も髭《ひげ》も白髪交じりで、顔が宮崎駿《はやお》だ、と由人は思った。

「田宮さんね。今、いちばんつらいのはどんな症状？」

由人が記入した問診票に目を通しながら、明らかに手編みと思われるココア色のベストを着た医師が由人に聞いた。

「……なかなか眠れないのと、眠っても眠りが浅くてすぐに目が覚めてしまって。あと、起きたときから気持ちがすごくへこんでて……なんにもやる気がなくて」

医師はうなずきながら、由人の言うことをパタパタとパソコンに打ち込んだ。

「その感じね、いつくらいから始まりました？」

医師が由人をじっと見つめてさらに聞いた。目の半分は垂れ下がった瞼《まぶた》に覆《おお》われて見えないのに、自分を見透かされているようでどぎまぎした。見つめる医師の白髪頭や垂れた耳たぶのあたりを、由人の視線が不安気にさまよった。

「ええと……半月、いえ、もっと前、一、二カ月くらいかもしれません」

「年があけたくらいからだね。……ふむ。ずいぶんたつねぇ。なるほど、それはずいぶんつらかっただろうねぇ」言われた瞬間、由人の左右の目から涙があふれ出た。

そうか、俺はつらかったのか。そう思うたび、涙が出た。つらい、という感情すら封じていた自分のことをなんだかあわれに感じた。

患者が泣き出すことには慣れているのか、医師は顔色も変えずに由人にティッシュペーパーの箱を差し出し、そのまま話を続けた。由人の仕事のことや、田舎の家族のこと、年明けに何か大きな出来事が起こったかどうか。医師はそんな質問をした。仕事がつらいこと。兄がひきこもっていること、妹が早くに母親になったこと。祖母が死んだこと、彼女にふられたこと。医師に聞かれるまま、あふれるように言葉が出た。そのひとつひとつを、医師はふむ、と言いながらパソコンに入力していった。

こんなふうに一人の人間を前に、自分のことを話すのは生まれて初めてだった。ぺらぺらと口をついて出る自分の話を自分の耳で聞きながら、俺の人生って意外にいろいろ事件があるな、と由人はひとごとのように思った。

「短い間にそれだけのことがあれば、体だけじゃなく、心も疲れるのが普通だから。……仕事を休めれば一番いいのだけれど。君の会社の場合、そうもいかないみたいだね」

医師の言葉に由人はうなずいた。

「まずは田宮さんがしっかり眠れるようにお薬を飲んでもらおうか。そうやって体を休めてね。薬を飲みながら、生活をコントロールしていく方法でね。時間があれば、この病院ではカウンセリングも受けられるよ。それは追い追い考えていこうかね。田宮さんの場合、うつっていってもそれほど、重いわけじゃないから」

医師の説明に由人は顔をあげた。

「はっ？　う、うつっ？」

キーボードを打っていた医師が顔をあげ、由人を見た。

「そうだね」

あっさり認めた医師の言葉に由人は驚いた。

「僕、うつなんですか？」

「でも、田宮さんの場合、まだ軽いから。朝顔の双葉《ふたば》が出たくらいのうつね。だいじょうぶ。薬が合わないこともあるから、なにか変わったことがあったらすぐに来てね。何もなかったらまた二週間後に」

そう言いながら、なぜだか由人に向かって片手を差し出した。訳も分からず由人はしばらく医師の手を見ていたが、あぁ、と理解し、医師と握手した。宮崎駿に似た医師の手のひらは由人の予想以上に厚く、温かかった。

さっきよりずいぶん人が少なくなった待合室に戻りながら、心療内科ってそういう病院なんだと、初めて由人は理解した。泣いた顔を気にして、うつむき加減でソファに座ったが、待合室の患者は誰も由人の顔を見ようとしなかった。たぶん、意識的に。この病院では患者が泣きながら診察室から出てくることなんて日常茶飯事だろうし、この病院に来る誰もが泣きながら診察室から出てきたことがあるんだろう、と由人は思った。

ソファのはしっこに、さっきの女子高生が抱えていたスヌーピーのぬいぐるみが転がっていた。あおむけになったスヌーピーの口もとが笑っているのが見える。由人はおずおずと手を伸ばした。ひざの上において、スヌーピーを抱きしめてみた。ミカの好きな背中からのハグで。汚れてはいるけれど、手触りはやわらかく、ふわふわしていた。顔をうずめると、アメリカ製の柔軟剤のにおいがした。由人の向かいに座り、雑誌を読んでいた中年女性がちらりと由人のほうを見たような気がした。

かまいません、と由人は思った。見てもらってかまいません、と。

そして、もしかして、と由人は思った。このでかいビーグル犬のぬいぐるみに、もしかして自分は癒《い》やされちゃってるかもしれない、と。そのことが無性に恥ずかしく、情けなかった。でも、仕方がないか、と由人は思った。だって、自分はうつなんだから。そして、今度、給料が出たら、でかいぬいぐるみをひとつ買おうと心に決めた。それさえあれば安らかに眠れそうな気がした。

薬局で二週間分の薬をもらって由人は自宅のアパートに戻った。この前、家に戻ったのはいつだったか、いくら考えても思い出せなかった。春先の空気がこもった部屋は黴《かび》くさく、窓を開けたが、久しぶりに聞いた釣り堀池のモーター音が大きく響いていて、また眠れなくなるかもしれないと不安になり、由人は慌《あわ》てて窓を閉めた。冷蔵庫には水とバターと、焼き肉のたれしか入っていなかった。何かを食べてからのほうがいいんだろう、と思ったけれど、食欲はまったくなく、仕方なく病院の帰りに買ったゼリー状飲料を吸い上げた。薬局でもらったうつ病のパンフレットを見ながら。

「うつは心の風邪です」という文字が飛び込んできた。ということは、何度でも、これからも自分は風邪をひくし、ひどいときには風邪で死ぬこともあるということなんだな、と、由人はそう理解した。風邪、と言われたのに不治の病にかかってしまったような不安が由人の胸に広がった。

ミネラルウォーターでさっきもらった二種類の薬をのみこんでから、何週間かぶりに、浴槽に湯をためて入浴した。温かいお湯に入ると、はーーーっと、老人のような声が出た。グレープフルーツの香りのするボディシャンプーを盛大に泡立てて体を洗った。ふと顔を上げると、浴室の天井の隅にカビのような点々が見えたが、見ないふりをした。風呂《ふろ》から上がってパジャマ代わりのスエットの上下に着替え、歯を磨く。電気を消して、ベッドにもぐり込んだ。まだ、眠気らしい眠気はやって来ていないけれど、と思う間もなく、由人は深い眠りの穴につき落とされた。それはまるで麻酔銃を撃たれた動物がサバンナに倒れ込むように、あまりにも乱暴な入眠だった。

由人は一度も目覚めることなく、翌朝、午前八時ちょうどに目が覚めた。天井につるカーテンの隙間《すきま》から漏れる光を見つめながら、さっきまで見ていたあまりにリアルな夢の内容を反芻《はんすう》していた。由人は普段、まったく夢を見ない。けれど昨夜は、なぜだか果てしなく広がる宇宙の夢を見た。そのだだっぴろい宇宙を男のマネキンの首が回転しながら、由人のほうに向かってきた。その光景の荒唐無稽《こうとうむけい》さは、ミカの友人に、遊び半分でもらったクスリをのんだときと同じだ、と由人は思った。夢じゃなくて、バッドトリップじゃないか、このクスリ。この薬って、一体なんなんだ。そうは言っても、薬が効いているのか、頭の芯《しん》が重く、だるく、それ以上のことは考えられなかった。

薬をのみ続けて最初に感じた効果は、肩や首の異常なこりを感じなくなったことだ。薬局からもらった薬の説明書きに、筋肉の緊張をほぐす、と書いてあったけれど、体の節々を締めていたネジが外れたように力が抜けてしまうことに由人は驚いた。肩だけでなく腕の筋肉や手の力も抜けてしまうので、マグカップを落としてしまい、買ったばかりの白いスニーカーをコーヒー色に染めてしまったことがあった。

一日二回、朝と夜に薬をのむ。朝、目覚めると、なぜだか異様にハイテンションで、体中に力が漲《みなぎ》っている感じがした。会社にいる間はそれまで以上のペースで仕事をこなし、日が傾くと同時に、朝に漲っていたエネルギーはどんどん消耗されていった。夜は薬の力で深く、深く眠る。確かに薬をのむ以前に感じていたまとわりつくような不安感や緊張は消えた。だけど……、これって……。覚醒剤《かくせいざい》みたいなもんなんじゃないか、とも由人は思った。

「ああいう薬って、副作用とかないんですかね？　だって脳に作用する、って薬局でもらった紙に書いてありましたよ。脳がどうにかなっちゃうことってないんですかね」と溝口に聞くと、

「深く考えるな。俺も長谷川さんもあの病院の常連なんだよ。おまえも俺も必要だからのんでるんだから。生きてくために。ありがたいと思ってのめよ」由人の顔を見ず

に答えた。

溝口さんも、長谷川さんも、この俺も、こんな薬のんで、こんなふうに働いてだいじょうぶなのか、と由人は初めて思った。

この国は。

それは、生まれて初めて頭の中に浮かんだ言葉だったので、由人自身がひどく驚いた。こんな薬で気持ちを底上げしてワカモノが休まず働かなくちゃいけないこんな国って。

「なんかおかしくないですか?」勢いこんで思わずそう言った由人の言葉に、

「どこが」と溝口が、由人がチェックしていた色校をのぞきこんだ。

「どこがだよ」黙ったままの由人に苛立《いらだ》つように溝口が返事をした。

「あ、やっぱだいじょうぶでした。すいません」

「なに、ぼーっとしてんだよ。早く戻せよそれ」ったく、と言いながら、溝口は慣れた手つきで片手でアルミのパッケージから四つの錠剤を取り出し、ミネラルウォーターで一気に流し込んだ。まるで燃料を補給するみたいに。

この国はおかしくないか。という、うすらぼんやりと生きてきた自分が今まで抱えたことのない、そんな疑問が生まれてきたことすら、もしかしたら気持ちを上向きにするというこの薬の影響かもしれなくて、そう思うと、コールタールのような黒く粘ついた液体状の異物が自分の脳のなかにぷつぷつと生まれているような気がした。けれど、由人のなかで生まれたそんな不満も疑問も、一瞬のうちに霧状に拡散していった。由人はそのとき、はっきりと認識した。深く考えさせない、ということが、この薬のいちばんの効果なんだろう、と。

由人の精神状態が回復に向かうのと裏腹に、四月になってから会社の経営状態はさらに悪くなった。これからは一カ月分の給料をまとめて払えないから、半月分ずつ払う、と社長と経理の畠さんが神妙な面持ちでみんなの前で告げた。

会社の赤字を補うために、社長の住むマンションと、畠さんの住む一戸建て住宅はすでに抵当に入っているらしかった。二人いた女性デザイナーのうち一人は、すでに別の事務所に引き抜かれ、もう一人のデザイナーも転職活動を始めたようで、無断で会社を休むことが多くなった。この年齢じゃどこも雇ってくれないから、と五十歳になったばかりの長谷川は、会社の抱えるいくつかのクライアントに「フリーになって仕事を格安で引き受けますから」と営業をかけたことがばれ、社長から冷たい視線を浴びていた。沈没船から先を争って乗客が逃げ出すように、社内の人間関係は途端にぎくしゃくし始めた。

溝口も転職活動しなくちゃ、と言いながらも、ほかのデザイナーが中途半端《はんぱ》にやり残した仕事に忙殺されていた。遅れがちな半月分の給与も、一人暮らしをしている由人に少しでも先に払ってやってくれ、と経理の畠さんに頼みこんでいた。

「よく見とけよ。会社の終わりってそいつがどんな人間なのか、よくわかるから」

いつの間にか会社に出てこなくなった長谷川の仕事をこつこつとこなしながら、溝口が言った。

つぶれたら、そのときはそのとき、と由人は強がってみたものの、この会社以外に半人前の自分を必要としてくれる会社はないんじゃないか、と思うと無性に怖かった。転職活動を始める勇気もなかった。

六月に入って、デザイナーは結局、由人と溝口の二人だけになった。この会社に入社して以来、どんな時間帯でも誰かがいて、忙しいときには息苦しさを感じるほどだったこの空間が、こんなに物寂しい場所になることを由人は実感した。がらんとした事務所、いくらでも机は余っているのだから、離れた席に座ってもいいはずなのに、溝口と由人はなぜだか以前と同じように向かい合って座っていた。二人で黙々と仕事をこなした。とはいっても、それは溝口と由人、二人しかいなくても楽に終わってしまう分量の仕事で、締め切りまでにはまだずいぶん時間があった。次の仕事が入ってくる気配はなかった。

「とにかくこれを終わらせてから考えよう次のこと」

自分に言いきかせるように溝口が言った。由人が昼ご飯を食べて事務所に帰って来ると、「会社の規模を小さくしてやり直したっていいじゃないですか。僕も頑張って営業しますから」と、溝口が社長に食ってかかっているところを目にした。いつもなら言われた言葉の十倍以上は口汚く言い返す社長は、黙ったまま煙草《たばこ》をふかし続けている。経理の畠さんですら会社に泊まり込んでいることが多くなって、具体的なことは何ひとつわからなかったが、由人にも会社の終わりが近づいていることはひしひしと伝わってきた。

入社して初めて、由人は土日の二日間、続けて会社を休むことができた。

仕事が忙しかったせいで学生時代の友人とはほとんど会えなかったし、ミカとも別れ、今の由人には友人らしい友人が誰ひとりいない。具体的な予定は何ひとつなく、あれだけ休みたいと切望していたのに、いざ休みになったら何をしていいかわからなかった。したくはなかったけれど、由人はちらかり放題の部屋を片づけて、時間をつぶすことにした。窓を開けると、雨にもかかわらず釣り堀には何人かの人が釣り糸を垂らしているのが見えた。池の水をかきまわすポンプの音も以前のように気にならなくなっていた。

洗ったまま畳みもせず、床に放置されていたシャツや下着をしまうために、クローゼットに収納された三段の引き出しを開けると、片隅にミカが忘れていったパジャマ代わりのTシャツがくしゃくしゃになって丸まっているのが見えた。思わず由人は床の上に乱暴に放り投げた。身をよじるようにふわりと着地したTシャツを見て、この機会に部屋のあちこちに散らばっているミカの残骸《ざんがい》を処分してしまおうと思い立った。

クレンジングクリームと洗顔料、バトラーの赤い歯ブラシ。中華街で由人が買ってあげた布製の靴。タンクトップが三枚にブラジャーとショーツが二組。瓶の形がかわいいからと、ただそれだけでミカが買った魚の形のボトルに入ったワイン。部屋のあちこちをひっくり返したものの、ミカが残していったものは意外に少なくて、正直、由人は気落ちした。

ワイン以外のすべてを、コンビニのビニール袋に入れようとしたとき、どこにひっかけたのか、中華街で買った布製の靴に縫いつけられていたたくさんのビーズが床の上に散らばった。深夜のコンビニでこの靴を履いていたミカの足下を由人は思い出していた。二人でくすくす笑いながらコンドームを選び、ひじをつつき合いながら、レジに並んだこと。

由人は魚の形の瓶に入ったワインを開け、シンクに置きっぱなしになっていた汚れたマグカップに注いで飲み始めた。由人はアルコールに強いほうではなかったから、すぐに酔いがまわって、床の上にうつぶせになった。ひんやりとした床の上が気持ちよかった。ビーズの粒々が頰に触れた。最後に会ったときのミカの泣き顔を思い出した。

開けたままの窓の外から、能天気な「サザエさん」のエンディングテーマが聞こえてきた。東京の片隅の、こんな小さな六畳間で床に突っ伏している自分がひどくみじめに思えた。さびしかった。さびしい、と小さく声に出してみて、さびしい、のか、さみしい、のか、どちらが正しいのか、わからなくなった。死んじゃおうかな。由人の頭のなかに小さな声が浮かんだ。それはコンビニでプリン買っちゃおっかなー、と同じくらいの軽さのつぶやきだった。もう死んじゃおっかなー。由人は床に顔をつけ、子どものように足をバタバタさせ、口に出して言ってみてから、おととい もらったばかりの二週間分のソラナックスとルボックスを袋から取り出した。

開けたままの窓からは、相変わらず、釣り堀池の水をかきまわす音が聞こえた。酔いのまわった頭で、あぁ、と由人は気が付いた。その音を聞いてなぜ自分は落ち着くのか。ざばざばざばというその音は、田植えをはじめる田んぼにゆっくりと満たされていく水の音に似ているからだ。そんな音に癒《い》やされている自分が、東京に来たことすら間違いだったんじゃないかと由人は思った。薬をアルミのパッケージから一個ずつ取り出し、床の上に一列に並べてみた。これを全部飲んだとしても多分、死ねないんだろうな、と思いながら、「死」という文字のカタチに薬を並べてみた。

6

遠くのほうからしつこく携帯の呼び出し音が聞こえる。

由人は一瞬、自分がどこにいるのかわからなかった。変な角度で左側に曲げた首がにぶく痛んだ。携帯は鳴り続けていた。左右の手のひらをぺたりと床につけて、上半身を起こし、床に突っ伏して寝てしまったことに気がついた。立ち上がると頭のなかでお寺の鐘のような音が鳴り響き、足下がふらふらする。さっきベッドの上に放り投げたままだった携帯を取ると溝口が出た。

「俺、今、会社。なんかやな予感がしてさ、今来てみたら、パソコンもコピー機もなんにもなくなってんだよ。明日になったら会社のなかに入れなくなるかもしれないぞ。野乃花ちゃんとも畠さんとも連絡とれないし……。おまえ、大事な私物とかあったらすぐに取りに来いよ今のうちに。合い鍵《かぎ》持ってるだろ」

興奮したようにそれだけ言うと、電話が切れた。

携帯で時間を確認すると、午前二時を過ぎていた。頭が朦朧《もうろう》として、溝口の話したことを理解するまでに時間がかかった。確かに会社で生活しているようなものだったから、会社には由人の私物がたくさんあった。けれど、取りに行くほど大切なものがあったか、と考えて、思い浮かんだ。ミカにもらった赤いハートのキーホルダーだった。机の引き出しの二番目。今、なんとなく自分は死にたい気持ちなんだけれど、もし今、死んでしまうとしたら、最後にあのフェルトでできたハートをにぎって、アイラブユーというふざけた声を聞きたかった。死ななくても、あれを自分の手でゴミ袋に捨てないと、ミカとのすべてが終わらないような気がした。由人は床に散らばった白とオレンジの錠剤を両手で乱暴にかき集めて、パーカーのポケットに入れ、スニーカーを履いて玄関のドアを閉めた。

頭と足下はふらふらしていたけれど、なんとか自転車をこぐことができた。街道沿いに地下鉄二駅分を走れば会社につく。降り続いていた雨はすっかりやんでいたけれど、電線や街路樹の枝や葉にたまった水滴が風に吹かれ、ときおり由人の顔を濡《ぬ》らした。会社の前に自転車を止め、事務所の入っているビルを見上げると、どのフロアにも電気がついていなかった。のろのろと降りてきたエレベータに乗り込み、五階を押す。事務所のある五階につき、ドアがゆっくり開いた途端、エレベータの中の光が、社長の顔を照らした。由人があっ、と声をあげると、社長は由人の顔を二秒ほど見つめたあと、エレベータの前からきびすを返し、階段を降りて行こうとした。とっさに由人が社長の腕をつかむ。社長が由人の手を力まかせに振り払おうとしたので、持っていた重そうな紙袋の取っ手がちぎれ、黒くて丸いかたまりが二つ、ごろごろと階段の下に落ちていき、踊り場に着地した。非常灯に照らされたそれを目をこらして由人は見た。表面に小さな丸い穴がいくつもあいていた。あぁ、あれはあれだ。ばあちゃんの部屋の火鉢とか、焼き肉屋で見たことある。なんだっけ、そうそう練炭練炭。

「何考えてんすかぁぁぁぁぁ」

名前が思い浮かんだ途端、由人は大声で叫んでいた。社長は由人の手をさらにふりほどこうとした。だめですだめですだめです、といいながら、社長の腕をつかんだまま、由人はその場にしゃがみこんだ。いきなり大声を出したせいなのか、貧血のように目の前が暗くなって、胸がしめつけられるように苦しくなった。

「ちょっとちょっと由人、どうしたの。由人！」

社長の叫ぶ声が由人の耳に響いていた。社長が由人の頬を力まかせに叩《たた》いた。ちっとも痛くない、と遠のいていく意識のなかで、由人は思っていた。男みたいだけど、やっぱり女なんだな。名前だけじゃなくて。ほんの少しだけ目を開けると、社長が見たことのないような泣きそうな顔で由人の顔を見ていた。ぱらぱらと水滴が由人の顔にかかった。それが社長の汗なのか涙なのか確認したかったけれど、いったん目を閉じてしまったら、由人の瞼《まぶた》はまるで接着剤を使ったみたいにくっついてしまって、手足からも力が抜けて、どうやってもエレベータの前の床の上から体を動かすことができなくなった。

Ⅱ．表現型の可塑性《かそせい》

1

「魚のにおいが、するわよ」

県庁舎で行われた児童絵画コンクールの授賞式で、隣に立っていた髪の長い少女が野乃花に向かってこう言った。壇上ではまだ、県会議員の話が続いている。舞台の袖《そで》で表彰を待つ小学生たちは、誰もがあくびをかみ殺し、退屈なその時間をなんとかやり過ごそうとしていた。小学六年生の野乃花にとって、小学校に入学して六回目の授賞式だった。見覚えのある受賞者もたくさんいたが、その少女を見たのは初めてだった。

何を言われているのかわからず、きょとんとした顔で自分を見つめる野乃花に向かって、少女はもう一回、音節を区切り、アクセントを強調しながら言った。まるで外国人に話しかけるように。

「魚の、においがするの。気がついてる?」

そう言いながら、少女はすっと通った鼻筋の根元にしわを寄せて、いかにも迷惑だ、という表情をした。野乃花は自分の着ている白いシャツの袖を鼻にあて、くんくんと嗅《か》いでみた。かすかに石鹸《せっけん》のにおいがする。このシャツは洗ったばかりだし、魚のにおいなんてしないはずだけれど、と野乃花は思った。

「あなた、海向こうの人でしょう。向こうに渡った途端、どこもかしこも魚の腐ったみたいなにおいがするものね。それと同じにおいがあなたの体からするの」

海向こう、という言葉をそのとき初めて野乃花は聞いたが、それが自分の住む半島を蔑《さげす》む言葉だということはすぐにわかった。少女はワンピースのポケットから、白いハンカチを出して鼻にあて、野乃花から少し離れたところに立った。

野乃花は少女の服装をまじまじと見た。黒とグレイのギンガムチェックのワンピース。舞台袖の暗がりでも、細かいラメが布地の上で上品に光っているのが見えた。腰の部分には、グレイの布地で出来た薔薇《ばら》のコサージュがつけられている。ワンストラップの革靴のつやつやした黒、透かし模様の入った白いタイツ。なんてきれいなんだろう。

まわりを見回してみれば、授賞式に呼ばれた女生徒は誰もがふわっとしたワンピースのようなものを着ていて、野乃花のように白いシャツと黒い吊《つ》りスカートを穿《は》いている子どもは一人もいなかった。うつむいて、泥で汚れた自分のズックを見ながら、野乃花の頭の中はいつものように想像でいっぱいになった。いつか、あの子のような革靴をはける日が来るかな、たぶん、来ないな。でも、自分の子どもはどうだろう。もし、自分が父さんみたいな漁師じゃなくて、お金持ちの誰かと結婚したら、自分の子どもにはあんなふうにかわいい靴をはかせてあげられるかもしれない。

やっと野乃花たちが表彰されることになった。六回目とはいえ、たくさんの見知らぬ大人たちの前で表彰されるのは、野乃花をひどく緊張させた。野乃花に、魚臭い、といった少女は銅賞で、野乃花は金賞だった。会場には県の広報誌を作る職員や、地方紙の記者も来ていて、表彰される子どもたちをステージの下から撮影している。金賞をとった野乃花よりも、銅賞の少女が表彰状を受け取るときのほうが、たくさんのフラッシュが焚《た》かれた。

「ふーん。あなた、野乃花っていうんだぁ。名前だけはかわいいんだね」

表彰式が終わり、控え室に歩いていく薄暗い通路で、野乃花を追い越していった少女が振り返り、そう言った。目があうと、少女はほんの少しだけ唇の端を持ち上げて笑い、控え室に駆けだして行った。

少女の、ワンピースから伸びる白くて長い腕、絹糸のように細くてつややかな長い髪を見ながら、自分がこの少女と同じ年齢の、同じ国に住む子どもだとはどうしても思えなかった。だから、からかわれたり、意地悪をされても仕方がないか。それに、もし、私が本当に魚臭いとしたら、漁師の父さんと、魚の缶詰工場で働く母さんとの間に生まれた子どもだから仕方がないな。昨日の夜も今日の朝も魚を食べたんだから、と、ざん切りのおかっぱ頭を揺らしながら、ぼんやりとそんなことを考えていた。

それから六年が経《た》って、英則《ひでのり》の顔が近づいてきたとき、野乃花がまっさきに気にしたのは自分のにおいだった。キス、というものが、ただ単に唇同士を触れ合わせるものではなく、お互いの口腔内《こうこうない》を舌や唾液《だえき》が行き交うものだということを、高校三年生の野乃花はそのとき初めて知ったのだった。ベッドの上で自分だけが全裸でいることがひどく不自然に感じられた。服を着たままの英則の体からは、今まで自分が嗅いだことのないような人工的な柑橘《かんきつ》系の香りがした。英則の舌や唾液は、コーヒーや煙草《たばこ》の味がした。自分が英則を、触覚だけでなく、嗅覚《きゅうかく》や味覚で感じているのだから、英則も自分の触り心地やにおいや、味を感じているのだろうと野乃花は思った。英則の肩をそっと押して唇を離し、野乃花は英則の顔を見た。

「先生、私、へんなにおいがしませんか？」

野乃花は小さく咳払《せきばら》いをしたあと、かすれた声で聞いた。

「……え、におい？」

まったくの予想外のことを言い出した野乃花の顔を英則はのぞきこんだ。野乃花の、小さなアーモンドのような瞳《ひとみ》に英則の顔が映っている。

「……石鹸のにおいしかしないけど」

野乃花のこめかみに鼻を近づけてそう言いながら、英則は野乃花の瞼《まぶた》に口づけた。縄のように太い三つ編みをほどいて、温かな髪の中に指を入れ、ゆっくりと髪をすいた。

開けたままの窓から、フェリーが出港するときの鐘の音が聞こえた。

うっすらと目を開けると、英則が野乃花の胸のあたりをじっと見つめている。その目線の先に目をやると、左の乳頭のそばに雲母《うんも》のようにきらきらと光るものが見えた。英則はその欠片《かけら》をつまみ、窓からの光にかざした。鉱物ではなく小さな魚の鱗《うろこ》だった。

「なんでこんなところに」

英則はそれを野乃花に見せて笑った。なぜ、そんなところに鱗がついているのか、そのことをひどく恥ずかしく思いながらも、英則の笑顔に胸がつぶれるように苦しくなった。ぎごちなく笑いかえしながら、ほんの一瞬、なぜ自分こそ、こんなところで裸になっているのか、というひんやりとした思いが頭をかすめた。この人のことがどうしようもなく好きになってしまったのだから、仕方がない。溺《おぼ》れそうになっている人が、浮き輪を必死でつかむように、無理矢理にそう思うことで、これから起こることへの恐れと罪悪感を必死に薄めようとした。

小さな鱗を、英則は開け放たれた窓に向かって爪《つめ》で弾《はじ》いた。英則の親指が野乃花の頬をなで、もう一度深く、長く、口づけをした。さっきよりも温度の高い舌が入ってくる。口の中で魚が跳ねているみたいだ、と野乃花は思った。

2

野乃花の生まれたZ県は、湾を挟んで、二つの半島が向かい合う形でできている。俯《ふ》瞰《かん》で見ると、視力検査の「C」の形に見えた。県庁舎とお城を中心に、繁華街の広がるX半島は、野乃花が住むY半島からフェリーに乗り、十分ほどの距離にあった。県庁舎は、第二次世界大戦の戦火にも焼けずに残ったというネオ・ルネッサンス様式の洋館で、国の登録有形文化財に指定されている。城山と海との間には、老舗《しにせ》デパートを中心に東西に続く繁華街が広がりつつあって、大規模なアーケード工事が始まろうとしていた。Y半島に住むワカモノは、思春期になると、本やレコードや洋服を、あるいは異性やアルバイト先を求め、フェリーに乗ってX半島を訪れた。
Y半島も、フェリー発着場のある町には、旅館や飲食店のようなものもいくつかあったが、観光客のほとんどはX半島に渡ってしまうため、町のにぎわいのようなものとは無縁だった。海岸沿いの道路には、青魚の開きが並べられた網が延々と続いていた。少女が言う、魚のにおいとは、青魚が太陽光に照らされ水分が蒸発していくときのにおいに違いなかった。

野乃花の住む村落は、フェリー発着場の町から、さらに海岸沿いにバスで二十分走ったところにある小さな漁村だった。男は漁師、女は青魚を加工する缶詰工場で働く者がほとんどだった。野乃花の両親も例外ではなかった。

父はアジ、サバ、イワシの群れを追う、巻き網漁の漁師だった。数隻《せき》の船がチームを組み、夕方近くに港を出て漁場に向かう。集魚灯で海面を照らし、魚をおびき寄せる、帯状の魚網を投げ入れる、獲《と》った魚を運ぶ。それぞれの船、それぞれの漁師が、それぞれ異なる役割を持っていた。

野乃花の父は網を放つ船を引っ張る、裏こぎ船に乗っていた。本船と呼ばれる魚網をのせた網船に乗ることが、巻き網漁をする漁師にとってはもっとも名誉なことだった。中学を出たあと、すぐに漁師になった父は、いつか網船に乗ることを夢に見て、毎日、休むことなく漁に出た。年長者から浴びせられる罵声《ばせい》や理不尽な暴力にも歯をくいしばって耐えた。けれど、そんな努力が無駄だと気づいたのは、海に出てすでに一年が経ったころだった。乗る船や、役割は、生まれた村や、生まれた家によって、決められていた。そのことにやっと気づいたとき、父は酒や煙草や博打《ばくち》や女を買うことを覚えた。年齢にふさわしくない悪い遊びを覚えるたびに、十五歳だったか細い少年の体は屈強な漁師の体に変貌《へんぼう》を遂げていった。朝日が昇る直前まで五、六回投網《とあみ》し、夜明けとともに帰港する。野乃花と母が朝食を食べているちゃぶ台で、父はただ黙ったまま、赤銅色《しゃくどういろ》のぶあつい手で湯のみに焼酎《しょうちゅう》をつぎ、あおるようにのんだ。

父にとっていちばん大事なことは、理屈を言わず、ただ体を動かし、たくさんの魚をとるために男たちと協力することだった。ほかの漁師と同じように、波や、風や、潮の流れをよむことには長《た》けていたが、女や子どもの気持ちを思いやる、という能力は死ぬまで鍛えられることはなかった。女や子どもが理屈を口にすると、「議を言うな！」と一蹴《いっしゅう》した。

母は父と同じ村の出身だった。五人兄妹《きょうだい》の末っ子、長男とはひとまわりも年が離れていた。肺を病んだ老いた父親に代わり、長男が漁師を、次男がわずかばかりの田んぼを守り、その下の三人の女の子を育てた。上の二人の姉たちと同じように、野乃花の母も中学を出て、稲を育て、親の面倒を看《み》て、和裁で家計を助け、十八になると見合いで結婚をした。口を動かすよりも、手を動かす生活は幼いころから体の芯《しん》に染《し》みついていた。

一人娘の野乃花を産んだあとも、産後半年も経っていないのに、その当時、出来たばかりの保育園に野乃花を預け、缶詰工場で働き始めた。一日八時間、立ちっぱなしの仕事が終わっても、休むことなく家事や育児や、近くに住む双方の老親の介護につくす日々を送っていた。時々、酔っぱらった父に罵声をあびせられ、殴られることがあっても、洋服一枚、口紅ひとつ買えない年が続いても、それが不幸だと思うことはなかった。子どものころからまわりにいる女たちも同じような生活をしていたから比べようがなかったのだ。

野乃花の生まれた年、村から千キロ離れた東京では、オリンピックが行われ、六歳になった年には、村から五百キロ以上離れた大阪で万博が行われた。世の中や、日本、という国は、急激な右肩上がりで成長を続けていた。その影響は大都市に住む人たちの生活を大きく変えていたが、大動脈の先、毛細血管のさらにその先にあるような、野乃花の住む村の生活が大きく変わることはまだなかった。

表彰状の入った茶色い筒を抱えながら、野乃花は掘っ立て小屋のような自分の家を見た。部屋には入らないで、洗濯物が干されている庭に回ってみた。夕方に近い時間だったけれど、母はまだ帰ってはいなかった。青い古びたビニールロープに、漁協や缶詰工場の名前の入った黄ばんだタオルが何枚か干されている。何回もの洗濯に耐え、潮風にさらされた薄いタオルはすり切れて、端がほつれていた。タオルに鼻を近づけ、深く息をする。何回か繰り返しているうちに、石鹸の香りのはるか向こうに、魚のにおいがするような気もした。缶詰工場から帰って来たばかりの母のトレーナーに顔を埋《うず》めたときのにおいだった。

野乃花の髪の毛をなでる母の指からも、同じにおいがした。

一日に何百匹もの青魚の腹を割く母の指はひび割れ、しわの間に魚の血がしみ込んでいた。心臓病を抱える野乃花の母は、村にひとつしかない診療所でもらった薬をのみながら自分の体を騙《だま》し騙し、働いていた。長押《なげし》に並ぶ祖父母の遺影の隣には、野乃花が絵画コンクールでもらった賞状がいくつも飾られていた。母さんは、この表彰状もまた額に入れて大事に飾ってくれるんだろうなぁ、そう思ったら、今すぐにでも母さんに会いたくてたまらなくなった。もし将来、私がお金持ちと結婚したら、母さんをフェリーに乗せて、X半島のいちばんいい病院に連れて行く。バリバリに乾きすぎて、まるでナイロン製の垢《あか》すりのような感触のタオルに顔を埋めながら、野乃花は心のなかで小さく誓った。

「こん子は紙と鉛筆だけ渡しちょればいつまでんおとなしゅ絵を描いちょる」

野乃花を見ると、大人たちはみんなこう言った。

物心ついたころから、野乃花は絵を描くことが好きだった。大人たちが言うように、紙と鉛筆さえあれば、一人ぼっちでする留守番も怖くなかった。人形もおもちゃもほんの少ししか持っていなかったけれど、紙と鉛筆さえあれば、野乃花は何時間でも空想のなかで遊ぶことができた。

いつから自分がこんなふうに絵を描き始めたのか、はっきりとした記憶はない。けれど、絵を描いてほめられた最初の記憶をたぐり寄せると、母が働いている缶詰工場の暗い一角が浮かんでくる。

三歳になったばかりの冬。母は保育園に迎えに来たものの、そのまま家には帰らず、工場の休憩室に野乃花をおいて、また、どこかに行ってしまった。石油ストーブの小さな窓に映る炎を見つめながら、野乃花は心細い思いで母が戻ってくるのを待っていた。暑さでむっとする休憩室を飛び出し、缶詰工場の外に出た。この地方特有の白くてさらさらとした砂のような地面を黒く染める、流しっぱなしの水道をたどっていくと、工場の入り口にトロ箱に入れられたマイワシが目にはいった。細長い体の上半分は青緑色、腹のあたりは銀白色に光っている。上顎《うわあご》よりほんの少し突き出た下顎、側面の黒い斑点《はんてん》。まばたきをするたび、野乃花の目がマイワシの特徴をとらえた。ひゅーっと冷たい風が吹いて、野乃花は母親からの言いつけを思い出した。休憩室から出たらあかんよ。野乃花は慌《あわ》てて振り返る。ビニールの赤い長靴を履いた野乃花の足跡が休憩室まで続いていく。野乃花の小さな頭のなかには、今見たばかりのマイワシの画像がいっぱいに詰まっていた。

休憩室のテーブルの上には誰かが読み散らかした新聞や折り込みチラシが散乱していた。折りたたみ椅子《いす》によじ登り、長靴をはいたまま正座をして、野乃花は折り込みチラシを引き寄せる。机の端にあったペン立て代わりの牛乳瓶から、ボールペンをつまんで取り出した。パチンコ屋のカラフルな広告が透けているチラシの裏に野乃花は今見たばかりのマイワシを描いた。一匹目。野乃花の頭のなかにあるマイワシの画像と、自分が描いたマイワシはどこか違っていた。もう一匹描いてみた。さっきよりも、ほんの少しだけ近づいたような気がした。もう一匹。自分の頭のなかにある画像と、自分の指先から生み出される黒々としたボールペンの線が少しずつ重なり合う。赤々と燃える石油ストーブのせいではなく、野乃花の顔が赤くなっていく。A4サイズほどのチラシの裏が瞬《またた》く間にマイワシの絵で埋め尽くされていった。野乃花はもう一枚、広告チラシを小さな手で引っ張り寄せ、その裏にマイワシを描き続けた。描ける。描ける。生まれてから今まで感じたことのない熱を伴った興奮を、野乃花は感じていた。

心配そうに自分の名前を呼ぶ母の声が遠くから聞こえる。無心で手を動かす野乃花のそばにやって来た母親と同僚のおばさんは、野乃花が描いたマイワシを見て、目を丸くした。

「まっこと。こげん小さな子が」

「こげん上手にねぇ」

二人のとぎれとぎれの感嘆の声も耳には入らなかった。小さな額に汗が噴き出して、体中が熱くなっても、野乃花は机の上で動く自分の手を止めることができなかった。

家に帰る前に、母は野乃花を冷たい風が吹きつける海岸に連れて行った。もうすっかり日が落ちて、照明を灯《とも》した沖合の船がいくつか見えた。野乃花は暗い砂浜にしゃがみ、小さな指でさっき見たマイワシを描こうとした。満潮が近づいていたので、泡立った波が野乃花の描きかけのマイワシを瞬く間に消し去っていった。

泣きべそをかいた野乃花を抱き上げ、母は頬ずりをした。そのときの母の頬は乾いて、ひどくかさかさしていた。

「野乃花は将来、絵描きになるかもしれんねぇ」そう言って、母は何度も野乃花に頬ずりをした。

カメラで写真を撮るように、一度見ただけで、目の前にあるものの形や、光の加減は、野乃花の網膜にプリントされた。見たとおりの形に正確に紙の上に再現するだけでなく、色彩の表現にも子どもとは思えないような個性があった。

例えば、林檎《りんご》を描くとき、小学校低学年の子どもなら、赤一色だけで塗りつぶすところを、野乃花は小学校の図工の時間に使う、たった十二色の水彩絵の具を何回も塗り重ね、今、枝からもいだばかりの、みずみずしい林檎の色を作ることができた。誰にも教わったことはなかった。色と色とをどんな分量で重ねるとどんな色になるか、そのデータは生まれたときから頭の中にあって、考えるより先に野乃花の指は、いくつかの絵の具のチューブを選び、自分の頭の中にある色を再現するために、適切な量とバランスの絵の具をパレットの上にひねり出していた。

「野乃花ちゃんの林檎、つやつやして本物のごたい」

「見っちょっだけで口ん中によだれがたまってきたぁ」

机の周りに集まったクラスメートが興奮したようにつぶやいた。

野乃花の絵を見た大人のほとんどが、「こげん絵がうまか子は見たことがなか。将来は画家になっとよかねえ」と言い、作品をコンクールに出せば、必ず金賞を取った。中学生になるまでの野乃花は、自分が将来、画家になることを疑ったことはなかった。どうやったら画家になれるのか、その具体的な道筋は何ひとつ知らなかったのだが、大人たちが褒め称《たた》える自分の「絵の才能」がありさえすれば、その道はモーセが海を渡るように自然に開かれていくのだと思っていた。中学生になるまでは。

中学に入学した年、母の心臓の調子はいっそう悪くなった。

村の診療所の医師に何度もすすめられ、母は渋々、X半島の県立病院で長時間にわたる検査を受けた。診断の結果、母親の心臓を元のとおりに動かすためには、心臓の弁膜を人工弁に取り替える必要がある、と老齢の男性医師に告げられた。手術費用は野乃花の家の年収よりもさらに多かった。

「良くなるか悪くなるかわからん手術て、金《ぜん》をどぶにすてるようなもんじゃ。そげな金があれば野乃花の嫁入りに使うとよ」

県立病院の帰り、フェリーの古ぼけたプラスチック製の椅子に座りながら、母親は青い顔をして言った。そうは言ったものの、野乃花のために貯金するような余裕もなかった。手術を拒否した母親の体調は日を追うごとに悪くなった。高校に入学したあと、臥《ふ》せることの多くなった母に代わり、家事だけでなく、工場のアルバイトにも通うようになった。

週に三日、放課後になると黒ずんだまな板の上で、青魚の内臓を掻《か》きだし、白い指先を血で染める。野乃花が幼いころとは違って、作業をするときにはラテックスの白い手袋の装着が義務づけられていたが、バイトが終わっても指先についた血のにおいはいつまでも消えないような気がした。

バイトから帰ると、昨日からまた臥せったままの母に代わって台所に立つ。いつものようにアルミニウムの鍋《なべ》で魚や野菜を煮る。出来上がるまでの間、台所の隅にある小さなテーブルで野乃花はわら半紙を綴《と》じたような、子ども用の安いスケッチブックに鉛筆で絵を描いた。おなかの開かれた魚、そこにつっこむ自分の指、目の前で白いエプロンをつけてもくもくと作業を続ける老女、台所の木枠の窓から見える小さな空、雲、夕陽、遠くに見える山の連なり。その日、野乃花の網膜に強く焼き付けられた景色や人を描いた。そのころにはもう、網膜にプリントされた画像をなぞるように、見たものをそのまま紙の上に表現することができた。誰に見せるわけでもないのに、手は勝手に動く。日記をつけるように絵を描き続ける。

使いこまれてすっかり薄くなった掛け布団《ぶとん》をかけて寝ている母を起こして、布団の上で食事をさせる。枕元《まくらもと》に座る野乃花に、母は、すまんね、と言いながら目を赤くした。母の食事を片付けたあとに、野乃花も台所に立ったまま食事をした。洗い物をすませると、眠るまで、自分の部屋で絵を描いた。夜がすっかり明けたあと、父は何かの歌を大声で歌い、派手に下駄《げた》の音を響かせながら漁から帰ってきた。

元々酒飲みの父は、母が寝こむようになってから、海が時化《しけ》て漁ができない日などに酒を浴びるように飲むようになった。父の声で野乃花も目を覚ましたが、大酒を飲んだ父にからまれるのはいやなので布団の中でじっとしていた。母にぼそぼそと何かを話しかけているのが聞こえたが、突然、「こんがんたれが」と、母を罵《のの》る声が聞こえた。夜が更《ふ》けたころ、地響きのような父のいびきに混じって、母のすすり泣くような声が聞こえた。

お金があれば。

野乃花の寝ている部屋に、まだ漂ったままの、しょうゆとみりんとしょうがが煮詰まった魚の煮付けのにおいをかぎながら思った。お金さえあれば。母に心臓手術を受けさせることができる。

何か手に職があれば、お金が稼げる、ということは高校生の野乃花にもわかっていた。高校の先輩たちは、保母や美容師になる者も多かった。けれど、端から見ていても、彼女たちがたくさん稼いでお金を持っているようには見えなかった。生活するだけなら、そこそこ食べていける。でも、母親の手術費用が簡単に払えるくらい、稼ぐにはどうしたらいいんだろう？　自分が人より得意なこと（野乃花には絵を描くことしかなかった）を、どうやって換金したらいいのか、それがわからなかった。

高校二年の終わり、春休みに入る直前に、進路調査の紙が配られた。おおまかに進学、就職、と書かれていて、そのどちらかに○をつけることになっていた。進路指導といっても、この高校から大学に進む者は数えるほどしかなく、ほとんどの生徒は高校卒業と同時に就職することになる。高校を卒業できればまだいいほうで、二割近くの生徒は、いつの間にか学校に来なくなり、卒業を待たずに中退してしまう。

野乃花は、就職希望の文字に○をつけ、その下にほんの小さな文字で、画家になりたい、と書いた。それを見て、目の前に座っている担任教師でもあり、美術部の顧問でもある若本が、小さなため息をついた。

「……中島な、画家になるにしたって、美術大学に行かんといかん。こげなことを言って悪いが、中島の家では正直、難しかかもしれんなぁ……。お母さんのことも心配じゃろ。ひとまずどこかに就職をして金をためて、それから自分の進路を考えてみても遅くはなかとじゃなかか」

若本が胃のあたりをさすりながら言った。胃が弱いのか、ホームルームの時間も、授業中も、若本はよくその仕草をした。四角い鼈甲色《べっこういろ》の眼鏡の奥で皺《しわ》だらけの瞼《まぶた》が持ち上がり、その奥に隠れていた目がゆっくりと野乃花をとらえた。あと二年ほどで定年を迎える予定の若本は、野乃花の通う高校のなかで最も高齢の教師だった。禿《は》げてはいないが、ほとんど白髪になった頭を、オイルのようなものでぺたりと後ろになでつけている。着古した灰色の背広のボタンはいつも開いたままで、黄ばんだワイシャツに包まれたでっぷりとした腹が顔をのぞかせている。ネクタイはせず、一年中、ループタイをしていた。ほかの若い教師のように、生徒の言い分も聞かずに怒鳴ったり、しつこく説教をするタイプではなかったので、生徒の間で人気のある教師だった。卒業生からもらったという七宝《しっぽう》焼きの飾りのついたループタイを、「よかじゃろ、これ。ほれよく見てみれ」と、無邪気に見せびらかすこともあった。

「先生、そいは冗談です。もう子どもじゃなかとです。ちっとくらい絵がうまかくらいで簡単に画家になんてなれないって私もわかっちょってですから」

笑いながらそう言ったものの、胸のあたりに開き始めた花のつぼみを指でむしり取ったような、そんな痛みが広がった。

クラスには、家の暮らしを助けるためにX半島の風俗店で働き始めた子もいる。そんなクラスメートを間近に見ていたら、自分だけが特別不幸な場所にいるとは到底思えなかった。ほかの多くのクラスメートと同じように、高校を出たあとは、漁協や農協や、X半島の繁華街、もしくはY半島の山ひとつ越えた高原の温泉地で仕事を得て、母さんの手術費用を稼ぐ、それがまず自分がするべきことなのだと野乃花は自分に言い聞かせた。

どんな仕事がしたいのか、どこに就職したいのかを、若本が野乃花に質問していった。住み込みで、賄《まかな》い付きで、なるべくお給料が高くて、そういう仕事なら、なんでもいいです。即答した。うーーーーん、ちょっと待っちょけ、と言いながら、若本が親指をぺろりと舐《な》めて、分厚いファイルをめくり始めた。

ふと、窓の外に目をやると、花壇の杭《くい》の上に小さなツグミが止まっていて、首を動かしては、高い、よく通る声で鳴いている。野乃花はポケットから手のひらに隠れそうな小さなメモ帳と短くなった鉛筆を取り出した。退屈な授業で眠ってしまいそうなときは、いつもそこに絵を描いていた。描きたい、と思うより先に手が動いていた。

机の下で野乃花は窓の外のツグミを描き始めた。

「大事な話をしちょっ最中におまえっちゅうやつは」

気が付くと、目の前に皺だらけの若本の顔があり、大きな手のひらが野乃花の頭をつかんでいた。ツグミのクイックイッ、と鳴く声が窓の外から聞こえる。若本はメモ帳をひったくるように手に取り、野乃花の描いたツグミの絵を見た。四角い眼鏡を上げて、自分の顔から離したり近づけたり、目を細めたり大きく見開いたりした。

「まるで生きっちょるみたいじゃゃね」うーーーーん、とさっきと同じような声を上げ、若本は後頭部に両手を当て、背中を反らした。天井を見て、何かをしばらく考えたあと、口を開いた。

「中島な。高校出て就職するにしたって、おまえはずっとこいからも絵を描いて生きていっとじゃ。神さまからもろたそん才能を生かさんといかん。どげな絵を描くにしろ、もちっと基礎をちゃんと学ばんな。県庁舎のそばにな、先生の知り合いの息子さんが絵画教室を開いちょる。ここで放課後、だらだら描いているよりよっぽど身になるから。そこでしっかり基礎を学べ。よかか」

若本が何を言いはじめたのか、その意味がよくわからないまま、野乃花は若本の顔をじっと見た。しばらく考えて、絵を習え、と言っていることはわかったが、野乃花の気がかりはひとつしかなかった。

「先生……、月謝とか……」

「金のことはなるべく安くしてもらえるように先生が話をしちょっから。おまえは何も心配せんでよか。県議の横川英男って知っちょるか？」

野乃花が黙って首を横に振った。

「おいの幼なじみで大学の同級生よ。学生時代は、いっつも腹を空《す》かしておって、おいが飯を食わしてやったんよ。うちの実家から米と漬け物だけは、腐るほど送ってくれたでね。一個二十円のコロッケを分けたこともあったわ。……おいの生まれた村も貧しかが、そんなかでもいちばん貧しか家の生まれでの。小学校のときは、親父《おやじ》さんに殴られるのか、よう目のまわりに青あざつけちょった。そいでん、苦学して、奨学金をもろて大学出て。今じゃ、立派な政治家の先生じゃ。うだつのあがらん高校教師のおいとは大違いじゃ」

ははっ、と笑いながら、若本は手にしていた野乃花のメモ帳をめくり、空いたページに、フェリーを降りてからの教室までの地図と電話番号を書いた。

「先生がよう言っておくから。おまえはここに行ってる間は、なんにも考えずに絵だけ描け。な。週に一度じゃ、週に一度、二、三時間くらい、おまえの好きなことをしたって罰《ばち》は当たらんじゃろ。それ以外の日は母さんの面倒をしっかりみて、学校の勉強もちゃんとするんだぞ。就職先のことは追い追い考えていけばよか」

若本がメモ帳を開いたまま野乃花に渡した。地図の横には、横川、という名前と電話番号だけが書かれていた。野乃花はそのメモ帳と若本の顔を何度も見た。習い事は生まれてから一度もしたことはなかった。絵を習う、なんてことを今まで一度も考えたことはない。わきあがってくるうれしさと、その喜びを素直に受け取れないとまどいと、ふたつの思いが交差していた。

「先生に、そん絵をくれんか」

野乃花が机の上に置いた小さなメモ帳を、若本が指さした。野乃花はゆっくりメモ帳の一枚を破り、その紙を若本に渡した。

「ここにな。おまえのサインを書いちょけ」

いきなりサイン、と言われて野乃花の手が迷う。

「おまえの名前をそんまま書けばよか」そう若本が言ったので、中島野乃花、と、癖のある小さな字で、ツグミの絵の横に名前を添えた。

「おまえが有名になったら、こん紙切れがいつか高う売れるかもしれんな」

若本がうれしそうに言って、野乃花の名前の入ったツグミの絵を、背広のポケットから出した手帳に大事にしまった。

3

「まずは東京に行きなさい。そのために受験をがんばりなさい。万一、受かったら四年間の大学生活をとことん楽しみなさい。大学を卒業したあとも東京で生活していきたいと思うのならデザイン科を受験しなさい。学費を親が出してくれるのなら、感謝の気持ちで教職課程は必ずとっておくこと。いいですか」そう言いながら、横川先生が指揮棒のようなもので、イーゼルに載せられた紙を叩《たた》いた。

髪が長く、うす桃色のボタンダウンシャツにデニムを穿《は》いたやせた少女が、お盆にたくさんの紙コップを載せて運んできた。

若本に教えられた絵画教室は、フェリー乗り場から続く緩やかな坂道を登り切り、港を見渡す大きな公園のそばにあった。古ぼけたマンションの七階、十五畳ほどの広さの板張りのリビングに十人にも満たない生徒が、折りたたみ式の椅子《いす》に座り、横川先生の話すことに耳を傾けていた。最前列の生徒から、後ろに座る生徒へ、紙コップが流れ作業のように渡された。そのあと、中途半端《はんぱ》に包装紙が破かれた丸いビスケットも、野乃花のところにまわってきた。一枚取って口にいれると、ひどく硬くて口当たりが悪く、むせそうになったので、あわててコーヒーをのんだ。砂糖もミルクも入れない、こんなに濃いコーヒーをのんだことがなかったので、眉間《みけん》に皺がよった。

やせた少女は最後に先生にマグカップを渡し、いちばん前の席に座った。横川先生が指揮棒のようなものをわきに挟み、両手でマグカップを持って、一口コーヒーをのんで言った。

「だけど、何より一番に伝えなくちゃいけないのは、受験まであと一年もないのに、この程度のデッサンを描いていたら、君たちは全員不合格だということです」

横川先生が早口で何か言うたびに、一番前に座っていた女子生徒たちが肩をすくめて、くすくすと笑った。女子生徒が着ている衿《えり》がやたらに大きい制服は、X半島にあるミッションスクールのものだった。

「今、笑った人は確実に落ちます」

横川先生はそう言いながら、窓際《まどぎわ》に並べられたデッサンの上に、木炭で大きな×をつけていった。

「これもだめ。まったくだめです。この程度でいい気にならないで。スタートラインにすら立っていません。真剣になれないのなら、もうここに来ないでいいです」

もう誰も笑わなかった。デッサンはよくできた順番に左から並べられていた。六枚のデッサンに「死ぬ気でやってください」と言いながら、横川先生は大きな×をつけた。一番左に野乃花のデッサンがあった。

「このなかで、現役合格できるレベルは一枚しかありません」

行けるはずのない大学に入れる、と言われたことで、感じたことのない喜びがじわじわと胸の中に広がった。自分の絵に今までとは違う価値が与えられたような気がして、頬がかっと熱くなった。そんな野乃花を、いちばん前に座っていた髪の長い少女が振り返って、ちらりと見た。

初めてここに来た日、リビングのドアを開けると、石膏像《せっこうぞう》を見つめて手を動かしている生徒たちが、皆、野乃花の顔に一瞬だけ目をやり、すぐに石膏像や画用紙に視線を戻した。白いシャツに黒いカーディガンを羽織り、黒いコットンパンツをはいた一人のやせた若い男が何も言わずに、空いている椅子を指さし、さらに目の前の石膏像を指さして、そのままリビングを出て行ってしまった。まわりには、制服を着た高校生らしき生徒が座っていたが、誰も何も言わずに、手だけを動かしていたので、野乃花も椅子に座り、ほかの生徒と同じように目の前の石膏像を見つめ、手を動かした。うつむいた女性の石膏像は確か、アリアス、という名前で、高校の美術部でも描いたことがあった。鉛筆デッサンは何回も描いたことがあるわけではなかったが、それでも見よう見まねで描いてみた。

さっき、部屋を出て行った黒いカーディガンの若い男がいつの間にか生徒の間をうろうろと歩き回り、石膏像を指さしてぼそぼそと何か言ったり、鉛筆を持った手で生徒のデッサンに描き足したりしていた。猫背で、横から見ると体が薄く見えるくらいに痩《や》せていた。耳をすっかり覆《おお》うほどに伸びた、真っ黒で重そうな髪は所々に寝ぐせがついている。顔も浅黒く、顎《あご》のあたりにまばらに髭《ひげ》が見えた。痩せた黒猫みたいなあの人が横川先生なのか、と野乃花は驚いた。担任の若本から、三十二歳の先生と聞いていたので、自分よりもはるか年上のおじさんだと思っていたのに、どう見たって高校生か大学生にしか見えない。

「合格」

いつの間にか野乃花の後ろに立っていた横川先生が小さな声で言った。驚いた野乃花が振り返ると、先生はすでに野乃花のそばを離れ、イーゼルとイーゼルの間を足音もなく移動し、生徒たちのデッサンを腕組みしながら、指導していた。

「あの、月謝のことなんですけど」

夜九時になると生徒たちが帰り支度を始めた。リビングの窓を開けている先生のそばに近づいて野乃花は言った。

「新陳代謝の激しい子どもは嫌いだ。生臭いったらありゃしない」そう言いながら、窓の外に顔を出して、先生が深呼吸をした。五月の夜風がクリーム色のカーテンを揺らした。生臭い、という言葉に、鼓動が少しだけ速くなった。横川先生のそばから、半歩後ろに下がった。

「すみません。月謝をいくら払えばいいのか、若本先生からまだ聞いていなくて」

先生が方言を使わずに話すので、野乃花も自然に標準語で話した。アクセントは正しくなかったが。

「いらないよ」

思わず先生の顔を見た。身長が百五十センチにも満たない野乃花が見上げるほどに背が高かった。

「さっき合格って言ったでしょ。だから、いらない」

素っ気なく言った後に、先生が窓の外に顔を向けた。こちら側にゆっくりと近づいてくるフェリーの揺れる灯りが見える。

さようならぁ、と大きな声を出して、男の子たちが部屋を出ていった。さっきの髪の長い少女が横川先生のそばまで来て、大げさな感じで深々とお辞儀をし、顔を上げた瞬間に乱れた髪の毛の隙間《すきま》から野乃花の顔をちらりと見た。ドアのほうに歩いていく女の子の背中を、先生の視線が追っていく。

「若本先生は俺の父が昔とても世話になった人だから。その若本先生からの直々の頼みで君の面倒を見てくれと。だから、俺は君をとても大事に指導しないといけないんです」俺は父の言うことには逆らえないバカ息子なので。そう言って、横川先生は歯を見せて笑った。浅黒い顔と真っ黒の洋服の中で歯だけが白く光った。生徒に指導しているときの怖い顔との落差に、この教室に入ったときから緊張し続けていた心が、ほんの少しだけゆるんだ。

「この教室は基本的に美大を受験する生徒のための教室だし、俺ができることは絵を教えることしかないのだけれど、それでいいのかな？」そう言いながら、野乃花の顔を見た。どうぞよろしくお願いします、と言いながら、野乃花が深々と頭を下げた。その勢いで長くて太い縄のような三つ編みが、先生の腕にぺしっと当たり、いたっ、と声があがった。

「す、すみません」再びあわてて頭を下げると、

「なんなの、それ。武器？」そう言いながら、腕をさすってまた先生が笑った。

気が付くと、生徒たちは皆帰ってしまい、その部屋には野乃花と横川先生しか残っ

ていなかった。

「月謝はいらないけど。その代わり、僕が絵を描くときにモデルをしてくれる？」

何をどう答えていいのかわからず、顔を真っ赤にして固まってしまった野乃花を見て、横川先生が笑って言った。

「最後のフェリーが出てしまうから、ほら、早く帰りなさい」

野乃花はもう一度深くお辞儀をして部屋を出た。

港に続く、緩やかな坂道を走って行くときに、ふと気になってマンションのほうを見上げた。なぜだか横川先生がこちらを見ているような気がしたのだ。街灯が野乃花の顔を照らした。いくつか灯りのついた部屋のなかで、野乃花は絵画教室のある部屋をすぐに見つける。窓際に立っている横川先生の体のシルエットが黒く浮かび上がって見えたから。そのシルエットに向かってお辞儀をすると、先生がこちらに向かって小さく手を振った。どんな表情をしているのかもわからなかったけれど、手を振ってくれたことがうれしかった。

鼓動のリズムと同じように、跳ねるように坂道を駆け下りて、野乃花は最終のフェリーに飛び乗った。デッキに立ってX半島の灯りを見た。Y半島にはないビルディングや電飾や広告の灯りがゆらゆらと揺れるのを、いつまでも見ていた。ビルディングも電飾も、野乃花が気づかぬ間に増殖しているような気がした。その灯りを数えながら気持ちを落ち着かせようとしたが、速くなった鼓動はなかなか元通りにはならなかった。

小さなナイフを手に、青魚の頭を体から切り離し、腹を割いて内臓をかき出しているとき、野乃花は自分に向かって小さく手を振る先生の姿を思い浮かべていた。梅雨が明けてからは、この地方特有の湿気のない気持ちのいい夏の暑さが続いていたが、今日は台風が近づいているのか、朝から気温も高く、湿気を含んだ重苦しい空気が肌にまとわりつくように感じた。工場の作業場のスペースには冷房が効いているはずだが、長袖《ながそで》、長ズボンの制服の上に、黒くて重いゴムのエプロンをつけ、目以外の部分もマスクで覆われていたから、長時間立ちっぱなしで作業をしていると、背中や胸の谷間を汗がつたっていく。

迷子になった子どものように、どこか所在なげに手を振る先生の顔と体のシルエットを、野乃花は絵に描けるほど正確に記憶していた。けれど、描こうと思っても、どうしても描けなかった。なぜだか、描いてはいけないような気がした。

野乃花の、高校三年の夏休みが始まっていた。

夏休み前の就職相談で、担任の若本から、Y半島の温泉地の旅館に就職口がある、と野乃花は言われた。それでいいです、と即答した野乃花の顔を見て、若本は「もちっとよく考えんね」と叱《しか》った。旅館には従業員の寮があり、三度の食事も出る。どの職場を選んでも初任給はたいして変わらない。給料のほとんどを実家に仕送りできる職場なら、どこでも良かった。カーテンの隙間から漏れる夏の強い光が、水面を漂うような不可思議な模様を描いていた。風が吹くたびに形を変える模様の、そのまぶしさに耐えきれず、野乃花は思わず目を閉じた。

「絵のほうは楽しかか？」

若本にただ、そう聞かれただけなのに、野乃花の丸い頬が熱くなった。

「絵の先生はやさしかか？」

うつむき、小さな声で、はい、と言った野乃花の顔を何か言いたそうにして若本がじっと見た。

「前にも言うたじゃろ。わしの大学の同級生の横川英男。その息子がおまえの絵の先生じゃ。確か、英則さん、ちゅう名前じゃったかな。留学もして、大きな賞ももろちょっとよ……。しかし、画家として食べていくのも大変らしかねえ……」

ひでのり、という響きが、心地よい鈴の音のように、いつまでも耳の中に残った。

横川先生の、下の名前をそのとき初めて聞いた。

「X半島には、こっちにはないおもしろいものがいっぱいあるじゃろ。夏休みが始まってもな、悪か遊びや悪か男に騙《だま》されんごつ気をつけんといかん」

小さな子どもに言い聞かせるように、当たり障《さわ》りのないことを話す若本に、何が言いたいんだろ、という顔をして野乃花が言った。

「先生、あたしを騙すような男なんてどこにもおらんて。夏休みだってバイトして教室に行って家のことをして、……そいだけです」

笑いながら椅子を引き、立ち上がった。バイトに遅れてしまうから、と慌《あわ》てて教室を出ようとした野乃花を若本は引き留めた。

「お、そうじゃ。これな。向こうに行ったとき、時間があるときに見なさい。先生からのプレゼントじゃが」

立ち上がった若本が手帳から細長いチケットを取り出して野乃花に渡した。

「県立美術館で今、展覧会をやっちょるから。自分で描くだけじゃなく、一流の絵描きの絵を見ることも大事じゃろ」

チケットには、少し灰色がかったブルーの羽を持つ尾の長い鳥が、並んで毛繕いをしている絵が印刷されていた。見たこともないようなその色に野乃花の目が吸い寄せられた。

「おまえの描いたツグミの絵のほうが、おいは好きじゃがの」

ぽかんと口を開けたまま、立ちつくす野乃花には若本の言葉も耳に入らなかった。

「……きれいか」そう言いながら、野乃花は若本を見上げた。

「ほっんとうにこん絵、きれいかぁ」

野乃花は腕を頭の上に上げ、目を細めて小さなチケットを見つめた。先生ありがとう、と大きな声で礼を言う野乃花の顔を、自分の子どもの顔を見るように若本が見つめた。

廊下に響く、上履きのきゅっきゅという音すら、野乃花には何か楽しげな音楽のように聞こえる。窓の外、青い空の向こうには、ホイップクリームを重ねたような入道雲が見える。子どものころと変わらない、いつもの夏。そんな風景のなかで野乃花だけが去年と違っていた。野乃花は生まれて初めての恋をしていた。

4

「大島紬《おおしまつむぎ》の染色工をしながら描き続けたんだ。最後は、粗末な家で一人ぼっちで死んでいった。夕飯の支度をしている最中にね。生きているうちに世の中に認められることもなく」そう言いながら、目の前に座る英則はコーヒーを一口飲んだ。

県立美術館を出て、野乃花と英則は、港の見えるホテルの一階にあるティールームに、向かい合って座っていた。英則の背後には天井まで続く大きな窓があり、ホテルの外周りにある、ホテイチクやソテツ、デイゴなど、南国の植物がアレンジされた植栽のすき間から、夏の太陽が照りつける海が広がっている。はるかかなたに、野乃花の住むY半島の港を出港したばかりのフェリーが小さく見えた。まぶしいだけでなく、恥ずかしくて、英則の顔を見ることができない。うつむいたまま、目の前にあるミルフィーユを載せた皿の金色の縁取りをじっと見つめていた。メニューを見ていても野乃花がいつまでも決められないので、英則が代わりに注文してくれた。男の人とこんなふうに向かい合って座り、話したことはなかった。それ以前に、こんな場所でお茶を飲んだことはなかった。

夏休み中の絵画教室は金曜の午後に行われるのだとほかの生徒から聞かされていた。野乃花はバイトの早番と遅番を代わってもらい、フェリーに飛び乗った。絵画教室のドアを開けると、広い部屋に見慣れた生徒たちは誰もいなかった。イーゼルや、椅子《いす》や、石膏像は部屋の隅に片付けられ、部屋の壁に、野乃花が見たことのないような大きなキャンバスが立てかけられていた。こんなに大きなキャンバスに描かれた制作途中の絵、というものを野乃花は初めて見た。何か具体的な物を描いた絵ではない。抽象画、というのかもしれない、と野乃花は思った。淡い水色や、灰色がかった白や、たくさんの色のグラデーション。表現のしようのない、流れのようなものがそこには描かれていた。波頭のようにも見えるし、湖面から飛び立つ小さな鳥のようにも見えた。光や、水や、そんなふうな、形のないものを描いたのかもしれない、とも野乃花は思った。

ざーと水の流れる音がして、野乃花が振り返ると、玄関わきのトイレから、ぼんやりとした顔の英則が出てきた。濡《ぬ》れた手をデニムの腿《もも》でぬぐっている。野乃花がそこにいることに驚きもせずに、英則は野乃花の顔を見て言った。

「今日は誰も来ないんだけど……」そう言いながら、キャンバスの前にある小さな丸テーブルの上にあるマグカップを手に取った。

「高校三年生は、東京や大阪の予備校の夏期講習に行ってしまう子が多いんだ。こっちに残ってる子も高校一年と二年の子が来る火曜日のクラスに来てもらうようにしたんだけど……聞いてなかった？　必ず伝えるように言ったのにな。……あいつ……」

英則の言葉を聞いて耳がかっと熱くなった。すみません知らなくて、そう言いながら、頭を下げ、慌てて部屋を出て行こうとした野乃花の半袖ブラウスから伸びた腕を英則がつかむ。皮膚と皮膚とが直接、触れた。それは思いのほか強い力だったので、野乃花の耳だけでなく頰までが熱くなった。英則の手のひらの熱さが、つかまれた場所から伝わってくる。

「あの、すみません。間違えたのは私なので。帰ります」

腕をつかまれたまま、もう一度、頭を下げ、顔を上げた野乃花の顔を英則は見た。

「間違えたんじゃないだろ。知らなかった、だろ」そう言いながら、英則が野乃花の顔を見てかすかに笑った。無表情で生徒の絵を指導しているときとはまるで違うやわらかい笑顔だった。

「……ちょっと待ってて」

寝ぐせのついた頭をかきながら、英則は開けっ放しのドアの向こうに歩いていった。英則の背中を追いかけた野乃花の視界に、英則が入っていった部屋のすみにある大きなベッドが飛び込んできた。ベッド、というものすらこんなに間近に見たことがなかった。真ん中にくしゃりとしわの寄った真っ白すぎるシーツの上に、英則が脱いだ黒いTシャツがふわりと落ちて、野乃花は慌てて目をそらした。

「これから県立美術館に行こう。行ったことある？」ドアの向こうで英則の声がした。

「……一度だけ。小学生のときに」

野乃花が答えると、さっきとは違うネイビーブルーのポロシャツを着た英則が顔を出した。

「今日はもう終わり。息抜きだ。息抜きに行こう」そう言って、野乃花の顔を見てにやっと笑った。

野乃花の前を英則は大股《おおまた》で坂道を降りて行く。野乃花もやや小走りで、英則の後ろを歩いた。マンションの薄暗いエントランスから急に明るい外に出たので、まぶしくて目を細めた。あまりにも強い日差しが肌に刺さるようだ。それよりも、さっき英則につかまれた左の上腕部が熱を持ったようにほてっていた。

担任の若本から受け取って財布の奥に入れたままになっていたチケットのことを野乃花はすっかり忘れていた。チケット売り場の横にある、大きなポスターに印刷された灰色がかったブルーの羽を持つ二羽の鳥を見て、初めて気が付いた。県立美術館のチケット売り場で、二枚のチケットを買おうとした英則の腕を、今度は野乃花がつかんだ。

「……先生、私、チケット持ってます」

「なんだ、君も見るつもりだったのか」

野乃花の顔を見て英則が言った。君、という言葉が耳をくすぐった。

「じゃあ、三時半に出口でね。俺、一人でじっくり見たいから」

腕時計を見ながらそう言うと英則は、ぽかんとした顔で立ちつくす野乃花を残して、あっという間に会場の奥へ消えて行った。英則のことなど何ひとつ知らないのに、なんだか先生らしいな、と野乃花は思った。

県立美術館には一度だけ、小学生のときに来たことがあった。絵のコンクールで金賞をもらったときに、入場券をプレゼントされたのだ。でも、そのとき、付き添いで来ていた母の体調が悪くなり、会場に足を踏み入れた途端、引き返さなければならなかった。展覧会に行く習慣など、野乃花の家にはなかった。

目の前に並ぶ、南国の海や鳥や花の絵を野乃花は見た。

湿気を多く含んだ空気と風、尾の長いカラフルな鳥が繰り返す浅い呼吸の音、小さな蝶《ちょう》のはばたき、濃密で体にまとわりつくような花の香り、遠くからやってくる雷雲の低い響き。一枚の絵を見ているだけなのに、なぜだか音や温度や、自分の頬をなでていく生暖かい風を感じた。画家がどんな人生を送ったのかなど、知るよしもなかった。だが、野乃花の体の、奥深くがびりびりと震えた。体中の細胞すべてが感応したのだ。体のどこかにしまわれたままになっていた硬く乾いたスポンジが、たくさんの涙水を含んだように、急激にやわらかく大きくなっていくのを野乃花は感じていた。

が顎《あご》をつたって落ち、深紅のカーペットに丸いしみをいくつも作った。我慢していても嗚咽《おえつ》が漏れた。野乃花のそばにいた上品そうな老女が、「まぁ、あなた、だいじょうぶ？」と、顔をのぞきこんだ。

会場の出口近くにあるベンチに座っていると、後から出てきた英則が、泣いている野乃花をぎょっとした顔で見つめた。

「……先生。私、絵を……絵を描きたいです」それだけ言うと、また涙があふれてくる。英則はなかなか泣きやまない野乃花を連れてタクシーに乗り込んだ。野乃花がしゃくりあげているうちに、英則は運転手に行き先を小声で告げた。タクシーが到着したのは、繁華街にあるいちばん古いホテルだった。英則は慣れた様子でロビーの奥にあるティールームに向かって歩いて行った。

ミルフィーユの載った皿を見つめ黙ったままの野乃花に向かって英則は言った。

「……好きなものを自由に描けばいいじゃないか」

英則の言葉で、耳のなかで反響していたティールームのざわめきがほんの一瞬消えた。顔を上げたけれど、窓から鋭角に差し込む日の光のせいで、うまく目が開けられなかった。太陽はさっきよりも傾いて、灰青色の海面のところどころを銀色にきらめかせていた。

「受験をしないのなら、ほかの生徒に合わせてデッサンの練習なんかしなくていい。いつも通り金曜日に来て好きな絵を描けばいい。さっき見たような日本画が描ける道具はないけれど、油絵の道具なら、あそこにあるもの、なんでも自由に使っていいから」

野乃花を見ずにぶっきらぼうにそう言った英則の声がほんのかすかに震えていることに、野乃花は気づいていなかった。また、野乃花の頬を涙がつたっていた。「ほら」と英則が白いハンカチを差し出した。だいじょうぶです、と言った野乃花を無視して、英則はテーブルの向こうから、身を乗り出して野乃花の涙をぬぐった。「ケーキ食べなさい。ここの、おいしいんだ」そう英則に促されて、銀色の重いフォークをおずおずとミルフィーユに差し入れた。さくさくのパイの間に挟まれたオレンジリキュールのカスタードクリーム、上に飾られたバニラの香りのする生クリームと苺《いちご》の香りが口の中に広がった。一年に一回、母が誕生日に買ってくれるバタークリームのケーキとは、まったく違う味がする。泣いたこともすっかり忘れて、夢中でミルフィーユを食べる野乃花を英則は見た。ふと目が合って、英則が自分の口もとを指さした。あわてた野乃花が自分の口もとをナプキンでぬぐう前に、さっきと同じように、テーブルの向こうから英則の腕が伸びて、野乃花のくちびるについていたパイの欠片《かけら》を親指で払った。一枚の絵が野乃花の心をつかまえたように、体から絞り出すような野乃花の一言もまた、そのとき、英則の心の奥深くにあるうすら暗い欲望に火をつけたのだった。

野乃花はフェリーのデッキに立ち、海面にわき上がる白い泡を見て、その日に起こったことを頭の中で反芻《はんすう》していた。足が沈みこむような美術館の赤いカーペット、胸が引きちぎられる思いで見たたくさんの絵画。ティールームで初めて食べたミルフィーユ。そして、英則が触れた、腕と、くちびる。港で英則と別れたあと、なんだか急に自分のまわりの風景の輪郭がくっきりしだしたような気がした。自分をとりかこむたくさんの色彩も急に濃度を増して見えた。適当な仕事について、時間のあるときには好きな絵を描いて、ほどほどに好きな人と結婚をして、親孝行をして暮らすのだと。それが自分の未来だと思っていた。疑うこともなかった。そんな未来しか知らなかったから、そんな未来しか描けなかった。けれど、暗くて長いトンネルの向こうには、なぜだかそれとは違う未来が広がっているような、桃色の温かいあぶくに足元から包まれていくような、そんな気がした。

野乃花のそんな甘ったるい予感を吹き消すように、フェリーと並行して飛んでいたウミネコが、みゃあみゃあと、耳障《みみざわ》りな声で鳴いた。

5

裸の背中に、窓から差し込む真夏の西日が痛いように照りつけていた。

レースのカーテンの向こうに目をやると、住宅街が続き、そのさらに向こうには、港が見える。英則の部屋があるのは七階で、同じ高さの建物はまわりにはないけれど、窓際《まどぎわ》に立つ、まっ裸の自分を誰かがどこかで見ているんじゃないかと思うと気が気ではなかった。野乃花に近づいて、英則は三つ編みをほどき、指で髪の毛をすいた。まめに美容院に行くような余裕も習慣もなかったので、いつのまにか乳首が隠れるほどの長さになっていた。

英則が裸の自分をまぶしそうな目で見つめていた。

野乃花を描きたい、という約束だったはずなのに、十分もしないうちに、イーゼルの向こうから英則が近づいてきた。こうなることを野乃花は心のどこかでわかっていた。英則は野乃花の足元に跪《ひざまず》き、細く尖《とが》った鼻先を、陰毛に埋《うず》めた。ひんやりとした英則の鼻先と、それとは正反対の熱い舌先が、ゆっくりと股の間を移動した。あじさいの葉の上にいるかたつむりの歩みを、野乃花は連想した。英則の髪に指を入れた。

髪の毛のなかは、じっとりと汗をかいている。自分の口から、ため息ともつかない甘い声が出たことに自分で驚き、思わず唇を強く噛《か》んだ。血の味が口の中に広がる。

「なんだかにおうな」

英則が顔をあげて野乃花を見た。英則の鼻先と口のまわりが窓からの光を受けて、ぬらぬらと光っている。恥ずかしさで全身が赤く染まった。

「そうじゃない」

英則は後ずさりしようとした野乃花の両腕をつかんだまま後ろを振り返り、さっきまで野乃花が描いていた青魚を見た。丸い机の上にはビニールシートが敷かれ、今日の朝、水揚げされたばかりのサバが三匹載せられていた。それが野乃花の描きたいものだった。クーラーボックスに入れて、教室に持ち込んだ。サバの背の不思議な模様を、英則は気味悪がって、近づこうともしなかった。

「魚、嫌いなんだ。絶対に食べられない。それに、においが」そう言って、鼻のつけ根にしわをつくった。その表情にはるか昔、どこかで出会ったような気がして、思い出そうとしたけれど、思い出せなかった。魚が食べられない、と言われて、鼻先にべたりと筆で墨を塗られたような気持ちになった。それでもさっき、野乃花が描きたいといった魚が傷《いた》まないように、クーラーの温度を下げてくれた。やさしい人なんだ、と思った。英則が発する数少ない言葉や行動で、野乃花の心は曇ったり晴れたりした。「どれも自由に使っていいから。必要なものがあったら言いなさい」そう言って、英則は自分が持っている油彩の道具をすべて野乃花に貸してくれた。見たことも聞いたこともないような油絵の具の色の名前、さまざまな形状の筆、刷毛《はけ》、ペインティングナイフ。高校の美術部で使わせてもらっていた油絵の道具は子どもだましだったんだ、と野乃花は思った。

おおまかに下書きをしたあと、キャンバスに色を吸い込ませるように色を置き、重ねた。魚の形を正確にとらえることに躊躇《ちゅうちょ》はなかった。それは野乃花にとって、海中で蠢《うごめ》く魚を一突きで捕らえるようなことだった。けれど、色を置き始めると、野乃花のどこかに埋まっている描きたい絵のイメージが蜃気楼《しんきろう》のように浮かんでは消えた。それを捕まえるために、何度も色を選び、重ね、キャンバスにふれる筆の角度や、指先にこめる力に強弱をつけて、イメージを追いかけた。

英則の部屋にやって来る前までは、野乃花にとって絵を描くことは、ただ、目の前にあるものを正確に描写することだった。美術館であの絵を見て、ここでたくさんの色と筆を得て、自分にしか描けない絵を描かなければなんの意味もない、ということに野乃花は初めて気づいた。それは、真夜中の海を息継ぎもせずに泳ぐように、たいそう苦しいことだった。けれど、その作業には、できかけた瘡蓋《かさぶた》を無理矢理剝《は》がすような不思議な快楽が伴うことを野乃花は感じていた。

こんな時間の使い方を野乃花はしたことがなかった。

その日の夕飯のこと、母の体のこと、年齢とともに増えていく父の酒量、そして、お金のこと、いつも頭のどこかにある、生活の気がかりは、みるみるうちに小さな点になっていった。英則の部屋にいるときは絵のことだけを考えていられる。しあわせ、という言葉が、生まれて初めて野乃花の頭に浮かぶ。自分は今、しあわせなのかもしれない、と野乃花は思った。無心に筆を動かす野乃花の肩に英則が手を置いた。見上げると、高熱を出した子どものような瞳《ひとみ》で英則が自分を見つめていた。

部屋の温度を下げても、魚が傷んできたのか、魚のにおいは部屋中に充満していた。さっきまで服を着て、その魚を凝視していた自分が、もうはるかかなたにあるような気がした。英則の唇が、おなか、胸を経由して、野乃花の唇にたどり着く。深い口づけを何度か繰り返した後、野乃花の手をとって、英則がベッドのある部屋に連れて行った。

ぴんと張った、白い、冷たいシーツに背中をつけて、野乃花は自分の家の洗濯ロープに干された、乾いたタオルのことを思い出していた。自分と英則の体がシーツにこすれる音と、ベッドがきしむ音だけを聞いていた。体のまんなかの奥深くに、火箸《ひばし》のように熱く、太いものが差し込まれたとき、ふいに涙がこぼれて、シーツに小さなしみができた。英則は避妊具をつけていなかった。爆《は》ぜる直前に引き抜き、野乃花の腹の上に射精した。

「つけていたら君も気持ちよくないだろうから。だいじょうぶだから」

荒い息で、野乃花にはよくわからないことを英則は言い、よくわからないまま、野乃花も曖昧《あいまい》にうなずいた。妊娠のことが頭になかったわけではない。けれど、その行為に異議を申し立てる勇気が野乃花にはなかった。年上の男性に意見をしようとすると、父がいつも口にする「議を言うな！」という怒鳴り声が耳をかすめたせいで。

クーラーの冷気に当たったせいなのか、痛みのせいなのか、野乃花の体のかすかな震えに気づかないまま、英則は野乃花の腹の上に放った白い液体をひとさし指で伸ばして、意味のない幾何学模様を描いていた。

その日の夜、がに股《また》のまま、坂道を転がるように走り、最終のフェリーに飛び乗った。フェリーがY半島の港に着き、野乃花一人だけを乗せた最終のバスが停留所からはるか遠く走り去ったあとも、まっすぐ家に帰る気にはなれなかった。道を越え、海岸に下りていく石の階段を下りる。夜の海岸には誰もいなかった。海に向かって歩いて行くと、満潮のせいでほんの十メートルほど歩いただけで、野乃花の人工皮革のローファーを波が濡《ぬ》らしていく。海の向こう、はるか遠くにゆらめくX半島の繁華街の灯りを見ていると、さっき英則の部屋で起こったことが野乃花には現実ではないように感じられる。しゃがんで、泡になって散っていく波に指をひたす。股の奥が鈍く痛んで、その場所にぽっかりと穴が空いているような気がした。波となって繰り返し打ち寄せる海水が、その場所を満たしてくれればいいと思った。夜になってもなまぬるい、海水のその温度を感じながら、自分の指がずいぶんと冷たくなっていることに野乃花は気づいた。

いつものように壊れたまま点滅を繰り返す門灯を見た途端、初めて罪悪感がわき上がってきた。そのまま玄関にはまっすぐ行けなくて、足音をしのばせて真っ暗な庭にまわり、縁側の端から、自分の家の居間をそっとのぞき見た。天井から下がる古ぼけた照明がうす暗いオレンジ色の灯りを灯《とも》していた。カナブンがぶつかっては離れ、ぶつかっては離れている。奥の部屋の障子は半分ほど開かれて、寝間着姿で寝ている母の姿がぼんやりとくらやみの中に浮き上がって見えた。呼吸が苦しいのか、母の胸のあたりが速いテンポで上下していた。そして、そんな母を一人ぼっちにして、父はたくさんの男たちと漁に出かけ、この家にはいなかった。いつもの見慣れた家族の光景だった。けれど、ふいに、もうこの家には居場所がないような、そんな思いにかられた。その瞬間、股の奥がまた鈍く痛んで、どろりとしたものが体の外に出て行く感覚がした。

「いくらでも好きな絵を描いていいから、ベッドの上では言うことを聞いてほしい」震えた声で、英則が漏らした子どもじみた交換条件を、なぜ受け入れてしまったのか、生まれ故郷を遠く離れたあとも、野乃花はしばしば考えてみることがあった。英則の絵のせい、だったかもしれない。と、そのたびに野乃花は思った。

県立美術館に行った翌週から毎週金曜日の午後、野乃花は自分の描きたい絵を描くために英則の部屋を訪れた。野乃花は英則の描いた油絵を何枚も見た。たっぷりと時間をかけて産み出された、複雑で手のかかった抽象画を。制作途中の絵も見た。もうすぐ完成に近づいているかと思えば、キャンバスの一面はまるで何もなかったかのように別の色で塗られた。このままどうなってしまうんだろう、と野乃花が不安な気持ちになっていると、「どう？」と、その中途半端《はんぱ》な制作過程の絵を自慢気に見せられたりした。蛇行しながら、行きつ戻りつするその過程は、野乃花が見ても危なっかしい足取りだった。

何枚、英則の描いた絵を見ても、野乃花の心は動かなかった。けれど、はっきりとそれを認めることが怖かった。美術館で見て涙した、あの絵と英則の絵を比べてはいけない。何度もそう思った。英則が美術館の帰りに話してくれたあの画家の生涯。英則の絵に決定的に足りないもの。それは、貧しさや、病や、孤独のなかに深く埋もれながら、それでも自分の描く絵のなかに微《かす》かな光をつかみとろうとしたひたむきさ、のようなもの、なのかもしれなかった。自分の描く絵など到底、あの画家の描く絵の足元にも及ばないことはわかっていた。けれど、絵を描くのなら、あの画家と同じ岸に立っていたかった。そこが冷たい汚泥《おでい》にまみれ、苦しみにあえぐことしかできない場所であったとしても。その場所は野乃花にとって、生まれたときからなじみのある場所でもあったから。

野乃花には、もうわかっていた。英則は自分と同じ岸に立ちたがる人間ではないことが。そこが自分と同じ岸でなくても、一枚の絵を描ききるまでに、もがき苦しむ英則の姿を見てみたかった。自分の時間のほとんどを自分のために使って、それでも、人を感動させる絵が描けないのなら、何のために英則は絵を描いているんだろう。そのことがひどく哀れにも思えた。

その思いが心の中に浮かんだ瞬間、野乃花は心の奥深くにそれをしまい込んだ。この思いを絶対に言葉にしてはいけない。そして、英則の絵にも、自分にはわからないような才能の煌《きら》めきがあるはずだ、と自分に思い込ませようとした。

夏休みはあと一週間で終わろうとしていた。

夏休みの間に、野乃花は油絵を二枚仕上げた。どちらもサバやイワシの青魚の絵だった。家で毎日食べている魚だった。三枚目の油絵（それもまた、魚の絵だった。今度はおなかの開かれた魚を描こうとしていた）にとりかかろうとする野乃花に英則が言った。

「まさか君は画家になろうなんて思ってはいないよね？」

キャンバスから顔を上げて後ろを振り返ると、ひげの伸びた英則のどす黒い顔が見えた。伸びた前髪の奥から目が鋭く光っている。部屋に来たときには気づかなかったが、英則の吐く息からアルコールの強いにおいがした。英則の絵は、野乃花から見ても難航していた。描きためて、年内に東京の画廊で個展をするのだ、という話は聞いていたが、まだ一枚の絵も完成していなかった。

「絵を描いて食べていくなんて、考えないほうがいい。美術大学にも進学できない君が画家になるのはまず無理だから」

英則が野乃花の背後から、握っていた絵筆を手にとろうとした。とっさに手をぎゅっと握ってしまった野乃花の手から、半ば強引に英則は筆を奪った。

「君の、この魚の絵。確かに欲しがる人はいると思うよ。このあたりの市役所のロビーとか、病院の待合室とか、こんなふうな絵がよく飾られているだろう」

英則はパレットに載せられていた絵の具を適当に取り、キャンバスに大まかに取ってあった魚の形に添って筆を動かした。魚の輪郭が、べったりとした濃紺の油絵の具で縁取られた。

「世間でよく見る退屈な魚の絵だ」

パレットからまた違う色を取り、縁取った魚の輪郭の中を英則が塗りつぶした。

「当たり障《さわ》りのない、こういう無難な絵を欲しがるやつは多いんだ。あそこの、市役所の前にあるデパート。あそこの上に、こんなふうな絵がたくさん売られているだろう」

英則の両手が野乃花の肩をぎゅっとつかんだ。ふだんとまるで違う英則の様子に野乃花は混乱した。世間でよく見る退屈な魚の絵。当たり障りのない無難な絵。ほめられることはあっても、自分の絵をこんなふうに評されたことはなかった。

「デパートや画商で君の絵は評判になる。君の描いた魚の絵はすばらしい、と。瞬《また》く間に評判が評判を呼ぶ。たくさんの小金持ち、絵のことなんか、みじんもわからない小金持ちが君の絵を欲しがる。依頼が殺到する。君は魚の絵を量産しなくちゃいけない。来る日も来る日も君は魚の絵を描き続ける。何枚も何枚も。食べていくために。そこには今、君が感じているような絵を描く喜びなんてみじんもないんだ。君はそういう生活に耐えられるか？」

普段は大きな声を出すことなど決してないのに、今日の英則が発する言葉には、感じたことのないような強さがあった。英則にそう言われても、同じ絵を何枚も描き続ける生活がうまく想像できなかった。絵を描いているだけで幸せなんじゃないかとも思った。言葉にして英則に伝えようとしたが、英則の勢いにひるんで口を開くことができなかった。黙ったままの野乃花を見て、何にもわかってない、という顔をして、英則が悲しそうに笑った。

英則が野乃花のそばをはなれ、窓を開け放った。水分を多く含んだ重い風が野乃花の前髪を揺らした。風にはかすかに潮の香りも混じっていた。

「小さなころから絵が上手だ、将来は画家になればいい、と、まわりの大人たちに言われ続けてきたんだろ？　そうして子どもだった君は無邪気にそれを信じた。そうだろ？」野乃花は何も言わずに頷《うなず》いた。「俺もそうさ」

「自分は神さまから、才能、というギフトをもらった特別な人間なのだと、絵だけ描いていれば自分の人生は自動的に光に照らされていくのだと、そう信じていた。でも、それじゃだめなんだ。それに気づいたのなら、その瞬間からその才能を使って食べていく最善の方法を自分で必死に見つけていかなくちゃ。君の絵をほめて、画家になれと言った大人たちは、その方法までは懇切丁寧に教えてくれなかっただろう？　やつらは無責任にほめただけなんだから。理解不可能な、自分の手の届かない、わけのわからないものに、才能、というラベルを貼《は》っただけなんだ」

ふいに英則が窓のそばを離れ、リビングからキッチンのほうへ歩いて行った。英則が体でおさえていたカーテンが、風をはらんで、ばさばさと音を立てて舞った。戻ってきた英則は魚の形のワインボトルとマグカップを持っていた。コルクを抜き、ワインをマグカップいっぱいに注いだ。その液体を英則は一気にのみほした。英則の口のわきから、まるで赤い細い糸が垂れるようにワインがこぼれた。

「君がもし、人より優れた特別な何かを持っていたとしても、それをなんの加工もせずに、後生大事に抱えたままでは、まったく意味がない。この世界で生きていくためには、求められるように、その特別な何かを、自由に形を変えていくことのほうが大事なんだ。どんな環境にいたとしても」英則が口もとを、手の甲でぐいっと拭《ふ》いた。

「まだ若い君はその方法を探し始めるべきだ。一刻も早く」そう言って、英則はボトルから直接ワインを口に含み、野乃花のそばに歩いてきた。いつもとは違うただならぬ様子の英則は身を硬くしている野乃花に乱暴に口づけた。唇の隙間《すきま》からワインが野乃花の口にこぼれた。枯れ草のようなにおいのするその液体を、野乃花はむせながら飲み込んだ。

「人生は君が思っているよりずっと短いよ。本当は、こんなふうに、俺といっしょに過ごしている時間なんかないはずだ」その言葉を最後まで聞く前に、野乃花は英則の頭をかき抱いていた。英則から離れていくことなど、今の野乃花には考えられない。英則の激しい口づけを受けながら、飲み込んだワインのせいで頭の奥がしびれたように感じた。英則の舌や指が生み出す快感に身をよじりながらも、さっき言った英則の言葉が野乃花のなかに深く沈み込んでいく。そのときは、意味などはっきりとわからなかったけれど、それは野乃花が英則にもらった、ただひとつの、有益で、大切な何かになった。野乃花は折に触れ、その言葉を思い出していた。

「この世界で生きていくためには、求められるように、その特別な何かを、自由に形を変えていくことのほうが大事なんだ」

その言葉はいつも英則の声で再生された。

英則の顔すら思い出せなくなっても。

6

鼻血なのか、唇が切れているのか、畳の上に赤い点々が散った。

病院から自宅に戻り、妊娠していること、そして、子どもの父親の名前を母が口にした瞬間、父の大きく分厚い手が野乃花の右の頰を張った。

「父さん！」と叫んだ母の頭を「おまえはだまっちょけ」と言いながら、父が力いっぱいはたく。うなり声のような叫びのような、言葉にならない音を口から漏らしながら、父が野乃花の髪の毛をつかみ、顔を自分のほうに向かせた。

「ようやったなおまえ。このままさっさと嫁に行け。わしはもう知らん」

血走った赤い目を見開いて、父はそれだけ言うと、縁側から降りて下駄《げた》をつっかけ、のしのしと庭を横切り、どこかに出かけていった。母が、畳にうずくまったまま動かない野乃花の背中をさすっていた。

「痛かったねえ」そう言いながら、子どものころのように頭を撫《な》でた。顔を上げた野乃花の鼻と口から出た血を指でぬぐった。

「……あんたにとって、こいがいちばんよかとよ。母さんも父さんもあんたに何もしてやれんから」そう言って母は泣き、前掛けの端で涙を拭いた。

高校三年の秋、野乃花の体のなかで、ヒトの形をした小さな生きものが細胞分裂をくり返していた。


夏期講習を終えた受験生たちが、東京や大阪の予備校から戻ってくると同時に、野乃花一人だけが英則の部屋に通っていた金曜日は、夏休みが始まる前と同じような絵画教室に戻っていた。デッサンなどもう描きたくはなかった。この教室でただ一人、受験をしない野乃花には最初から必要のないものだ。それよりも魚の絵の続きを、自分の絵を描きたかった。英則と二人だけで会いたかった。英則に会いたくて、ただそれだけで、フェリーに乗り、教室に通った。絵の具が乾くまで、壁に立てかけられていた野乃花の油絵はいつの間にか、どこかに消えていた。

教室が終わったあと、英則に近づき「あの……」と声をかけると、「これから、受験が始まる大事な時期だから」とだけ言って目を伏せた。

野乃花がもう一度口を開きかけると、英則に何か聞きたいことがあるらしい一人の男子生徒が、英則と野乃花の間に割って入ってきた。夏が終わり、秋が深まるにつれ、都会の予備校から帰ってきた自分と同い年の生徒たちの顔つきが急に大人びていった。

緊張感を背中に張り付かせながら、鉛筆を持つ手だけを動かしていた。自分はこの場所にそぐわない人間なのだということを改めて野乃花は認識した。それをさびしいことだとは思わなかったけれど、英則との関係がこのまま終わってしまうことだけが身を削られるようにつらかった。

野乃花が自分の体の変化に気づいたのは、缶詰工場のアルバイト中のことだった。マスクをしていても、魚のにおいが鼻についた。絵画教室に通うため、フェリーに乗ると、その振動で吐きそうになった。風呂《ふろ》に入るとき、乳頭や、そのまわりが黒ずんで、やけに大きく見えた。田んぼにあるカラスよけの旗の黒い丸みたいだ、と野乃花は思った。もしかして、と思ったころには、もう何カ月か、生理が止まっていた。妊娠するようなことをしていたのだから、妊娠するのは当然だ、とはどうしても思えなかった。妊娠するようなことをしていても、自分だけは妊娠しないはずだ、と野乃花は頭のどこかで思っていた。だいじょうぶだ、と英則は言ったのだ、だから、もうすぐ生理だって来るはず。そう思ったままただ時間だけが過ぎていったが、夕飯の魚をさばいているときに、しきりにえずき、洗面所に駆け込む野乃花を見て、母もその事実に気づいたのだった。母は驚きもせず、泣きもせず、こう言った。

「まだ誰にも言ったらいかんよ。腹のなかで子どもが大きくなるまで、な。母さんがちゃんと話をするまで、絵画教室にも、もう行ったらいかん」

灯りのついていない夕暮れの台所の隅で、子どもの父親の名前を告げた野乃花に、母は小さな声でそう言った。それがどういう意味なのか、野乃花にはわからなかった。野乃花がその意味を知るのは、年が明けて、二月、母に連れられてバスに乗り、山を二つ越えたところにある古ぼけた産婦人科に行ったときのことだった。

「もう、中絶はできん週数になっとるねぇ」

白髪を後ろできゅっとひとつに結び、細い銀縁の眼鏡をかけた中年の女医がそう言った。

「診断書を書いていただけんでしょうかね」

ずっと黙ったままの野乃花の後ろで母がはっきりと言った。そんなふうにてきぱきと物事を進める母を野乃花は生まれて初めて見た。

「あんたは黙っちょらんね」そう言って、母は診断書を手に、野乃花の高校に乗り込んだ。

「若本先生があの人に野乃花を紹介したから……そんせいで野乃花は傷物になったんじゃなかでしょうかね」

校長室のソファで、母はハンカチを目に当てながらそう言った。母が泣いてなどいないことは隣にいる野乃花だけが知っていた。傷物、という言葉で、野乃花の胸の中がぐらりと揺れた。自分のどこに傷がついたというんだろう。傷がついて値打ちが下がるほどの、人としての値打ちなど、自分には最初からなかったはずだ。

目の前では若本先生と校長先生が母に何度も頭を下げている。自分の娘を被害者だと涙ながらに訴える気弱そうな母の一言で、目の前の大人が米つきばったのように頭を下げる姿を見るのは嫌だった。特に、若本先生にはあやまってほしくなどなかった。

「英則さんには悪か噂《うわさ》もあるっていうじゃなかですか」

突然そう言い出した母の顔を野乃花は驚いて見た。以前にも、絵画教室の生徒さんに乱暴をして妊娠させたことがあるそうじゃなかですか。野乃花と同じですよね。まるで新聞記事を読むように母は淡々と語った。野乃花の母はその噂を缶詰工場の同僚から耳にしたのだった。

乱暴……。自分は英則に乱暴されたのだろうか。初めて英則の部屋でそうなった日のことを野乃花は思い出していた。裸に、と言ったのは英則で、その言葉に従ったのは自分だ。自分から裸になった。あれを乱暴と言うのだろうか。暴力を受けたわけではない。無理矢理じゃない。頭の中がぐるぐると回転しだした。

「若本先生はあん人にそげな噂があることだって、知っていたんじゃなかでしょうか」

いつのまにか若本先生が床に頭をつけて土下座していた。顔を上げるたびに、本当にすまん、と若本先生がのどの奥からふりしぼるような声で言った。先生、あやまらないでください、顔をあげてください、と言いたかったが、口が開かなかった。すまん、と言われるたびに、自分が恋だと思っていたものが、抵抗のできない強い力で、ひどく歪《ゆが》んだものに変えられていくような気がした。

母のやりくちは、英則の実家でも同じだった。

英則の実家はX半島の市街地から離れた丘の上にあった。担任の若本から教えられた住所を頼りにたどり着いたものの、門を見つけるまでに、長く、高い塀のまわりをしばらく歩かなければならなかった。旅館か料亭のようなコケラ葺《ぶ》きの屋根が載せられた数寄屋門《すきやもん》を見上げて、野乃花と両親は口をぽかんと開けた。そんな家を間近に見たことがなかったのだ。門をくぐると、巨大な松を数人の職人が手入れしていた。家の玄関までのアプローチの両脇《わき》には芝生がきれいに植えられ、この庭にはいったい何軒、野乃花の住む家が建つのかと思われるほど広かった。門や庭の和風の雰囲気とは一転して、庭の奥の住居はタイル張りの洋風住宅で、この家に比べたら、自分の家など、狼《おおかみ》に一吹きにされるわらの家だ、と野乃花は思った。大理石の玄関ホールは野乃花の家がすっぽりおさまってしまうほどで、吹き抜けの天井から巨大なシャンデリアが下がっていた。長い廊下を歩いて通された応接間の、三方を囲む窓からは、海の向こうのY半島が霞《かす》んで見えた。

目の前のソファには、英則の両親が座っている。英則の父の顔は確かに選挙ポスターで見たことがあった。白いブラウスの胸元に、カフェオレ色のカメオを飾った英則の母は、野乃花の母よりも年上のはずだが、はるかに年下に見えた。色がぬけるように白く、顔にはしみひとつなかった。太陽や海風にさらされていない肌だ、と野乃花は思った。目のあたりや口もとはどこか英則と似ている。今、美容院から帰って来たばかりのように髪の毛をセットして、白い手で持ったハンカチでしきりに目頭を押さえていたが、泣いてなどいないことは向かいに座っている野乃花からもわかった。母と同じだった。なぜ、母親たちがすぐ泣くふりをするのか、野乃花にはわからなかった。一張羅の背広を着て、きょろきょろと部屋のなかを見回し、落ち着かない父に代わって、ここでも話を進めたのは母だった。

「私もこんなことがあってから、体調が悪くなったとですよ」そう言いながら、母は苦しそうに胸をおさえた。なぜ、母の体のことを、今、英則の両親に伝える必要があるのか、野乃花には理解できなかった。母はこの前と同じように、英則の悪い噂についいて話し始めた。

「私はね、野乃花さんにこの家に来てほしかと思っちょるとですよ」

母の話を遮るように、英則の父がよく通る大きな声で言った。糸がからまってどうしようもなくなったトラブルを一声で収めようとする政治家の声だった。その声の大きさと勢いに母は口をつぐんだ。

「英則ももうじき三十三です。いい加減、身をかためんといかん。いつまでもふらふらしておったらいかんでしょう。今まで英則を甘やかしすぎたことをわしも反省しちょる。この機会に画家はすっぱりあきらめさせて、わしのあとを継がせる。わしは野乃花さんと所帯を持たせたいと思っちょる。内孫も生まれるんじゃ」そこまで言うと、応接間に音もなく、かなり年配のお手伝いさんらしき人が入ってきて、皆の前にビールグラスを並べ始めた。

「わしはな、この結婚でみんなが幸せになってほしいと思っちょる。野乃花さんのお母さんの病気もな、わしの娘が働いとる県立病院で手術してもらおうかと。腕の立つ心臓外科医がおっとです。もちろん、その費用はわしが」

英則の父が最後まで言う前に、今度は野乃花の両親が頭をぺこぺこと下げた。

「わしの母親もな、体が悪かったのに、貧乏でろくな治療も受けられず死んでいきました。貧乏はいかん。この世で一番憎むべきものです。わしはな、もう、野乃花さんのご両親は肉親だと思うちょりもす。お金のことはなーんも心配はなか。さ、お父さん」そう言いながら、英則の父は両手で持ったビール瓶を父に向けた。慌《あわ》てて父がグラスをとり、縁のぎりぎりまで、英則の父がビールを注いだ。

「乾杯じゃ。今日は記念日じゃ。私たちが家族になった日じゃ」

野乃花以外の誰もが笑顔を浮かべ、杯を交わした。大人たちの談笑が耳の中でうるさく鳴った。お盆の回り灯籠《どうろう》のように、まわりの風景がくるくる回っているように見えた。母がひざに手を置き、野乃花の顔を見て、うなずいて笑った。笑い返そうとして、うまく笑えないことに気づいた。英則と結婚する、ということがうれしいのかうれしくないのかもよくわからなかった。おなかの中には、知らぬ間に不可解な生きものが日々、育っていて、野乃花は自分の体の変化にも脅《おび》えていた。あまりに早い人生の変化に、野乃花は振り落とされそうになっていた。なぜここに英則がいないのか。せめて今日は、英則の顔を見たかった。英則の部屋で二人だけで、これからのことを話したかった。

「絵画教室は今すぐにでもやめさせるつもりじゃった。じゃっどん、今いる生徒さんの受験が終わってから、ときかなくてな。あいつもわしに似て、変なところで責任感が強かからのぅ」

酔っぱらった赤い顔で英則の父が誰に言うともなく大声でそう言った。こんな状況になっても決して自分の息子を悪く言うことはない英則の父の言葉を聞きながら、こんな強い力に守られながらあの人は成長したのだ、と野乃花は思った。英則がこの席にいないことも、たぶん、英則の父の考えなのだろう、と。ふいに英則が描いていた抽象画が野乃花の頭に浮かぶ。美しいけれど、ひどく頼りなく、弱々しい、あの絵を。オレンジジュースの注がれたコップの縁に唇をあてながら、野乃花は英則の描いた絵を一枚、一枚、思い出していた。


酔っぱらった父はフェリーのデッキにあるベンチでひっくり返って寝ていた。野乃花と母はデッキに立って、海風を受けながら、どんどん遠ざかっていくX半島を見ていた。空は重くたれ込めた灰色の雲で覆《おお》われていたが、強く吹き付ける風には冬の厳しさはなく、すでに春の気配を内包していた。風にあおられる野乃花の髪の毛をやさしくなでつけながら母が言った。

「あんたは玉の輿《こし》に乗ったとよ。あんたのこれからの人生は、母さんとは、ぜんぜん違う」

英則の家を出て緊張が解けたのか、そう言いながら野乃花に微笑《ほほえ》みかける母は、ひどく疲れた顔をしていた。そのとき、おなかのなかで小さな何かが泡立つようなかすかな動きがあった。産婦人科でもらった小さなパンフレットには、それは胎動なのだ、と書いてあった。「胎動を感じたら、おなかの赤ちゃんに話しかけてあげましょう」という文章も読んだ。野乃花は自分のおなかに手を当てた。自分の皮膚のその向こうに、自分とは違う人間がいることを素直に認めたくなかった。

「新しか人生が始まっとじゃ。あんたはもう、海向こうの人間じゃなかとじゃっでね」

フェリーが進むにつれ、Y半島が次第に目の前に近づいてきた。古ぼけた港、道沿いに並ぶ、青魚を干す網が、デッキからもはっきりと見えた。その瞬間、もう、そこには帰れないのだと野乃花は悟った。目に馴染《なじ》んだその風景が見えてくると、いつもはほっとした気持ちになったのに、今はその風景から自分一人だけが拒絶されているような気がした。

7

出産予定日は五月二十日だった。

野乃花と英則の祝言《しゅうげん》は、母が心臓病の手術を終え、絵画教室の生徒たちの受験が終わった三月下旬に行われた。野乃花は妊娠九カ月に入ろうとしていた。X半島で一番古い旅館の大広間、英則と野乃花は、金屛風《きんびょうぶ》の前でお内裏さまとおひな様のように座らされていた。白く顔を塗られた化粧と、着慣れない着物で、すっかりつわりは終わっているはずなのに胸がむかむかとした。たくさんの人の話し声が、わんわんと耳のなかで響いた。空のビール瓶と徳利が畳の上に転がっていた。酔っぱらった誰かが、突然歌を歌い出した。たくさんの客人たちの間、酌をしてまわる英則の父の大きな笑い声がときおり遠くから響いてきた。

野乃花たちから少し離れたところに、野乃花の両親の姿も見えた。大広間を埋め尽くす客人のほとんどは英則側の招待客で、野乃花の方の招待客は両親と数少ない親戚《しんせき》、そして担任の若本しかいなかった。誰からも話しかけられずに、緊張した面持ちで縮こまって座っている両親を見ると胸が詰まった。

英則とは数えるほどしか会っていなかった。会うのはいつも英則の実家で、英則のそばには英則の父がいた。それでも、結婚式の直前に一度、野乃花は英則のマンションを訪れた。妊娠がわかってから、二人だけで会うのは初めてだった。生徒たちが使っていた折りたたみの椅子《いす》や石膏像《せっこうぞう》、制作途中だった英則の絵、そして、野乃花の描いた魚の絵も、もうそこにはなかった。

「いいタイミングだったのかもしれないな」そう言いながら、英則は古びた絵筆をまとめて、ゴミ袋の中に投げ入れた。「でも最後に一枚だけ描いておこう」そう言って、窓際《まどぎわ》の肘掛《ひじか》け椅子に野乃花を座らせた。英則は父の事務所で働くことになっていた。来年の冬に市議候補として選挙に出るのだと、英則の父から聞かされていた。

「先生……」野乃花が目の前に座った英則に声をかけた。

「もう先生じゃないな。君には何も教えてないから」

皮肉っぽく笑いながら、英則は腕に抱えたクロッキー帳に鉛筆を走らせた。

「もう絵は、……描かないんですか？」

しばらくの間、沈黙が二人の間に横たわっていた。おなかの中で小さな足が腹壁をキックした。そのあたりを野乃花が手のひらで撫《な》でた。今はおとなしくしてくれないかな、と腹壁の向こうの子どもに心の中で語りかけた。

「君が描けばいい。それがいい。子どもを産んでも君が描けばいい。残っている絵の道具はみんなそのまま君にあげるから」目を伏せて英則がつぶやいた。

「いろいろとすまなかった。……けれど、責任は果たすつもりだから」

なぜ、英則までもが自分にあやまるのか、それを考えると、野乃花はひどく悲しい気持ちになった。自分は被害者ではないのに。責任など果たさなくてもいいから、去年の夏のように、自分の体に触れて、きつく抱きしめてほしかった。

野乃花は大きなおなかを抱えるようにしてゆっくり立ち上がり、英則のそばに近づいた。

「子どもの名前どうしますか？……」

肩に触れた野乃花の手から逃げるように、英則が身をよじらせて立ち上がった。

「それはたぶん、父が決めるだろう。……少し疲れたな。お茶を淹《い》れようか」そう言ってキッチンのほうに歩いていった。英則が座っていた椅子の上に載せられていたクロッキー帳を、野乃花は手にした。確かにそこには、野乃花の姿が描かれていた。けれど、それは今の野乃花ではなかった。この教室に来たときの、やせぎすで、着古した制服を着た、一年前の野乃花の姿だった。

妊娠した野乃花を受け入れられないのは、英則だけではなかった。野乃花自身も出産に向けて変化していく自分の姿を認められなかった。結婚式の直前、洋服ダンスにはめ込まれた縦長の鏡に映った自分の姿を見て唖然《あぜん》とした。腹が突き出た、見知らぬ丸い顔の女がそこにいた。十八歳の自分が妊婦、という着ぐるみをまとっているような気がした。

「たくさん食べて元気な子を産まんといけん」

つわりが終わってからというもの、母は野乃花に二人分の食事を出していた。あれほどにおいが鼻について食べられなかった魚もいつの間にか食べられるようになっていた。その食事だけでは物足りず、家にあった食パンやスナック菓子を手当たり次第に口に詰め込んでいた。それでも足りないときは、母が工場からもらってくる青魚の缶詰を開け、それを台所に立ったまま、手でつまんで口に運んだ。出産は、X半島の県立病院ですることになっていた。健診のたびに、母子健康手帳に「体重注意」の判子を押された。

「お産が大変になってしまうからたくさん歩いて」と、野乃花とそう年の変わらなそうな若い助産婦に言われたけれど、おなかの大きくなった姿をじろじろと見る村の人たちの目に耐えられず、なかなか外に出ることができなかった。高校は、どういう配慮なのか、なぜだかもう卒業できることが決まっていて登校する必要はなかった。缶詰工場のアルバイトには、手術を終え、元気になった母だけが通った。

柱時計の音だけがする誰もいない茶の間で、野乃花は絵を描いた。猫の額ほどの庭の隅に生える名前も知らない花や、鳥や、流れていく雲を描いた。自分の体やまわりの状況がどんなに変わっても、それが唯一《ゆいいつ》、野乃花がやりたいことだった。

「あんたの人生がうらやましか」

工場から帰って来た母は、茶の間に座る野乃花を見て、よくそう言った。母が言うような、玉の輿の結婚ではないことなど、野乃花自身もうすうすわかっていた。英則の両親も、英則の妹も悪い人ではない。いじわるをされたことも馬鹿《ばか》にされたこともない。けれど、彼らと野乃花の間には、絶対に破ることのできない薄い膜があるように感じた。いっしょに食事をしていても、まるで野乃花がそこにいないかのように、ほかの家族は話をした。野乃花の知らない東京のデパートやレストランの話、県議会や政治の話。どの話にも入っていくことはできなかったから、ただ黙って、口のなかのものを咀嚼《そしゃく》していた。

仕方がないか。

Y半島の、こんな家で生まれた私だから仕方がないか。漁師の父さんと魚の缶詰工場で働く母さんの元に生まれた自分なのだから。何かをあきらめるときに、子どものころから何度となく自分に言いきかせてきたことを頭のなかで繰り返した。そんな自分と結婚してくれるのだ。母さんも元気になった。そのとき、ふと、頭に浮かんだ。自分のなかで育っているこの子どもは。X半島の裕福な家に生まれ、何ひとつ不自由なく育った英則と、Y半島の貧しい家に生まれた私の子どもは。生まれたときから、あの大きな家で何不自由なく成長していくこの子どもは。そう考え始めると、自分のなかで育っているはずなのに、英則の両親や妹に感じているような距離を、自分の子どもに対しても感じてしまうのだった。

祝言が終わると、英則と野乃花は旅館の出口に立って、五百人近い招待客にお辞儀をし続けた。英則の父は泥酔《でいすい》してろれつが回らなくなっていた。お辞儀をするたびに、おなかが固く張り、腰に鈍痛が走った。着物の上から腰をさする野乃花に英則の母が「後援会の人ばかりだから、もう少しこらえてね」と耳打ちした。若本の姿が見えた。若本は野乃花に深く頭を下げ、「幸せにならなくちゃいけんよ」とだけ言った。皺《しわ》の奥の目が光っていた。両親が目の前にやってきた。何も言わずに野乃花は頭を下げた。母は手術をして元気になったはずなのに、急に頭に白いものが目立ち、体がひとまわり小さくなったような気がした。父は赤い目をしょぼしょぼさせていた。そそくさと旅館をあとにする両親の背中を、いつまでも野乃花は見つめていた。

その日の夜から、英則の家での生活が始まった。泥酔状態の英則の父が着ているスーツを、英則の母が脱がせ、お手伝いの島田さんが靴下を脱がせる。英則は浴室に行ったらしく姿が見えなかった。何をしたらいいのかわからず、野乃花はリビングの隅にぼんやりと立っていた。誰も何も声をかけてくれないので、どうしたらいいのかわからなかった。どのタイミングで自分と英則の部屋にひっこんでいいのかもわからなかった。

英則の父がカバンの中から、祝儀袋《しゅうぎぶくろ》の分厚い束を出し、ローテーブルの上に投げ出した。

「はよ、しまっちょけ。貧乏人が家におるんじゃ。盗まれんように、はよ」

英則の母が何も言わず祝儀袋を胸に抱えるようにして、居間を出て行った。

「ビールビール。早う持ってこんか」

英則の父が怒鳴るように言い、島田さんが小走りでキッチンに駆けていく。野乃花がそこにいることに気づいていないのか、英則の父がひとりごとのように大きな声を出した。

「あいつが留学してるときに、ガイジンと結婚したいて言うたときは胆《きも》を冷やしたわ。孫が金髪で碧眼《へきがん》、というのは困る。日本人なら誰でもいいんじゃ。前に妊娠させた高校生の家族を黙らせるにもずいぶん金《ぜん》を使うた。遊び人の娘で、あっちにも男がいたくせに、わしにたかりおって。なんでも金じゃ。この世は金じゃ。金で艱難辛苦《かんなんしんく》を舐《な》めてきたわしが言うのじゃから間違いなか。おい野乃花ぁ」

ふいに自分の名前を呼ばれて野乃花の体がびくっと震えた。親以外に自分の名前を呼び捨てにされるのは初めてだった。

「おまえによかことを教えちゃる。わしの部屋にある金庫の暗証番号はな、0927じゃ。わしの誕生日じゃ。うちの家族はわしの誕生日なぞ誰も覚えてないがの。おまえだけが覚えちょれ。この家の中で貧乏育ちはわしとおまえだけじゃ。二人だけの秘密じゃ」

どろりと酔った目で野乃花を見据えてそう言い放った途端、ソファにひっくり返って、大きないびきをかき始めた。お盆にグラスとビールを載せて入ってきた島田さんが肩をすくめる。青い顔をして部屋のすみに立ちつくしている野乃花の顔を見て、島田さんがぶっきらぼうに言った。

「酔っぱらいの戯言《たわごと》だから。いつもこうなのよ。気にしちゃだめよ」

出産予定日が近づいてきた。

けれど、予定日を十日過ぎても陣痛の起こる気配はなかった。

「病院の階段を上り下りして。それでも陣痛が起きなければ促進剤を使います」と内診を終えた野乃花に男性の若い担当医がそう告げた。その日、英則の両親と、英則は、来年の選挙のための挨拶《あいさつ》回りに東京に行っていて、お産には野乃花の母だけがつきそった。

「母さん、私が一人でするから。そこで見とって」

階段の踊り場にあるベンチに母を座らせ、野乃花は担当医に言われたとおりに階段を上り下りした。体重はすでに二十キロ近く増えていた。脚のつけねに大きなおなかの重みがかかり、びりびりと骨に響いた。ふくらはぎがつりそうになった。額をつたう汗をタオルでぬぐった。おなかのなかでは、子どもがぐるぐると動いている。いつのまに自分の体はこんなに重くなってしまったのだろう。プールから上がったときのだるい体をひきずるようにしか歩けなかった。次の階段を上がるために、片足を上げることがなんでこんなにつらいんだろう。これから始まるお産にもいいイメージなど持てなかった。

「あそこをすぽっと切るのよ」「いきみすぎてね、こめかみん毛細血管が切れたの」

入院した野乃花のベッドのわきに座り、母は自分の出産体験を聞かせた。ほかにも色々言われたような気もするが、野乃花の耳はなぜだかお産の恐怖をあおるような言葉しか覚えていなかった。

しくしくとおなかは痛みはじめていたが、ふだんの腹痛と変わらない我慢できるほどの痛みだった。そのままの状態で丸一日が過ぎ、翌朝になってもお産につながる強い陣痛がやってこないので、陣痛促進剤の点滴が始まった。昨晩もほとんど眠れず、ベッドの上でうとうととまどろんでいた野乃花の下腹部に、差し込むような激しい痛みが襲ってきた。医師は少しずつ痛みが強くなっていく、と言っていたのに。

「か、母さん」思わずベッドの柵《さく》を握りしめた野乃花の手を母がさすった。

こらえていても、うなり声のような音が漏れてしまう。バタバタと病室にやってきた看護婦が、おなかにベルトのようなものを巻き付けた。分娩《ぶんべん》監視装置で子宮が収縮する様子と胎児の心拍を測るから、あお向けのままでいてね、とだけ簡単に伝えて、病室を出て行ってしまった。小さな機械からカタカタと記録紙が吐き出される。陣痛が来るたびに、グラフのラインは上がり、陣痛が過ぎ去って行くと、グラフのラインは降下していった。それを見ているだけで、上下するギザギザが目に刺さった。余計に痛みがひどくなるような気がして、野乃花は思わず目を閉じた。けれど、目をつぶると、今度は恐怖心が増した。仕方がないので薄目を開けて白い天井を見た。

「もうすぐじゃ。もうすぐ会える」

分娩監視装置がやっと外され、海老《えび》のように体を丸めた野乃花の背中を母はさすり続けた。陣痛はさらに強くなり、そのまま分娩室に運ばれた。可哀想《かわいそう》で見ていられない、と、母は分娩室に入るのを拒んだ。子宮口は全開大、陣痛の間隔はもう三分おきになっている。分娩台に足を開いて座り、助産婦のリードに合わせて、分娩台の両わきにある握り棒をぐっと握り、下腹に力をこめた。若い助産婦二人と医師が、野乃花のお産の行方を見守っていた。いきむたびに視界が暗くなり、小さな星が散ってチカチカとした。今までに大きな怪我《けが》も病気もしたことはない。こんな痛みに耐えたこともなかった。目の前にあるのは、あまりに大きな恐怖でしかなく、それを乗り越える自信などなかった。

罰だ。

野乃花は思った。誰かに罰を受けているのだ、と。そうでなければ、こんな痛みを自分が与えられている意味が理解できなかった。絵を描きたいと思ったこと、英則と恋をしたこと、母と二人、被害者の顔をして結婚を迫ったこと。身分不相応なことをし続けた自分への罰なのかもしれない、と思った。

「吸って……吐いて……いきんで」野乃花は助産婦のその声に従うしかなかった。

「もう頭が見えてるよ。頑張っていきんでね。もうすぐ会えるよ」

さっきまでそばにいてくれた母も、ここにいる助産婦も、子どもに会えるよ、と言って自分を励ました。けれど、会いたくなどないのだ。子どもに会いたいと思ったことなど一度もない。そんな自分を責めたこともない。時間が巻き戻ればいい。セーラー服を着ていた自分に。英則と出会う前の自分に。絵だけ描いていれば、ただ、それだけで幸せだった自分に。

「クリステレル」担当医が小さな声でつぶやいた。

助産婦が「赤ちゃん出てくるの少し手伝うからね」そう言って、野乃花も言われるまま頷《うなず》いたが、何をされるのかはわからなかった。いきなり、助産婦が野乃花のおなかを強く押した。ぎゃっ。思わず大きな声が出た。陣痛に合わせて、さらにおなかを強く押された。なんで、なんで、なんで。許して、許して、許して。心の中で絶叫していた。遠くから大きな泣き声が聞こえた。自分の胸の上に、助産婦が血にまみれた小さな生きものを載せた。こん子は誰。そう思った瞬間、野乃花は気を失っていた。

8

ベビーベッドの上で晴菜《はるな》が子猫のような声をあげた。

この家はあまりに静かすぎる、と野乃花は思った。元々は英則の部屋だったこの部屋は十五畳ほどの広さがあり、英則が大きな音で音楽を聞きたいからと、特別な防音設備が施してあるらしかった。窓やドアを閉めてしまえば、外の音はまるで聞こえてこない。野乃花は窓に近づいてレースのカーテンを開けた。晴れていればはるかかなた、小さく見える海とその向こうにあるY半島を見たかったが、雨にけぶっていて、町も海もその輪郭がぼやけていた。

晴菜の泣き声が大きくなった。さっき、ミルクをあげたばかりなのに。ベッドサイドの上にある小さなメモには、何時にどれくらいの量のミルクをあげたのかが詳細に記されていた。

晴菜は泣きやまない。次第に声が大きくなる。生まれたばかりの生き物なのに、どうしてあんなに大きな声が出るのだろう、と野乃花は思った。小さなため息をついて、寝室のすみにあるテーブルの上でミルクを作った。気持ちが慌《あわ》てるほど手元が狂って、テーブルの上にミルクの粉が散らばった。適温に保たれている調乳ポットから哺乳瓶《ほにゅうびん》にお湯を注ぎ、ミルクがよく溶けるように哺乳瓶を振った。泣いている晴菜をそっと抱きあげ、窓際《まどぎわ》の椅子《いす》に座った。哺乳瓶を近づけると、晴菜は大きな口を開けた。そこに乳首を差し込むと、こくこくとリズミカルにミルクをのむ。

座っていると股《また》のあたりがひどく痛んだ。

歩くと恥骨の部分も痛くなった。洗髪をすると驚くほど髪の毛が抜けた。ぱんと熱を持ったように張った乳房の存在もわずらわしかった。お産が終われば少しは減るかと思っていた体重も、晴菜の分すら減っていなかった。ぶよんと二重にたるんだおなかを見ると、もうこのまま戻らないんじゃないかと悲しくなった。まだ十代なのに。子どもを産んでこんなふうに体が変わるなんて、誰も教えてくれなかった。その誰かを野乃花はうらんだ。

英則は、入院中ほぼ毎日、病室に顔を見せてくれたが、選挙の準備が忙しくなってくると、野乃花と晴菜がこの家に帰ってきたあとも、二言、三言しか言葉をかわせなくなった。しばらくは同じ寝室の隣り合ったベッドで寝ていたが、晴菜が泣くと、何度も寝返りを打った。ごめんなさい、と言いながら、野乃花は薄暗いなかで、晴菜の世話をしたが、いつの間にか英則は別の部屋で寝起きするようになっていた。

英則の父は晴菜を見て、「次は必ず男じゃ」と言い放ち、首もすわっていない晴菜を乱暴に揺すって泣かせ、まわりをはらはらさせた。それでも、占い師に高い金を払い、「晴菜」という画数のいい名前をつけてくれた。

英則の母はいつもどこで何をしているのか、昼間はほとんど家にいなかった。島田さんに聞くと、「後援会のみなさんにあいさつまわりをしたり大変なんですよ奥様も。美容院やエステやコーラスのご予定もありますし」と教えてくれた。それでも夜遅くに帰宅すると必ず野乃花の部屋に来て、晴菜をあやしてくれた。

島田さんは野乃花の食事だけは準備してくれたが、晴菜の子育てについては見て見ぬふりをしていた。「赤んぼうが苦手なんですよ」と言いながら、いつも遠くから見ているだけだった。晴菜のベビーベッドには近づこうともしなかった。

子育てのほとんどを野乃花が一人だけでしていた。

野乃花に兄弟はいなかったから、首のすわらない新生児を抱っこするのも、おむつを替えるのも、ミルクをあげるのも、沐浴《もくよく》をさせるのも初めてだった。生まれたての赤んぼうは一日のほとんどを眠ってすごすものだとばかり思っていたが、晴菜は眠りが浅いタイプなのか、夜中も一時間も経《た》たずに目を覚ました。そのたびに寝ぼけた頭でミルクを作り、飲ませ、おむつを替え、抱っこをし、やっと眠った、と思うと、また泣き出した。子どもを産んでからというもの、二時間以上続けて眠ったことがなかった。うとうとすると、晴菜の泣き声で起こされ、泣いていても、体が重くて、頭が朦朧《もうろう》とし、すぐに立ち上がることができない。体の中心がどこかに消え去ってしまったようで、手も足もバラバラになってしまった気がした。ひとつひとつの行動に時間がかかった。お産が終われば、以前のような体に戻ると思っていたし、すぐに絵が描けると思っていた。子どもを産んだら、そんな時間すら無くなってしまうことを野乃花は知らなかった。

島田さんはダイニングに野乃花の食事の用意をすると、すぐにどこかに引っ込んでしまう。「夜は晴菜が泣いて大変でしょう。みんなに合わせなくていいから、朝食はゆっくりとりなさい」英則の母がそう言ってくれた。起き出して朝食をとるころには、英則も、英則の両親もすでに出かけたあとだった。島田さん以外の家族と、二言、三言、話すのは夜になってからで、それも、晴菜をほんの少しあやすと、みんなすぐに自分の部屋に行ってしまう。襖《ふすま》の向こうで、いつも父や母の気配を感じながら生活していた野乃花の家とは、何もかもが違った。ドアを閉めてしまえば、晴菜の泣き声は、野乃花以外の耳には届かない。野乃花自身はそれほど話好きなタイプではなかったが、それでも誰かと、大人と話がしたかった。晴菜も話し相手になるにはまだ小さすぎる。

それでも晴菜が生後三カ月になり、夜も少しずつまとめて寝てくれるようになると、野乃花はクローゼットの中にしまったままになっていた絵の道具を取り出した。何かに集中していないと、あまりに静かなこの部屋で頭がおかしくなりそうだった。窓から見える景色を描こうと思った。季節は夏の終わりを迎えようとしていた。桂《かつら》や松の木や、それを手入れする職人や、生まれた村で見たような入道雲の湧《わ》き立つ夏の空を描いた。絵筆を握ると、どくん、と心臓が動き始めたような気がした。やっと、戻ってきたのだ、と感じた。自分の手や指に血がめぐり、自分の意思できちんと動いているように思えた。畳んだ洗濯物を野乃花の部屋に持ってきた島田さんが、油絵の具のにおいに鼻をおさえ、

「換気をしないと晴菜ちゃんに悪いですよ」そう言いながら、慌てて窓を開けた。

集中していると晴菜が泣いた。夜まとめて寝てくれる、ということは昼間起きている時間が長くなる、ということを野乃花は知らなかった。

生まれた直後のように、ミルクが飲みたいとか、おむつが気持ち悪いとか、そんな生理的な欲求ではなく、かまってほしい、遊んでほしい、抱っこしてほしい、という目で野乃花を見る。晴菜のつぶらな瞳《ひとみ》で見つめられることが野乃花にはわずらわしかった。

ベビーベッドの柵に取り付けたメリーのスイッチを押した。くるくる回るカラフルなおもちゃを晴菜がじっと見つめていた。その様子を確認して、再び、野乃花はキャンバスに向かった。けれど、五分もたず、泣き始める。英則の父の後援会の人たちが贈ってくれたたくさんのベビー用のおもちゃが、ベビーベッドの下にある籐《とう》のかごの中に山盛りに置かれていた。外国製のテディベアや、カラフルなガラガラ、布でできた絵本、野乃花が子どものころには見たことのないような、おもちゃやぬいぐるみ

だった。野乃花はそのおもちゃの山から、小さな子羊のぬいぐるみを手にして、晴菜の顔のそばで振った。きょとん、とした顔でしばらく見つめていたが、手を伸ばしたので晴菜に持たせた。しばらく、ぬいぐるみを持っていたので、野乃花はベッドを離れた。また、泣き声がした。ベビーベッドに近づくと、ぬいぐるみが晴菜の顔のそばに転がっている。もう一度、持たせようとしたが、もう晴菜はぬいぐるみに興味を失ったようで、再びぐずぐずと泣き始めた。ガラスを爪《つめ》でひっかく音のような、神経にさわる泣き声だった。はぁ、と大きなため息をついて、晴菜を抱き上げた。体重も順調に増えていて、どこにも悪いところなどない健康な子どもだった。首もすわり、野乃花の顔を見ると笑顔を見せた。けれど、野乃花はうまく笑い返すことができなかった。

野乃花が部屋で絵を描いていることを、家族の誰かにとがめられることはなかった。というよりも、家族に、あまり興味を持たれていないことを野乃花は感じていた。英則の初選挙のために、英則と英則の両親が夜遅くまで働いていることは野乃花も理解していた。週末の夜、ごくたまに夕食を共にすることがあっても、野乃花以外の全員が選挙と政治の話をした。野乃花はいつものように、ただ黙って、目の前の食事を口に運んだ。

「野乃花ちゃんも次の選挙ではたくさん働いてもらわないと。ゆっくりしていられるのも今のうちよ」と、英則の母は野乃花の部屋で増えていくキャンバスを眺めながら無邪気に言った。「どうせ描くなら晴菜の絵を描けばいいのに」耳元の大振りなイヤリングを外しながら、歌うようにそう言って、英則の母が部屋を出て行った。その背中を見ながら、野乃花は自分の気持ちに気づいてしまった。晴菜の絵を描きたいなんて今まで一度も思ったことはない。晴菜から離れたくて、晴菜のことを考えたくなくて、絵を描きたいのに、なんで晴菜の絵を描かなくちゃいけないんだろう、と。

夜中に目を覚ますと、いつの間に帰ってきたのか、うす暗闇《くらやみ》のなかで、英則がベビーベッドをのぞいている姿を見ることがあった。腕を伸ばし、晴菜にそっと触れて、タオルケットをかけ直していた。晴菜に優しく接する英則を見ていると、今まで見たことのない姿を自分だけに見せてくれているようで、うれしかった。

東京に行ったときに、野乃花に画集や、香水や、ブローチを買ってきてくれることもあった。英則は、英則なりに、野乃花に気を使っていることはわかっていた。けれど、妊娠がわかってからというもの、英則は野乃花に一度も触れることはなかった。初めての選挙で忙しいときなのだから、と野乃花は自分を無理に納得させていたが、英則に触れてほしい、という思いは日に日に強くなっていく。

寝たふりをしていると、英則は壁に立てかけたままになっている野乃花の絵を腕組みしたままじっと見つめていた。しばらくそうしたあと、野乃花には何も言葉をかけず、触れることもなく、英則は部屋を出て行った。消えていく英則の背中を布団《ふとん》にくるまったまま野乃花は見つめていた。

三カ月健診を受けるために、晴菜とともに、町の中心地にある保健所に向かった帰りのことだった。窓から見える空ばかりを描いていたから、青系の絵の具ばかりがなくなった。ホリゾンブルー、ミスティブルー、ウルトラマリン。欲しい絵の具のメモを持ち、前抱っこした晴菜とともに、目抜き通りにある画材屋に向かった。買い物を終え、ぐずり始めた晴菜のおむつを替えるためにと、目の前にある古びたホテルの洗面所を借りようと中に入った。洗面所の隅にある小さなベビーベッドに晴菜を寝かせた。おむつを開けると、酸《す》っぱいにおいが鼻につき、べったりとした緑黄色の便があふれていた。下着やベビー服にも漏れた便がべっとりついている。うんざりした気持ちで、野乃花は晴菜のおしりについた便をふき取り、トートバッグから出した下着やベビーウエアに着替えさせた。手だけでなく爪の間にも便が入りこんでいて、それを洗面所でしつこいくらいに何度も洗った。油絵の具がいくらついていても気にならないのに、晴菜の便が手につくのはどうしようもなくいやだった。野乃花のそんな気持ちに気づきもせず、おしりがさっぱりとしてうれしいのか、晴菜は自分の小さな拳《こぶし》をなめながら、手を洗う野乃花を見て、ただにこにこと笑っていた。

やれやれと思いながら、ロビーに出ていくと、奥にあるエレベータから人が降りてきた。そのなかにスーツを着た英則が交じっていた。隣にいる髪の長い女性と楽しそうに話しながら、こちらに歩いてくる。隠れる必要はないのに、野乃花は咄嗟《とっさ》に柱の陰に身を隠した。あの人には見覚えがある。必死になって思い出そうとした。英則をタクシーに乗せ、走り去るタクシーに笑顔で手を振ると、女性だけが再びホテルの中に歩いてきた。戻ってくるとは思わず、柱から飛び出した瞬間、女性と目があった。表情のない目でしばらく野乃花を見つめたあと、女性が口を開いた。

「野乃花ちゃん、久しぶりー」

絵画教室に最初に行った日に野乃花の顔を見た少女だった。

「私たち、小学校のときも会ってるもんね」晴菜の手をとって小さく振った。

「英則さんにあんまり似てないんだね。お母さん似かな？」

かわいいでちゅねー、と話しかけられて、晴菜はその女性にもにこにこと笑いかけた。訳もわからず、しばらくぽかんと口を開けていた野乃花だったが、堆積《たいせき》した記憶の中から、ひとつの記憶が浮かび上がってきた。壇上で焚《た》かれるフラッシュ。少女の細かいラメの光るワンピース。つやつやのワンストラップの革靴。絹糸のような長い髪が揺れる。あの絵画コンクールの授賞式で、魚くさい、と顔をしかめた少女だった。

「私、春から、東京の美大に通ってるの。英則さんと同じ大学だよ。だから、聞きたいことがあって」そう言いながら、ゆっくりと腕時計を見た。

「野乃花ちゃん、もう絵は描かないの？　赤ちゃんいたら難しいか。天才少女だったのにねぇ。お母さんじゃ大変だよね」あ、友だちを待たせてるから。じゃあね。背中を向けた女性から、香水の甘い香りがした。うす桃色のシフォンのワンピースが歩くたびに揺れた。あっけにとられたまま、その背中を見つめていると、クロークに立ち寄り、預けた荷物を受け取った女性が、再び野乃花のほうに歩いてきた。さっきまでの笑顔は消えて、にらむように野乃花の顔から強い視線を外さない。緊張で体が硬くなった。

「……結婚してたって関係ないからね」

　それだけ言うと、小走りで駆けていった。

　投げかけられた言葉をうまく飲み込めないまま、ぼんやりとした頭でホテルを出て、野乃花は商店街をふらふらと歩いた。ふと顔を上げると、ブティックのショーウインドウに、疲れた顔をした太った女が映っていた。産後も体重が戻らないので、体型を隠すようなチュニックを着ていた。裾《すそ》のあたりに緑黄色の丸いしみが見えた。さっきの、晴菜の便かもしれない。トートバッグから慌《あわ》ててウェットティッシュを取り出そうとしたとき、野乃花の後ろをセーラー服を着た女子高生の集団が通り過ぎて行った。

どうしてあの場所に戻れないのだろう。

絵を描いて、英則と抱き合って、それだけで幸せだったあの日に。自分とそれほど年齢の変わらないさっきの女子高生たちの笑い声が響いた。気がつくと、野乃花の手が抱っこした晴菜の太ももを叩《たた》いていた。すべすべでむちむちとした晴菜の太ももを。強い力ではなかったから、遊んでもらっているのかと思って晴菜が野乃花の顔を見上げて笑った。私の気持ちも知らないで。さっきより、ほんの少しだけ強い力で太ももを叩いた。それでも、晴菜は笑っていた。その笑顔が無垢《むく》で無邪気であればあるほど、自分の中に薄墨のようなものがわき上がってくるのを野乃花は感じていた。

英則の初選挙の日が近づいてくるにしたがって、家の中にも選挙を手伝うたくさんの人が朝から晩まで出入りするようになった。台所では常に島田さんが客人に出す何かを大量にこしらえており、ガス台の火が消える暇《いとま》はなかった。

「野乃花ちゃんはいいのよ。晴菜と部屋にいなさいね」そう言いながら、英則の母は野乃花の部屋のドアを閉めた。閉じこめられたのだ、と、野乃花は思った。何度か、後援会の人にあいさつをしたことはあったが、しどろもどろになってしまった野乃花を見て、英則の母も思うところがあったのだろう。

ある日の夜中、喉《のど》が渇いた野乃花が階段を降りてキッチンに向かう廊下を歩いていると、奥にある和室から、英則の父が手招きした。英則の父の部屋であるその場所では、夕方から後援会の人を招いた会食が行われていたはずだったが、そこにはもう義父以外、誰もいなかった。英則が歯を見せて笑っている選挙ポスターや、紙コップや、缶ビールや、たすきや、後援会の人たちが着ているTシャツや、散らかり放題に散らかった部屋の隅で、英則の父があぐらをかいていた。

「野乃花、よう見ぃ」

英則の父が床の間に置かれた白い家庭用金庫を開けた。中にはぎっしりと札束が詰まっていた。だいぶ酒を飲んでいるのか顔が風呂《ふろ》上がりのように赤い。

「こげな大金を見たことがなかじゃろ」

言うとおりだったので、黙ってうなずいた。

「人が動くのも金次第じゃ。選挙にはいくらでも金がいる。底なしじゃ。わしはな、それでもあいつを当選させたかとじゃ」

金庫に詰まっている札束を握り、野乃花の足元に放り投げた。

「ほれ、触ってみい」

野乃花のつま先のすぐ先に札束が転がっている。

「そいで二百万じゃ。薄っぺらかのぅ」

野乃花はその札束の表面に手を触れただけで怖くなり、すぐ英則の父に返した。野乃花の手がかすかに震えていた。

「政治家の妻がそいでどうする。金勘定も大事なおまえの仕事じゃが」がははは、と声を出して笑った。

「この家で金がないつらさが骨身にしみちょるのはおまえとわしだけじゃ。おいとおまえ以外のもんは、金はどこからか自然に湧いて出てくると思うちょる。いい気なもんじゃ」そう言いながら、英則の父は、そばにあったビールをラッパ飲みし、パジャマ姿の野乃花を下から見上げて言った。

「しっかしおまえ、もちっときれいにせんといかん。元が悪いんだから。英則の悪いくせがまた出るぞ」わしの悪いくせが遺伝したんじゃな。そう言ってまた、豪快に笑いながら、手にした札束を金庫にしまい、ダイヤルを回した。あの女性の姿を思い出した。自分と同い年の、東京の美大に通うあの人。自分では想像したくないのに、ふわりとしたワンピースの裾に手を入れる英則が頭に浮かんできて、体を引き裂かれるような嫉妬《しっと》の感情が頭のなかを満たしていく。金庫がロックされるときのカチリという音がして、野乃花は我に返る。おやすみなさい、と言いながら、部屋を出ようとしたそのとき、柱にある日めくりカレンダーが目に入った。九月二十七日。四桁《けた》の数字が頭に浮かぶ。振り返って野乃花は言う。

「あ、あの……、お誕生日おめでとうございます」

「……そげなもん、さっさと忘れろ。大悪党がこん世に生まれた日じゃ」

怒鳴るような大声で言われて、野乃花の体がびくっと震えた。頭を下げ、慌てて部屋を出る野乃花の背中を下品な笑い声が追いかけてきた。

さらに選挙が近づくと、野乃花はしばしば晴菜とともに、一階に呼ばれた。

「かわいかじゃろ」

義父は家にやってくるたくさんの人に晴菜を抱かせた。人見知りをする子ではなかったから晴菜は誰にでも抱っこされ、にこにこと笑った。

「先生にそっくりじゃ。泣きもせん。度胸のすわった顔をしちょる」

「こん子も先生のあとを継ぐとじゃろな」

「これからはおなごも政治をする時代じゃから」客人たちは笑いながら、英則の父へのおべっかを口にした。

「じゃっどん、次は男を産まんないかん」

客人の一人がまじめな顔で野乃花のほうを見て言い、野乃花はなんと答えていいかわからず曖昧《あいまい》に頷《うなず》いた。

晴菜が順番に抱かれていくのを、部屋のすみで、野乃花はただ黙って見ていた。誰からも愛され、誰にでも笑顔をふりまく晴菜を見た。それなのに、野乃花の腕のなかに戻ってくると、のけぞって泣いた。晴菜をいじめていることがばれるのではないかと、はらはらした。野乃花は晴菜を抱っこして、階段を駆け上がった。ドアを閉めて、晴菜の太ももを一回だけ、爪《つめ》の先で強くつねった。ひーー、という喉の奥から絞り出すような泣き声を上げて、晴菜が大粒の涙を流した。

ホテルであの女性に会った日以来、イライラすることがあると、晴菜を叩いたり、つねったりした。いけない、と思う前に手が出た。晴菜は日々、成長している。はいはいだけでなく、ローテーブルにつかまって、伝い歩きができるようになっていたし、下の歯も二本、生えてきていた。野乃花の部屋のどこにでもはいはいで移動して、興味のあるものをなんでも触った。今まで手の届かなかったテーブルの上のものをつかんだり、野乃花の絵の道具をいたずらすることも多くなった。まだ、絵の具の乾ききっていないキャンバスに晴菜が触れたときは、「やめて」と大きな声が出て、思わず小さな手を払った。

晴菜は、昼間は見知らぬ人ににこにこと抱っこされているのに、夜になると、その興奮を思い出すのか、激しい夜泣きをした。意味のない言葉を叫び、抱っこをしても、野乃花の腕のなかから逃れるように泣きわめく。はいはいをして、野乃花の部屋のドアノブにつかまって立ち、小さな手でドアノブを回そうとした。自分から離れようとする晴菜のおしりを野乃花は叩いた。おむつ替えも、ミルクも、離乳食も、いちばん面倒を見ているのに、あんなに痛い思いをして産んだのに、自分から逃げようとする晴菜が憎かった。夜泣きにつきあっているせいで、昼間はいつも頭がぼんやりとして、晴菜の泣き声を聞くと、こめかみの奥が痛くなった。晴菜が昼寝をしたすきに、絵を描こうと思っても、晴菜を寝かしつけたまま、自分もぐっすりと眠ってしまっていることが多くなった。英則はもちろん、英則の家族や、島田さんでさえも、英則の選挙という目標に向かって力を合わせている。日々、晴菜を追いかけ回して生活している自分だけが、そこから外れ、自分の人生だけが大きく後退しているような気がした。

この前の健診で離乳食が進んでいないことを保健婦に指摘されたことも野乃花の心配の種だった。島田さんに聞いても、「私は離乳食のことなどわかりません」と言われるばかりだったので、野乃花は保健所で渡されたパンフレットを見ながら、見よう見まねで作っていた。やわらかくゆでて細かく刻んだにんじん。ゆでたほうれん草を煮てコーンスターチでとろみをつけたもの。時間をかけて野乃花が作ったひとさじを晴菜の口もとに持っていっても、口をぎゅっと結ぶばかりで、開けようともしない。昼間も後援会の人たちがダイニングにたむろしていたから、野乃花と晴菜は自分の部屋で食事をとるようにしていた。畳んだ洗濯物を部屋に持ってきてくれた島田さんが、一向に口を開けない晴菜の様子を見かねたのか、その日なぜだか急に「私にもやらせてください」と言ってきた。

「はい。あーーーん」と言いながら、晴菜の口もとにおずおずとスプーンを近づけた。島田さんの顔をじっと見ていた晴菜も口を開け、どろどろしたほうれん草ペーストが載ったスプーンをぱくっとくわえた。「あら、おもしろいですね。家で飼ってるセキセイインコといっしょだわ」そう言って、もう一回、あーん、と晴菜にスプーンを差し出した。島田さんのあーん、の顔がおもしろいのか、晴菜はきゃっ、と声を上げて笑った。何回か、晴菜に食べさせたあと、「あら私、こんなことしてる暇はないんです」そう言いながら、島田さんは忙しそうに部屋を出て行き、その島田さんの背中を晴菜が名残惜しそうにじっと見ていた。島田さんと同じように、あーん、と言いながら、スプーンを差し出したのに、晴菜は口を開かない。

「もういい」

いらいらした野乃花がテーブルの上を拳《こぶし》で叩くと、その勢いに驚いた晴菜がうわーーーーん、と大きな声を出して泣いた。その口にすかさず、どろどろしたほうれん草のペーストを押し込んだ。べえええ、と舌を出して、晴菜が吐き出す。吐き出しながら大声で泣く。涙と鼻水と、口からあふれるどろどろの緑色で顔じゅうをベタベタにして泣く晴菜は悪魔だ、と野乃花は思った。一階にはたくさんの人がいるのに、二階にいる晴菜の泣き声は誰にも聞こえない。晴菜がほうれん草ペーストが入っていたプラスチックの器を持ち、床に落とした。器の中身は予想以上に部屋の遠くまで飛び散って、床のカーペットやテーブルだけでなく、壁に立てかけていた野乃花の描きかけのキャンバスにも緑色の点々をつけた。

「もうっ！」

咄嗟《とっさ》に手が出た。晴菜の頭をはたいていた。野乃花の大声とはたかれた痛みで晴菜はさらに泣いた。泣きたいのはこっちなのに。泣きべそをかいた野乃花はベッドに倒れ込み、耳をふさいだ。あの日、あのホテルで、あの女性に言われた言葉が頭のなかで再生された。問いただす勇気もなく、英則が深夜に帰宅して、入浴をしているとき、こっそりと英則が脱衣かごに脱ぎ捨てたワイシャツに顔を埋《うず》めた。あの日、あの女性がつけていた香水のにおいがかすかにしたような気がした。

その日も、もう夜明けが近いのに、晴菜は絶叫し続けていた。床に座りこみ、いやいやと首をふるばかりで、野乃花の抱っこすら拒否していた。

この子は私のことが嫌いなんだ。私じゃなくてもいいんだ。

はいはいでドアに近づき、ドアノブに手をかけて、つかまり立ちをする晴菜を強引に抱っこした。乱暴にベビーベッドに下ろすと柵《さく》につかまって泣き、今度は野乃花のほうに腕を伸ばした。私のことが嫌いなくせに。そう思った瞬間、手のひらが晴菜のやわらかい頰を張った。晴菜が倒れ、ベビーベッドの柵に顔をぶつけ、さらに泣いた。今までに聞いたことのない絶叫だった。ぶつけたときに口の中が切れたのか、血の混じったよだれが口の端から垂れた。見たくはなかった。野乃花は思わず、晴菜の顔を毛布で覆《おお》った。毛布の向こうで晴菜のくぐもった声がした。おまえはいつか私をばかにする。おまえなんか。おまえなんか。私の気も知らないで。私の知らないところから勝手にやってきて、寄生虫みたいに私の中に宿り、あんなに私を痛めつけて、私の時間を奪ってばかりいる。急に晴菜の声が小さくなったような気がして、慌てて毛布をめくると、驚いたような顔で晴菜が野乃花を見た。げほっ、げほっと、激しくせき込んだあと、それでも野乃花のほうに腕を伸ばす。殺してしまうかもしれない。私はいつかこの子を殺してしまうかもしれない。私じゃだめなんだ。私じゃないほうがいいんだ。心の中にわき上がる黒い霞《かすみ》のようなものが、体中の毛穴から噴出して、全身を覆っていくような気がした。

ベビーベッドの向こうにあるローテーブルには、昨日、家にやってきたたくさんの人が持参した晴菜への贈り物が包装紙も取らないまま無造作に置かれていた。ベビーウエアやベビーシューズ、おもちゃ。野乃花が見たことのないような品々を、晴菜は生まれたときから手にしている。まだつかまり立ちを始めたばかりだというのに、贈り物の箱の上には、つやつやと光るエナメルのワンストラップのベビーシューズが載せられていた。ふと、あの女性のことを思い出した。小学生のとき、あんなに素敵な革靴を履いていたあの人。あの人と晴菜は同じだ。晴菜も成長したら、きっと私をばかにする。「魚臭い」と。

いつのまにか泣きつかれて眠ってしまった晴菜の寝顔を一度だけ見た。

その寝顔は、写真を撮るように、野乃花の網膜にプリントされた。

そっと階段を降りて、廊下を歩き、一階の誰もいない和室に入る。暗証番号を押すと、カチリと音がして金庫が開いた。この前見たときほど、たくさんのお金は入っていなかった。二つの札束をトートバッグに押し込みながら、足音をしのばせて廊下を歩き、玄関から外に出る。バッグの中で手に何かが触れた。のぞき込むと、晴菜のガラガラや紙おむつや、おしりふきが入っていた。うんざりした気持ちがわきあがってきて、自分でも気づかぬまま、小さく舌打ちをしていた。野乃花は小走りで庭を横切りながら、晴菜の細々としたものを捨てた。芝生の上に落ちたガラガラが、奇妙な音をたてた。まだ夜が明ける前、南国のこの土地には珍しい身を切るような冬の風が野乃花の体に吹きつける。妻とか、母とか、望んだわけではないのに、着せられていた重い着ぐるみをずるりと脱いだような気持ちになった。門をくぐったときにかすかに晴菜の泣き声が聞こえたような気がしたけれど、空耳のせいにして、野乃花は港に続く道を駆けだした。

9

洗面器の上に広げた新聞紙に、泡だった唾液《だえき》と、溶けきっていない錠剤がいくつか見えた。由人にペットボトルの水を再び飲ませ、顔を横に向けて、さらにのどの奥に人さし指をつっこんで吐かせた。はっきりとは確認できなかったけれど、たぶん、十錠にも満たないはずだ。水でひたし絞った濡《ぬ》れタオルで、ひどく汗をかいている由人の顔や、首筋をふいた。万一の場合に備えて、吐瀉物《としゃぶつ》が詰まらないように顔を横に向け、頭の下に折り畳んだ乾いたタオルを敷いた。

こいつ、年、いくつだったっけ。

まだ子どものような由人を見ながら、野乃花は思った。確か、二十三、四だったっけ。晴菜が三十なのだから、六、七歳下か。社長になって、人を雇うとき、いつも晴菜を基準に年齢を把握する癖があった。こんな生まれたての子どもみたいな社員をくたくたになるまで働かせてきた自分を責めた。自分のもとで働いている社員たちが日々、体と心を壊していくのを野乃花は知っていた。それすら見て見ぬふりをした。結局、誰のことも幸せになんかできなかったか。自分の産んだ子どもですら幸せにできなかったのだから。人の何十倍も頑張ったのに。野乃花の口の中にまた、苦いものが広がっていく。

窓から街道を見下ろすと、深夜だというのに車は途切れず走っていた。雨の粒がたくさんぶら下がった電線の震えを見ながら、経理の畠の言葉を思い出していた。

「別れた奥さんが、ガンなんです。末期の。ホスピスに入れて最後まで自分で面倒みたいんですよ。今までの罪ほろぼしに。最後の貯金、奥さんに使いたいんです」

畠がそう言ったのは、もう絶対だめだろう、という何度目かの危機を会社が乗り越えたときのことだった。行かないでほしい、と言えるわけがなかった。そして、昨日、畠は別れた奥さんの故郷に戻って行った。

会社のために、畠の時間もお金も人生も奪ってきた。畠が持っていた一戸建て住宅ですら抵当に入れてもらい、そのお金で会社の危機を救ってもらった。自分よりも二歳上の畠と恋人同士の関係だったわけではない。けれども、故郷を飛び出してから、初めて好きになった人だった。野乃花がやらかした数ある失敗の尻《しり》ぬぐいをしてくれた人だった。野乃花が接待などで、しこたま酔っぱらった日は、野乃花をマンションまで送り届け、ベッドまで運んだ。仕事のパートナーとしてだけではなく、父のように、兄のように、野乃花を支えてくれた人だった。会社には野乃花のマンションのほうが近いので、遅くなると畠が泊まった。忙しいときは、週のほとんどを畠は野乃花のマンションで過ごし、週末になると、自分の家に帰って行った。

「結婚してたこともあるし子どももいる。ノイローゼみたいになって、その子を殺しそうになったから、逃げて、東京に来た」

会社を立ち上げたばかりのころ、コンペでも負け続けて仕事の依頼がまったくなかったある日、とあるバーのカウンターで、泥酔《でいすい》した野乃花が畠に話したことがあった。

「子どもの写真持ってますか？」

「ううん。一枚もない。でも、これ」

野乃花はバッグからカードホルダーを出して見せた。そこには晴菜を思い出して描いた絵が一枚入っていた。家を飛び出したあの夜に見た、晴菜が眠っているときの絵だった。

「かわいい子ですねぇ。……というか、社長は絵がお上手です」

畠は眼鏡の奥の目を細め、何度もその絵を見た。

「僕にもいるんですよ息子」そう言って、畠は手帳から一枚の写真を取りだした。青空の下、だらんと垂れ下がった鯉《こい》のぼりの下で三歳くらいの男の子がはにかんだように笑っていた。幸せそう、と野乃花がつぶやくと、

「この子にとってはこの時期は地獄でしたよ。僕が最悪だったときですから。お酒を飲んで奥さんやこの子に暴力をふるいまくってたんです。僕が棚の上のものを取ろうと手を伸ばしたら、ぶたれるんじゃないかと頭を隠してね」

そう言いながら、畠はアイスティーを一口のんだ。酒が飲めないのは体質だから、と語っていた畠にそんな過去があることを野乃花はそのとき初めて知った。

東京に来たときから、人らしい幸せなんて望んではいけないものだと思って働いてきた。自分は子どもを殺しそうになった女だ。子どもを捨てて逃げてきた女だ。それでもいつか、畠との穏やかな生活を望む自分がどこかにいた。あと何度か乗り越えれば、倒産の心配なんて、きれいさっぱり消えてなくなるものだと思っていた。けれど、自分が思っていた以上に、会社はあっけなくつぶれた。その痛みは想像していたよりもつらかった。

もう、頑張れる気がしなかった。自分はもう十分すぎるほどやったのだから。今まで、力まかせに開いてきたドアが、ゆっくりと、ひとつずつ、閉まっていくような気がした。会社の車の中で死のうと思った。最後に、一度だけ、事務所を見てから。

練炭を入れた紙袋を両手に提げてマンションの外廊下に出ると、連なるビルディングのはるかかなたにオレンジ色に光る東京タワーが見えた。煙草《たばこ》を吸いたくなって、デニムの後ろポケットを探った。折れ曲がった煙草をくわえて火をつけた。初めて東京タワーを見て、ほんの少し頬を上気させた田舎者の自分は、もうどこにもいない。子どもを捨てて、生まれ故郷を出て、東京にやってきてから、三十年近くの月日がたっていた。

来たばかりのころは、英則や英則の家族が追いかけてくるのではないかと怯《おび》えて、駅から遠く離れた、人通りの少ない折れ曲がった路地にある、日当たりの悪いアパートを借りて、息をひそめるように暮らしていた。人の多い場所では、うつむいたまま歩いた。長かった髪の毛を切り、男のように短くした。けれども東京に来て半年後のある日、突然、アパートに離婚届だけが入った白い封筒が送られてきた。追いかけられて、連れ戻されると思っていたのは思い上がりだった。英則の家は一刻も早く、自分と縁を切りたがっているのだ、と野乃花は理解した。離婚届に判子を押し、送り返した。自ら望んでひとりぼっちになったのに、封筒をポストに入れた瞬間、なぜだか涙がこみ上げてきた。

働かなくては食べていくことはできなかったから、東京の地べたを這《は》いずるようにいろんな仕事をした。トイレの清掃、ビルの掃除、デパートのマネキン、弁当屋、パン工場、ラブホテルの客室係……。夜は英則の家から持ち出したお金でデザイン学校に通った。もう画家になりたい、などと夢のようなことは思わなかった。けれど、その世界に近い場所にいたかった。あんなに必死で勉強する人たちに初めて出会った。仕事をしながら通っている人がほとんどだった。野乃花がどこの生まれだとか、どこで育ったとか、それまでどんな人生を歩んできたか、そんなことを興味本位で聞く人はいなかった。海向こう、とも、魚臭い、とも言われたことはなかった。皆、黙って手を動かしていた。出される山のような課題をただもくもくとこなし、いつもいい点数をもらう野乃花を素直に賞賛してくれた。東京で、たくさんの人に紛れて過ごすことで、野乃花はやっとスムーズに呼吸ができるようになった。専門学校を卒業して入ったのは、小さな編集プロダクションで、野乃花はそこでデザイナーとしてのイロハを学んだ。

「この空きスペースになんか描いて」

先輩のデザイナーに言われ、ちょっとしたイラストを描いた。

「ライターが急病でさ。簡単な取材だから行ってきて」そう言われれば、原稿も書いた。先輩の倍のスピードでデザインの仕事もこなした。会社には内緒で、週末は自分が請け負った雑誌やPR誌の仕事をこなしていた。仕事も速いし、納期を破ったことは一度もない。

「この世界で生きていくためには、求められるように、その特別な何かを、自由に形を変えていくことのほうが大事なんだ」

絶対自分には無理と思う仕事や、あまりに大きな仕事に足がすくみそうになったときには、英則のこの言葉が頭をかすめた。

遊ぶことにも興味はなかったから、三十歳になるころには、野乃花の貯金通帳にはかなりまとまった額が記載されていた。英則の家から持ち出したお金に利子をつけた五百万を、英則の家あてに小切手で送った。そのお金を引いてもかなりの額が残った。

しばらく迷った末に、実家の両親に一度だけ手紙を出したことがあった。野乃花の書いた長い手紙は宛先《あてさき》不明で戻ってきていた。ひどく胸騒ぎがして、何度か迷ってから電話をかけた。電話も通じなくなっていた。今すぐにでも実家に帰りたい気持ちになったが、自分にはそんなことをする権利などないのだ、と思い直した。

若本先生にも会いたかった。故郷を離れてから、若本先生と向かい合っていた夕暮れの教室のことを何度も思い出した。三月のあの日、先生に絵画教室を紹介されたこと。そのことが人生の方向を大きく変えてしまったこと。先生のことだから、いまだにあの日のことを気にしているんじゃないだろうか、と。先生のことを思い出すと、東京に来るまでの記憶が数珠《じゅず》繋《つな》ぎに浮かび上がってきた。もし、どこかで会うことがあれば、先生には何の責任もないのだ、と一言伝えておきたかった。

捨てておいて勝手な言い分だと自分に言い聞かせながら、野乃花は晴菜と別れてからのほうが晴菜のことを愛《いと》おしく感じるようになっていた。晴菜が今、いくつになったのか、その年齢はいつも野乃花の頭のどこかにあった。晴菜と同じくらいの子どもを見つけると、自分でも気づかないまま、にこにこと笑いかけてしまって、その子の親に不審がられもした。あんなに小さかった晴菜のなかに、ひどいことをした自分の記憶が残っていなければいい、と思った。抱っこをしてほしいと、ベビーベッドの中で立ち上がり、腕を伸ばした晴菜の泣き顔を思い出すたび、胸がつぶれた。なんてことをしたのだろう、と、毎日、自分の愚かさを呪《のろ》った。あんなに小さかった晴菜をあの家に置き去りにした罪悪感に、もだえ苦しんだ。それを感じないようにするために、寝食を忘れて働き続けたのかもしれなかった。

三十二歳でチーフデザイナーになったころ、会社が慣れない出版事業に手を出して倒産の危機に見舞われた。

「野乃花さん、ここはもうだめです。会社を作りましょう。あなたならできます。社長になってください」そう言ったのは、その会社で経理を担当していた畠だった。

「落ち着いたらマッキントッシュを買いましょう。野乃花さんも使いこなせるようにしてください」

「マッキントッシュ？」

「写植も、版下ももういらない時代なんです。ＤＴＰの時代が来るんですよ。……ピンセットもスプレーのりも、もう必要ないんです」そう言いながら、畠は野乃花のひじについていた印画紙の切れはしを笑いながら指でつまんだ。その三ヵ月後、畠と野乃花は、二人だけで、会社を立ち上げたのだった。

最初の一、二年は、どうなることかと思ったが、そのうち仕事がおもしろいようにやってきた。自分が何を表現するかより、相手が何を求めているかを野乃花は徹底的に考えた。最初は負け続きだったコンペも、負け知らずの日々が長く続いた。人を少しずつ増やして、会社を少しずつ大きくした。自分の子どものように、手塩にかけて会社を育ててきた。途切れなく仕事がやってくる日々が、永遠に続くのだと思っていた。それが間違いだったと気づいたのは、デザイン料が会社を作ったときの十分の一になったときだ。自分も休まず、社員も休ませず、昼も夜も、働き続けても、追いつかなかった。そして、あっけなく倒産した。自分の実力だと思っていたものが、単にそのときの景気の良さにのっかっていただけ、という事実の切っ先を突きつけられた。自分の力だけで開いてきたと思っていたドアは、自分以外の力で開けやすくなっていただけだったのだ。

「ミ、カ……」

由人が小さく口を開いてつぶやいた。

彼女の名前か、と野乃花が思った瞬間に、由人はゆっくりと目を開け、天井を見つめてから、いきなり体を起こそうとした。まわりを見回して驚いたような顔をしたが、頭が痛むのか、こめかみを指でおさえ、また、床に横になった。顔だけをゆっくり動かして、ドアのそばにある取っ手の取れた紙袋に目をやり、そばにいる野乃花の顔を見て、何かをゆっくり思い出したようだった。

「酒で薬のんだだろう？　ばーか、死ねないいんだよ。あれっぽっちじゃ。ここはもう明日の朝には明け渡さないといけないんだ。夜が明けたら、残りの荷物を引き取りに業者が来るから。あんたももう少ししたら、とっとと、ここから出てってよ」

「死ぬ気だったんすか？」

少しだけろれつの回らない口調で由人が聞いた。

その問いを無視して野乃花は由人から離れ、机に置きっぱなしだったポータブルテレビをつけた。深夜のニュースが流れている。野乃花は一つだけ残っていた椅子《いす》に座り、煙草に火をつけた。

「練炭自殺っすか？」

東京からずっと離れた南の半島で、クジラが小さな湾に迷い込んだというニュースだった。現地にいる女性レポーターが繰り返すその半島の名前は、野乃花が生まれてから一番多く聞いたことのある地名かもしれなかった。

「自分ひとりで死のうとするなんて。そんな無責任な。社長が自殺したら、最後までいっしょにがんばってた溝口さんや畠さんがどんなに」「あんただって、死のうとしてたじゃないの！」由人の言葉を遮って野乃花が大きな声を出した。

「あんたたちの高い給料払うために、あたしがどんだけ苦労したと思ってんの。死ぬほど頑張ってそれでもだめだったんだよ。八方塞《ふさ》がり。どこにも出口はないんだよ。あたしが死のうが生きようがあんたに関係ないじゃん」

「おおぉぉ」という大きなどよめきがテレビから聞こえた。野乃花とほんの少し頭を持ち上げた由人が画面に目をやると、灰緑色の波のない穏やかな海が映った。画面の中央、白い中型漁船のそばに、ゴムチューブのような瘤《こぶ》が見える。低いどよめきは、その瘤を指さしながら見つめるたくさんの人から、クジラが弱々しく潮を吹いたときに漏れる声らしかった。

「……湾に迷い込んだクジラは体長約十五メートルのマッコウクジラと判明。この日は週末とあってたくさんの見物客が集まりましたが、クジラはかなり衰弱した様子です。一方、町は本日午後にクジラ対策本部を設置、水産庁から派遣された専門家の意見を参考にしながら、無理に沖に出そうとする作業はせず、職員たちが二十四時間態勢で見守ることを決めました」

画面が切り替わって、落ち着いた声でニュースを読み上げる男性アナウンサーの声が聞こえてくる。もう一度、海面の瘤のようなものが大写しになった。尾びれが突然現れ、海面をびしゃりと叩《たた》いた。「おおぅ」また、見物人のどよめきが聞こえた。突然、由人がテレビを指さして大きな声を出した。

「さっ、先延ばしにすればいいじゃないすか。どうせ死ぬんだから。ほっ、ほら、その、死にかけてるクジラ見に行ってからうちらも死にましょうよ。どうせ死ぬなら。僕だって、僕だって、死にたいんすよ。だ、だから、社長とクジラ見て、それから現地解散すればいいじゃないすか。そのあとで死ねばいいじゃないすか。それぞれっ！」

「はあっ？　あんた何いきなり馬鹿《ばか》なこと言ってんの」

「しゃ、社長が行かないなら、遺書に社長への恨《うら》み辛《つら》みを書いて、今すぐここのビルから飛び降りますから。セクハラされたとかあることないこと書きますよ。畠さんとか、溝口さんとかにメールで送りますから。社長がここにいて、練炭自殺するかもしれないって。今すぐここに来てもらいますから」そう言いながら、床に横になったまま、由人がパンツのポケットから携帯電話を取り出し、メールを打とうとした。野乃花が駆け寄り、由人の携帯電話を奪おうと腕をつかんだ。由人が携帯電話を子どものように背中に隠した。

「こっ、こんな東京の薄汚い事務所で仕事ばっかりしてるから、頭もおかしくなるんですよっ。……海とか見たら気持ちも晴れるかもしんないしっ！」

野乃花をにらみながら由人が叫ぶように言う。

「クジラ見に行くんですよね！　僕と！」

画面では町の職員らしい、いがぐり頭の男性がテレビの取材に答えている。

どうしてあのとき、突拍子もない由人の言葉にうなずいてしまったのか、故郷に近いあの村に向かうとき、由人の運転する車の助手席でずっと考えていた。

あの男性の言葉の響きのせいだったかもしれない、と野乃花は思った。

「もうーー、大迷惑っす。こんなもん来ちゃって」

テレビの向こうの男性はそう答えている。いかにも都会風を気取った口の利《き》き方だったけれど、その言葉の奥にあるイントネーションは、確かに野乃花にとってなつかしさを感じる響きだった。

Ⅲ．ソーダアイスの夏休み

1

「ここにもない
ここにもない
こぐまちゃんは　ぼーるを　さがします
ぼーるは　どこへ　いったのかな
ないよ　ないよ
ぼーるがないよ」

一番好きな絵本を声に出して読みながら、正子《まさこ》は母の帰りを待っていた。まだ五歳だけれど、ひらがなもカタカナも、ほんの少しの漢字も読める。お母さんはおもちゃは買ってくれないけれど、本屋にいくたび、たくさんの本を買ってくれるから。

正子が父の転勤に伴ってこのマンションに越してきたのは一週間前のことだった。東京に本社のある文房具メーカーの営業マンとして忙しい日々を過ごす父はまったく頼りにならず、母一人で荷ほどきをしていたので、部屋の隅にはまだ開けられていない段ボールがいくつか置かれていた。新しい家に着いてすぐ、母が食器や衣類より先に取り出したのは、小さな黒い仏壇だった。母はそれを前の家にいたときと同じように居間のキャビネットの上に置いた。観音扉を開いて、その中に正子の姉の写真が飾られた写真立てと、小さな位牌《いはい》と鈴《りん》、ごはんを盛った金色の小さな器とお水を入れた湯呑《ゆのみ》、線香立てをセッティングし、仏壇の前に、青いガラスの花瓶にオレンジ色のガーベラの花を二本飾って手を合わせた。

母がその次に段ボールから取り出したのは正子の絵本だった。正子の身長よりも高い木製の本棚いっぱいに絵本を収納した。父の転勤で、住む町や住む家が変わっても、姉の仏壇と、正子の本棚は、いつもと変わらない家のなかの風景だった。

「まぁちゃん、お母さんスーパーに行ってくるから。必ず五分以内に戻ってくるからね。外に出たら絶対にだめなのよ」そう言い残して、母はエプロンのポケットに財布を突っ込み飛び出して行った。

絵本を手にしたまま時計を見上げると、母が出て行ってからすでに三分がたってい
た。

午後四時四十七分。正子は五歳だけれど時計も読める。あと二分で帰ってこられる
のかな、正子は急に不安になった。

手に持った絵本に目を落とすと、鮮やかなオレンジ色の中でこぐまちゃんが涙を流
して泣いている。その絵を見ていたら、鼻の奥につんとしたものがこみ上げてきた。
本を抱えたまま玄関に歩いていく。母は出かけるときにガスストーブを消して行った
けれど、それでも部屋の中は温まりすぎていて、廊下に出ると、ひんやりした空気が
気持ち良かった。

今度引っ越してきた家は、八階建てのマンションの最上階。重いドアを開けて外の
廊下に出て、エレベータで降りて、お母さんを捜そうか、とも思ったけれど、「外に
出たら絶対にだめなのよ」という言葉を思い出し、冷たいドアノブから手を離した。
また、のろのろと居間に戻り、ソファに上って意味もなく二回、ジャンプしてみた。
体が浮き上がったその瞬間、サッシの向こう、ベランダの手すりに灰色の鳩《はと》が一羽止
まっているのが見えた。

ソファから降りて、本をテーブルの上に置き、サッシに駆け寄る。ガラスにおでこ

と鼻、両手をぺたりとつけて鳩を見た。こんなに近くで鳩を見たのは初めてだった。小刻みに首を動かしながら、鳩も正子を見ていた。ほっほー、と木管楽器のような声で鳴いた。いつか、父が買ってきてくれた鳩笛とおんなじだ、とぼんやり思っていると、サッシが急に右に移動した。いつも神経質なくらい、窓やサッシの鍵《かぎ》を閉める母なのに、なぜだかその日に限って鍵がかけられていなかった。小さな手に力を込めてサッシを開けた。手すりにとまっていた鳩が慌《あわ》ててどこかに飛び立っていった。

十一月の終わりの夕暮れ、ほんのり冷たい風が、正子の頬をなでる。

ベランダで下の道路を見ながら、母の帰りを待てばいいのだ、とひらめいた。正子にはあまりに大きすぎる母のサンダルを履きベランダに出た。街道を走り抜ける車の騒音が正子の鼓膜を震わせる。吹き付ける強い風が広い額をむき出しにし、その風の冷たさに肩をすくめる。ベランダは不透明なポリカーボネートの板で覆《おお》われていて、正子の背の高さでは、下の道路を見ることができない。けれど、ポリカーボネートの下には細い隙間《すきま》があって、しゃがんで下を向くと、八階のベランダから道路を通る車や人を見ることができた。

マンションのエントランス前には、横断歩道があるけれど、ボタンを押さないと青信号にならない。青信号になるまで時間もかかるので、横断歩道以外の場所で道を渡る人もたくさんいた。

「あんなことをすると死んでしまうからね」

目の前でそんな人を見かけると、母親は正子の前にしゃがみこんで、まるで正子が信号無視をしたかのように、いかに信号無視が悪いことなのかを説明した。

正子が下の道路を見つめていると、正子と同じくらいの女の子と、父親らしき人が道の向こうに見えた。父親は横断歩道からずいぶん離れた場所に立ち、左右を確認しながら、車が途切れるのを待っている。あー、あの人たち、いけない。心の中でつぶやいた。父親が横断歩道ではない場所で道路を渡ろうとしたそのとき、ベランダの手すりをカリカリと爪《つめ》でひっかくような音がした。顔を上げると、さっきの鳩がすぐ近くの手すりに止まり、こちらに近づいてくる。鳩は正子の顔を見て、また、ほっほー、と鳴いた。少し怖いような気もしたけれど、鳩が襲ってくることはないだろう、と思って、正子はまた、隙間に顔を近づけようとした。その瞬間、今まで聞いたことのないような大きな音がした。

なにか途方もなく大きくて硬いものがぶつかり合い、ねじれ、ちぎれるような音だ。鳩が驚いて飛び立っていった。隙間からのぞいたけれど、正子の視界には、さっきの親子も、さっきまで見ていた車の流れも入ってこない。けれど、視界のほんの片隅、アスファルトの上に暗赤色の水玉模様が見えた。毎朝、母に飲まされるトマトジュースよりもっと暗い赤だ。そう思いながら見つめていると、あまりに近づきすぎて、おでこがポリカーボネートの板にぶつかって鈍い音を立てた。顔をあげると、視線の先に、うっすらとした細い虹《にじ》が見えた。今にも消えそうで、途切れ途切れの曲線を描いている。いつか父が教えてくれた虹の七色を思い出そうとした。赤、橙《だいだい》、黄、緑……ええとその次は。でも、さっき見たような赤い色は虹のなかにもなかったはず。ふと気がつくと、さっきからまったく車の音がしない。そう思っていると、遠くのほうから、救急車とパトカーのサイレンが近づいてきた。不安をあおるようなその音が正子は大嫌いだった。急に怖くなって、サンダルを脱ぎ捨てて居間に入り、サッシの鍵を閉めた。

午後四時五十四分。時計を見ると、母が、帰ると言った時間から、さらに五分が過ぎていた。どうしてお母さんは帰って来ないんだろう、部屋はまだ十分すぎるほど温かいのに、どこかから冷たい水が湧《わ》いて、足元にひたひたと迫ってくるような気がした。振り返ってベランダを見ると、さっきの虹はもうどこにもなくて、夕陽が正子の顔を照らしている。怖いことがあったときは、お姉ちゃんにのんのんするのよ。母はいつも正子にそう言った。

朝起きると、母はまず、小さな仏壇の水とごはんを替え、花瓶の水も取り替えて、線香を立てて鈴を鳴らした。

まぁちゃんも、のんのんのんよ。

毎朝、母にそう言われて手を合わせてきたけれど、仏壇の奥にある、お姉ちゃんの写真を見るのが怖かった。お姉ちゃんとは言っても、その子は小さな赤ちゃんなのだ。自分は毎年大きくなるのに、お姉ちゃんは大きくならない。そのことが怖かった。けれど、怖いときにお姉ちゃんにのんのんするのは、お母さんの言いつけなのだから守らないといけない。小さな正子にとって母の言いつけは絶対だから。母が片づけたのか、ライターがなかったので、線香には手をつけず、ちーんと鈴だけ鳴らして手を合わせた。力加減がわからなくて、思いきり強く叩《たた》いてしまったので、鈴の音はいつまでも耳の奥で反響していた。

お母さんが早く帰ってきますように。

うっすら目を開けると、目の前に小さな器に山盛りになったごはんが見えた。金色の小さな器。さわったらだめと、母には禁止されていたけれど、幼稚園にあるおままごとのおもちゃのようで、一度さわってみたかった。写真立ての赤ちゃんのお姉ちゃんがこっちを見ている。いたずらをとがめられているような気がして怖かったけれど、思いきって腕を伸ばした。かさかさに乾いて、固くなった山盛りのごはんに指先が触れた。そんなごはんに触れたのは初めてだった。いつも食べるごはんはほかほかで温かくて、やわらかくて、とてもおいしい。母は炊飯器を使わず、土鍋《どなべ》で炊《た》いていたから、炊きたてのごはんはもちもちして、何杯でもおかわりできた。なのに、今、さわっているごはんは、ごはんじゃないみたいだ。

死んでる、と正子は思った。

死んでる、と思った正子を、死んだお姉ちゃんの写真がじっと見ていた。サッシをきちんと閉めたはずなのに、どこかに隙間があるのか、ベランダから聞こえてくるサイレンはさっきよりも大きく部屋のなかに響いている。拡声器で誰かがどなる声や、ホイッスルのような音も聞こえる。えーん、と自分の口から音が漏れていることに気づいて、正子は驚いた。えーんえーん。泣きながら仏壇から離れ、ソファに近づいた。泣き声が止まらない。つぶっている目をうっすらと開けて、その場所からお姉ちゃんの写真を見た。体を左にずらしても、右にずらしても、お姉ちゃんが自分を見ていた。指先はさっきの固くなったごはんの感触を覚えていて、そのことがまた怖かった。どうやっても泣くことを止《や》められず、部屋の真ん中に立ちつくす正子を、窓から差し込む夕陽がみかん色に染め上げていた。

2

「このノートにね、まぁちゃんの起きた時間と寝た時間、トイレに行った回数、あと、朝と夜にお母さんが体温を測るでしょう、それもここに自分で書いておくのよ。もう小学生だから自分で書けるよね？　来週の入学式から始めようか」

テーブルの上に置かれたノートには見覚えがある。父が勤めている文房具メーカーのノートだった。深緑色のノートの表紙に「正子のきろく vol.89」と書かれている。母がページをめくると、上半分に一日二十四時間の目盛りがあり、下半分には罫線《けいせん》だけが引かれていた。

「何時から何時まで勉強したかとか、何の本を読んだか、誰と遊んだかも書くの」

母がゆっくりと説明した。最初の十ページほどに、母の文字で、最近の正子の様子が記入されていた。起床午前6時、就寝午後8時、体温（朝）36度2分、体温（夜）36度8分、余白部分には、「少しかぜぎみ？　乾いたせきが少し出ている」と、母の几帳面《きちょうめん》な細い字で書かれていた。それよりも正子が気になっているのは、ページの下半分のフリースペースだった。その部分だけをじっと見ていることに気づいたのか、母がその部分を指さしながら正子の顔を見た。

「ここは何を書いてもいいのよ。学校の給食で何がおいしかったとか、朝顔の双葉《ふたば》が出たとか、なんでもいいの。お母さんやお父さんに伝えたいこととか」

「ほんとになんでも書いていいの？」

「そうよ、なーんでも」そう言われた瞬間から、何を書こうか、とうきうきした気持ちがわき上がってきた。頭の中は文章にしたいことですぐにいっぱいになった。なんでも書いていいなら、まず何を書こう。母はまだ、「正子のきろく」について説明し続けていたけれど、聞いているふりをして頭を動かさずに目だけで居間を見回した。

居間とダイニングの境にある鴨居《かもい》には、入学式で着る洋服が吊《つる》されている。

先週、この街にひとつだけあるデパートに母と買いに行ったワンピースだった。

本当のことを言えば、正子が気に入ったのは、白い衿《えり》、胸元に小花の刺繍《ししゅう》、背中に大きなリボンのついたピンクのワンピースだった。本の挿絵に出てきた妖精《ようせい》が着ているような。これがいいかしら、と子ども服売り場の店員さんと、あれこれ品定めする母のそばで、そのワンピースの袖《そで》をずっと握っていた。けれど、「これが着たい」とは母に面と向かって言うことができなかった。

本を買うときも、洋服を買うときも、ケーキを買うときも、何を読み、何を着て、何を食べるか、最終的に決めるのは母だった。正子が勇気を出して自分の希望を口にしても、「それもいいわね。でもお母さん、こっちのほうが好きだな」そう言いながら母が選んでしまう。本なら、なるべく挿絵が少なくて、児童推薦図書という金色のシールが貼《は》ってあるもの。服なら、極端に飾りが少なくて、色は青や黒や白の控えめなもの。めったに買わないケーキもごてごてとフルーツの載ったようなものじゃなくて、苺《いちご》のショートケーキか、茶色いつやつやしたチョコレートケーキ。こっちのほうが文字がたくさん書いてあるもの。こっちのほうが上品で長く着られそう。まぁちゃんの体に悪いものが入っていないからね。そんなふうに、母は、なぜこれがいいと思うかを簡潔に説明した。大人の本気の説得に、語彙《ごい》の乏しい正子がかなうわけはなかった。

子ども服売り場で母が選んだのは、白い衿だけが目立つ、何の飾りもない紺色のワンピースだった。「どう、これ?」母にそう言われて、正子は黙って頷《うなず》いた。それも嫌いではなかったけれど、店員さんがワンピースを包んでくれているときも、いつまでも薄いピンクのワンピースを見ていた。「それじゃないのがいい」と言葉にして母に伝えるのは勇気がいる。けれど、直接言えないことでも、このノートなら書けるかもしれない、そんな気がしてうれしかった。

一週間後に行われた入学式の翌日から、正子は自分自身で「きろく」をつけ始めた。

朝、顔を洗い、歯みがきをすませた正子のわきのしたに、母が体温計をはさむ。体温計がピピッと鳴ったら、体温を確認して、母に見せる。三十六度台だと母はほっとした顔をしたけれど、三十七度を一分でも超えると、眉間《みけん》に皺《しわ》を寄せて、不安そうな顔をする。時には、おでこに手を当てて、「今日は学校休んだほうがいいんじゃない？」と聞いたりした。そう言われても、頭もおなかも痛くないので、ううん、と大きく首をふる。学校が大好きだから、一日だって休みたくなかった。仕方ないわねぇ、という顔をして母は正子を見た。

登校前に、体温を正子が「きろく」に記入する。学校から帰ると、その日にトイレに行った回数を「きろく」に記入し、宿題を終わらせた晩ご飯のあとに、ページの下半分に、母に伝えたいことを書いた。今日、朝顔の種から芽が出たこと。学校の図書室で読んだ本のこと。友だちと屋上でドッジボールをしたこと。そんなことを書いておくと、寝ているうちに母は返事を書いておいてくれた。朝起きて、それを読むのが、正子の一番の楽しみだった。

「朝顔の芽が出てよかったね」

「じゃあ、その本の続きを本屋さんに買いに行こうか」

実際の、目の前にいる母より、日記に返事をくれる母のほうがやさしい人のような気がした。いつもそんなお母さんでいてくれたらいいのに、と思った。

「ほんの少しだけど熱があるよ。学校お休みしようか？」

その日も体温計を見せると、母が不安そうな声で言った。三十七度二分。デジタルの体温計がそう示している。けれど、その日は読書の時間のある日で、借りた本を返す必要があった。ううん、と正子は首をふった。その瞬間、頭の奥に鈍い痛みを感じたけれど、母が心配すると思って黙っていた。

「なにかあったら、すぐに先生に言うのよ」

母はマンションの前に立ち、学校に続く道の角で手を振るまで、不安そうな顔で正子を見つめていた。無事に図書室の本も返し、四時間目の体育を終えて、体調が悪くなったのは、給食の時間のことだった。大好きなドライカレーが喉《のど》を通らない。牛乳でのみこもうとしたら、吐き気が突然、喉元にせり上がってきた。椅子《いす》から立ち上がり、トイレに行こうとして歩き出すと、目の前がぐらりと揺れた。教室の後ろの戸の前でしゃがみこんでしまった正子を見て、誰かが、せーんせー、と大声で叫んだ。

保健室に寝かされている正子を、母は青い顔をして迎えに来た。

校門に待たせていたタクシーに乗せられた。しばらくして到着したのは、いつも行っている近所の小児科の病院ではなかった。正子も初めて行く、学校よりも大きな建物の病院だった。迷路のような廊下の奥、長い時間待たされて、母と正子は診察室に入った。

「うん、肺の音もきれいだ」

問診を終え、肺の音や、喉や、耳の中を観察した中年の男性医師が、ぶっきらぼうな感じでそう言った。

「先生、ほんとうにただの風邪ですか？」

丸椅子に座った正子の後ろに立っていた母が口を開いた。

「どういう意味です？」

忙《せわ》しなくカルテにボールペンで文字を記入していた医師が顔をあげ、母の顔を見た。

「私の最初の子どもは、細菌性髄膜炎《ずいまくえん》で生後七カ月で死にました。この子は細菌性髄膜炎ではないですね？」

母の真剣な口調に、そばに立っていた若い看護師も母の顔をじっと見た。さっきまで聞こえなかった診察室の外のざわめきが聞こえてくる。母は続けて言った。

「細菌性髄膜炎は風邪と症状が似ているんですよね。インフルエンザ桿菌《かんきん》とか肺炎球菌とか、どこにでもある菌で発症するんですよね？　だったらこの子も、細菌性髄膜炎に感染している可能性がまったくないわけじゃないですよね？」

母の言葉を黙って聞いていた医師は黒縁の眼鏡を上げて、目を乱暴にこすり、もう一度眼鏡をかけ直した。

「お母さん……」そう言った声はかすれていて、医師は一度だけ、大きな咳払《せきばら》いをした。

「お子さんを亡《な》くされたのは本当にお気の毒だと思います。確かに、細菌性髄膜炎は初期の段階で発見するのは難しいです。けれど、高熱でもないし、激しい頭痛もない。疑わしい症状はないですよ。もう少し様子を見ないとわからないけれど、このあたりの小学校で、よく流行《はや》ってる胃腸に来る風邪の可能性が高いです。血液検査や腰椎穿《ようついせん》刺《し》をする必要はないと、僕は思っていますが。かえってお嬢さんにはそのほうが負担が大きいんじゃ」

「血液検査だけでもやっていただけないですか。細菌性髄膜炎の可能性はゼロじゃないんですよね」医師の言葉を遮るように母が言った。

医師もしばらく口を開かなかった。診察室が緊張で満たされていく。正子はそのことを恥ずかしいと思い、そう思ってしまった自分を恥じた。

母が医師に向かってこんなことを言うのは初めてじゃない。住んだことのあるどの街の小児科や救急病院でも、母はこんなやりとりを（時には言い争いを）した。そのたびに、医師や看護師は、正子を哀れな小動物を見るような目で見た。そんなふうに見られることもまた、正子の気持ちを落ち着かなくさせた。

しばらく黙っていた医師が、やれやれ、という顔でため息をひとつつき、看護師を見た。

「……僕は必要のない検査は子どもの体に負担がかかるだけだと思っている」と、さっきと同じようにぶっきらぼうな調子でそう言って、カルテを乱暴にクリアファイルにしまった。母はまだ何かを言おうとしたが、看護師が「じゃあ、下でお薬をもらってね」と正子だけに話しかけ、診察室を出るように促した。正子は頷き、まだ医師の顔を見つめたまま立ちつくす母の手をとって診察室を出た。母の手はまるで血液がめぐっていないように冷たかった。

ドアが開いたままの正子の部屋に、仏壇の鈴《りん》を鳴らす音が聞こえてきた。

しばらくすると母が部屋にやってきた。もらった薬をのみ、横になっていたら、もうすっかり気分はよくなっていた。布団《ふとん》から出て起きあがりたいけれど、母が許してはくれないだろうな、と思った。

「お母さん、どうなることかと思ったわ」

布団のわきに正座をして、母は白い指で目頭を押さえた。お母さんはかわいそうだ。自動的にそう思ったのは、母が自分の目の前で泣いているからだ。母が泣いている姿を見るのは、子どもの正子にとってとてもつらいことだった。

「ちゃんと寝てないとね。明日は学校を休むのよ」

そう言いながら、母は首のあたりに、掛け布団をぎゅっと押しつけた。明日の給食は確か、味噌《みそ》ラーメンが出る。それを楽しみにしていたのに。正子の家では、外のお店でも家でもラーメンを食べることがなかったから、小学校に入ってラーメンを初めて食べて、そのあまりのおいしさにびっくりした。冷蔵庫に貼ってある今月の給食メニューに味噌ラーメンと書いてあったときは、飛び上がるほどうれしかった。だけど、明日は学校に行けないみたいだ。それを考えると、急に悲しくなった。

明日はたぶん、一日中、お母さんは自分のそばにいて、薬をのませたり、おかゆを食べさせたり、着替えをさせたり、本を読んだりしてくれる。うれしいけれど、早く元気になって学校に行きたかった。天井の木目を見ながら正子は思った。窓に近いところの天井には、栗《くり》を手にもった横向きのリスみたいなシミがある。今日みたいに、寝ていたくないのに、母に布団で寝かされている日は、そのリスを長い時間見つめていた。別に見つめたくはないのだけれど、布団の中で本を読んでいても怒られたから、仕方なしに見つめた。リスはその体にしては大きすぎる栗を抱えて、小首を傾《かし》げている。心のなかでリスに話しかけた。

「私がずっと家にいて布団に寝ていたほうが、お母さんは安心するのかもしれないね」

正子が話しかけても、もちろんリスは何も言わない。

3

「お父さんと正子で、お母さんを大事にしてあげないといけない」

二人でおふろに入っているときに父が言った。大きな手のひらで正子の額にひさしを作り、シャンプーの泡が目に入らないようにして、洗面器にためたお湯をざっと正子の頭にかけた。

正子が生まれてから、もう三回、父の仕事の都合で引っ越しをしていた。朝起きたときには父はすでに仕事に出かけていて、夜も正子が眠ったあとに家に帰る日々を送っていた。土日も、接待ゴルフなどで休めないことが多かった。それでも、たまの休みには、近所の図書館や公園に連れて行ってくれたりもした。遊園地や動物園、映画館やショッピングセンターは、「人が多いから。なんの病気をもらってくるかわからないから」と、母に行くことを禁止されていたからだ。

「正子にはお姉ちゃんがいるだろ」

髪の毛と体を洗い終わった正子のわきのしたを抱え、湯船にちゃぽんとつけてから、ナイロンタオルで背中をこすりながら言った。うん、と頷いた正子の顔を見て、父は話を続けた。

「お姉ちゃんは赤ちゃんのときに病気で死んだんだ。……ほら、ちゃんと肩までお湯につかって」そう言われて、正子は湯船にしゃがみこんだ。湯船に浮かんでいた黄色いひよこのおもちゃが、正子の体に近づいてきた。

指先でひよこをつつきながら父の話を聞いた。

「急に具合が悪くなって、あっという間だった。お母さんは今でもそのことを悔いて……つまり、お母さんは自分のせいだと思っているんだよ。お姉ちゃんが死んだこと。今でも」

父が洗面器のお湯を背中に流した。肩のあたりはきれいに泡が消えたけれど、腰のあたりにまだ白い泡のかたまりが残っていた。お姉ちゃんを亡くした母の気持ちを、七歳の正子は小さな頭で想像しようとした。けれど、どんなに時間をかけても、その気持ちがよくわからなかった。

「お姉ちゃんがいなくなって正子が生まれてきてくれて、お父さんとお母さんは本当にうれしかった。大事に大切に育てようと思ったんだ。お母さんはほら、少し……ほんの少しだけど、神経質なところもあるし、ほかのおうちと違うところもあるかもしれないけれど、それは全部、正子を大事に思っているからなんだよ」そう言って、もう一度、洗面器のお湯を背中にかけた。飛沫《しぶき》が顔に飛んできた。慌《あわ》てて目を閉じたが、石鹸《せっけん》の泡が左目に入ったのか、ちりちりとしみた。

「お母さんも一生懸命なんだ。だから、なるべくお母さんの言うことを聞いて、お父さんと二人でお母さんを大事にしような」

真っ赤な顔をして湯船につかっている正子に向かって父は大きな声で言った。父の言葉に頷いたものの、父の言っていることはまだ理解できなかった。理解できたところだけが、正子の頭にインプットされる。お母さんの言うことをよく聞いて、お母さんを大事にしような。何も考えずに放たれたその言葉が、成長するたびに、正子の体をギリギリと締めつけていくのを、そのときの父はまったく気づいていなかった。

父が言うように、自分の母がほんの少し神経質で、なおかつ、自分の家が少し風変わりなのかもしれない、と気づいたのは、正子が小学校三年になったころだ。学校にはたくさん友だちがいたけれど、家に遊びに行ったことはなかった。

「あちらのおうちにご迷惑がかかるといけないわねぇ」そう言いながら、母が困ったような顔をするので、自然に友だちの誘いを断るようになっていた。自分の家にも友だちを呼んだことはない。

同じマンションに住む風花《ふうか》ちゃんが家に遊びに来たのは、一学期の終わり、夏休みが始まる直前のことだ。正子と風花ちゃんは飼育係を担当していた。一学期にどんな仕事をしたのか、反省点などをまとめて、模造紙に書き、クラスメートの前で発表することになっていた。発表直前に、正子が風邪を引いて三日間学校を休んだため、その作業が滞り、風花ちゃんが丸めた模造紙を持って、正子の家にやってきたのだった。

しばらく正子の部屋で頭をつきあわせて、マジックペンで書いた文字で模造紙を埋めていると、母が「おやつよ」と二人を呼びに来た。はーい、と返事をしながら、じゃれあう二匹の子犬のように居間のほうに急いだ。テーブルにお皿を並べながら、

「手を洗ってきてね」と、母が二人を見ながら言う。

正子は風花ちゃんを洗面所に案内し、洗面台の前に二人並んで手を洗い始めた。風花ちゃんは、流れる水で手のひらを濡《ぬ》らし、簡単にこすり合わせるだけで終わらせよ

うとする。そんな風花ちゃんを見て正子が言った。

「風花ちゃん。それじゃ黴菌《ばいきん》がいっぱい残ってるよ。ちゃんと洗わないと」そう言って、正子は風花ちゃんにプラスチックの爪《つめ》ブラシを差し出した。意味がわからず正子の顔を見つめている風花ちゃんの濡れた手のひらを持って、「こうやってよくこするんだよ」と指先をこすった。母に教えてもらったとおりの方法だったけれど、風花ちゃんは「痛い。痛いやん」と声を上げた。風花ちゃんが泣きそうな顔をして、自分の指先をじっと見つめている。

「でも、黴菌残ったら怖いんだよ」正子はそう言って、洗面ボウルのわきに畳んである紙タオルを渡し、「最後にこれをしゅっとやるんだよ」とアルコールスプレーを指さした。風花ちゃんは驚いた表情で正子を見つめている。

居間からまた、二人を呼ぶ母の声がした。

おやつはふかしたさつまいもととうもろこしだった。正子の家ではめったに市販のお菓子を食べない。おやつは茹《ゆ》でたりふかした野菜や干しいも、ドライフルーツを食べていた。わーい、と声をあげて、とうもろこしにかぶりついた正子とは対照的に、風花ちゃんはお皿の上のさつまいもをいつまでも見つめている。そのうち、あきらめたように手に取り、一口かじって「そんなおなかすいてへんから」と皿の上に置き、グラスに入った牛乳だけをのみほした。

「あー、ごめんなさいねぇ風花ちゃん。ケーキでも買ってくれればよかったわねぇ」

母はそう言いながら、風花ちゃんのランチョンマットにほんの少しだけこぼれた、さつまいものかけらを、せわしなくティッシュペーパーでつまんだ。

おやつを終えて正子の部屋に戻ると、机の上に置いてあったノートを風花ちゃんが手に取った。「正子のきろく、って何？　日記？」そう言いながら、ぱらぱらとノートをめくった。

「え、何って、子どもはみんな書くでしょ？」

「体温とか、トイレに行った回数とか、なんで？　そんなんみんな書かへんで普通」

「小学校に入ったら、みんな書くんじゃないの？」

「………普通は………書かへんよ。そんなん」

「そうなんだ……」

「きろく」を書くことが、自分の家だけの決まりなのだと、そのとき初めて正子は気がついた。のろしが上がるように、嘘《うそ》だったのか、という気持ちがほんの一瞬わき起こってきたけれど、すぐにその煙を消した。父の言葉が浮かんできたからだ。

「お母さんはほら、少し……ほんの少しだけど、神経質なところもあるし、ほかのおうちと違うところもあるかもしれないけれど、それは全部、正子を大事に思っているからなんだよ」お母さんが自分に嘘をついたわけじゃない。

「子どもはみんな書くのよ」なんて、お母さんは一言も言ってない。自分が一人でそう思い込んでいただけなんだ。

何か気持ちの悪いものに触れたように、風花ちゃんはそのノートを指先でつまんで持ち、机の上に置いた。その様子に、正子のどこかが小さく傷つけられたような気がした。風花ちゃんが部屋をぐるりと見回して言った。正子の部屋はいつも母がきれいに掃除していた。本棚の中の本も、机の上も、無駄なものは何ひとつなく、整頓《せいとん》されていた。

「あんな、こんなこと言うてごめんな。………なんか、正子ちゃんの家にいてたら、息が苦しなるねん」そう言って、まるで大人が寒いときにそうするように、半袖《はんそで》ブラウスの袖から伸びた細い腕をごしごしとさすった。

「もう宿題終わったしええやんな」そう言いながら、風花ちゃんは模造紙をくるくるとまとめ始めた。えっ、まだ終わってないよ。そういう正子の声を無視して、風花ちゃんは慌てて身支度を始めた。一刻も早く、家に帰りたい風花ちゃんの様子が悲しかった。

目の前で玄関ドアがゆっくり閉まっていくのを見ていた。おじゃましましたーという風花ちゃんの声は、途中で聞こえなくなった。しゅんとして居間に戻ると、母がアルコールの入ったスプレーを手にして、風花ちゃんの座っていた椅子《いす》に吹きかけ、雑巾《ぞうきん》で力をこめて拭《ふ》いていた。笑いもせず、とてもまじめな顔をして。麦茶を飲もうと台所に行くと、シンクのほうでつん、としたにおいがした。ステンレスの洗い桶《おけ》の中に、白い陶器のお皿や、カップが水にひたっている。さっき、正子と風花ちゃんが使った食器も水の中につかっていた。

お母さんはまるで、世界中が汚れているみたいに掃除ばかりしているな、と思った。確かに、家の中はどこもかしこもピカピカでほこりひとつなかった。学校から帰ると、この洗い桶の水みたいに、消毒液のつん、としたにおいがして、そのにおいを嗅《か》ぐと、家に帰ってきたな、と正子はほっとするのだった。母からも同じにおいがした。ただいまーと、甘えて母のエプロンに顔を埋《うず》めると、母は正子の体を引き離した。

「まずは手を洗ってらっしゃい」そう言われた。

まるで、手を洗わないと、自分の体に触れる資格はないかのように。抑揚のない声で正子の頭の上からそう言った。

4

胸のあたりがなんだかむずむずとする。

体育の時間、ドッジボールをしているときなどに友だちのひじがぶつかったりすると、声が出るほどの痛みを感じるようになったのは小学四年生のなかばごろだった。

小学校四年生になってすぐ、正子の父は再び転勤になった。前に住んでいた町から五百キロほど南西、穏やかな内海の見える小さな町だった。今度の学校では、まだ性教育の授業はなかった。引っ越してくる前に終わってしまったのかもしれなかった。前の学校でも受けたことがなかった。ある時期がやって来ると、女の子の体は変化していくことを、誰も正子に教えてくれなかった。

乳首のまわりに触れてみると、固いしこりのようなものが皮膚の下に埋まっている。第二次性徴のことも、生理のことも何となくは知っていたけれど、胸がこんなになるなんてことは知らなかった。何か悪い病気なんじゃないかと思った。

「お母さん、胸がなんかへんな感じがする……」

台所でキャベツを切っている母にそう言うと、母はちらりと正子を見て、だいじょうぶよ、と言っただけで、再びキャベツを刻み始めた。母はそれ以上何も言わない。

変なことを聞いてしまった、と急に恥ずかしくなった。

「きろく」にも、「今日、作文を書いて先生にほめられた」とか「逆上がりができるようになった」とか、そんなふうなことを書くと、「よかったね」「がんばってね」と返事がある。けれど、「友だちとけんかをした」「給食の時間にふざけて先生に叱《しか》られた」とか、正子が本当に母に読んでほしいことを書くと、返事がないまま、翌日ノートが返された。どんなことを書いてもいい、と言われたけれど、母には読みたくないことがあるらしい。正子はそう理解して、母に返事がもらえそうなことだけを選んで書くようになった。

　母からの反応がないと途端に怖くなった。

　自分の輪郭のようなものがだんだんぼやけて、まわりの空気に溶けてしまうような気持ちになった。どんどん透明になって、この家の幽霊みたいな存在になるような気がした。

　だいじょうぶよ、と言われたものの、この胸の痛みは、何か悪い病気なんじゃないかと不安になって、母がスーパーマーケットに買い物に行っている間、こっそり父の書斎でパソコンを立ち上げ、「おっぱい　痛い」で検索してみた。パソコンは、父や母がそばにいるときだけ、使ってもいいと言われていた。正子はその日、生まれて初めて言いつけを破った。最初に目に入ってきたのは、乳腺炎《にゅうせんえん》とか、乳がんとかの言葉で、欲しい情報にはなかなかたどり着けなかった。

「おっぱい　痛い」はあきらめて、「二次性徴」とか「生理」とか「セックス」とか、どこかで聞いたことのある、だけど、意味のわからない言葉を次々に検索していった。きちんとした情報が書いてあるページも、そうじゃない、ただのいやらしいページもあった。何もわからずページを開いていくと、裸の女の人の写真や、くねくねと体を動かす動画があらわれて鼓動が速くなった。どうしよう、と思いながら、あわてて、パソコンを強制終了した。キュン、と音がして、モニターが真っ暗になる。父の書斎の電気を消して、自分の部屋に飛び込んだ。玄関のほうで、母のただいまー、という声がした。おかえりなさーい、と自分の部屋から声をかけたけれど、声がうわずっているような気がして、よりいっそう胸がどきどきした。もちろん、「きろく」には、そんなことをしたなんて書かない。

その週末、父は出張で家を空けていた。

秋の冷たい雨が朝から降り続く日で、ときおり、雨音が激しくなった。

日曜日のお昼過ぎだというのに夕方のように部屋の中が暗い。正子は部屋で宿題をしていた。部屋のドアは開けたままだった。何かあったら怖いから。そう母から言われて、ドアは常に開けっ放しになっていた。正子、と自分を呼ぶ母の声がどこからか聞こえた。普段はまぁちゃん、と呼ぶのに。正子と母が自分を呼ぶときは、自分を叱るときだ。正子は身構えながら、母の声がするほうに歩いて行った。

父の書斎で、父の椅子に座り、母が表情のない顔で自分を見つめている。パソコンが立ち上がっていた。胸のあたりをぎゅっと爪でつねられたような感じがした。母の顔を見られず、窓の脇《わき》にまとめられたうぐいす色のカーテンを見つめていた。

「お父さんのパソコン使ったでしょ」母にそう聞かれて、正子はうなずいた。

「約束をやぶったらだめでしょう？」

母の声と、段々と強くなる雨の音だけが聞こえた。

「……ごめんなさい」

母の顔を見るのは怖かったけれど、声をふりしぼってあやまった。母がすわっている椅子を右に左に回転させた。父が仕事をするときに使っている黒くて、背もたれの大きい椅子のどこかが、きゅきゅっと奇妙な音をたてた。あやまったのに、何も言わない母が怖かった。

「これからは約束をきちんと守ってね」しばらく黙っていた後、母はそう言った。

あぁ、よかったと胸をなでおろした。パソコンで何を調べたのか、母が触れずにいてくれるのが助かった。自分が調べていた言葉、見ていたページについて怒られたら、この家を飛び出したくなるくらい恥ずかしい。あえて、それには触れずにいてくれる母の優しさを思った。そう思ったら、なんだか急に空腹を感じた。母がお昼に焼いてくれたパンケーキのにおいがこの部屋にもまだ漂っていたから。

「正子はお姉ちゃんみたいな良い子になると思ったのに」

パソコンのほうを向いたまま母が言った言葉を、正子はすぐには理解できなかった。私はお姉ちゃんじゃない。私は私だし。お姉ちゃんは赤ちゃんのまま死んだのに、どうして私より良い子なんだろう。赤ちゃんって可愛《かわい》いけど、いたずらもいっぱいするはず。頭の中で、母が今、口に出した言葉に対する思いがぷつぷつと湧《わ》いて、体のなかいっぱいに広がっていく。

「お母さんの言っていることがわからない」

子どもらしく無邪気に、素直に、そう言えばよかったのかもしれない。けれど、そんなときは必ず、いつか父に言われた「お母さんを大事にしてあげないといけない」という言葉が正子のなかで再生された。

「良い子にならないとだめなのよ」

母は立ち上がりながらそう言って、立ちつくしている正子の横を通り抜け、父の書斎を出て行った。良い子にならないとだめと言われた自分は、良い子じゃないんだ。そう思うと母の言葉が放たれた矢のように、体のどこかに突き刺さった。それなら、勝手にパソコンを触ったことを、いやらしい言葉を調べて、いやらしいページをこっそり見ていたことを、大きな声で怒られたほうがまだましのような気がした。

雨の音がまた強くなった。

「お母さんを大事にしてあげないといけない」

「良い子にならないとだめなのよ」

父と母に言われた言葉が耳の中でこだまする。自分は良い子じゃないから、もっと、お母さんを大事にして、良い子にならないといけない。そうじゃないと、この家には居場所がなくなってしまう。そう思ったら、家の中にいるのに、雨に打たれているみたいに体が冷たくなったような気がした。

正子は中学二年になっていた。

中学一年の終わりにまた引っ越しをした。今度の町は、前住んでいた町から北東に七百キロほど離れた町だった。今までに暮らしてきたどこの町よりも寂れていた。どこに引っ越しても、仏壇のお姉ちゃんは赤ちゃんのままだ。

正子は中学二年になって初潮を迎えた。母に伝えると、「トイレの物入れに用意してあるから」とだけ言われた。お赤飯を炊《た》いたり、変にお祝いの言葉を言われるよりも、気持ちは楽だった。相変わらず、「きろく」は続いていて、生理が始まった日から、何日続いたのか、生理痛はなかったかなど、その様子も記入するように言われた。ノートの下半分には相変わらず、あたりさわりのないことを書いた。体育の時間にグラウンドを十周したこと。家庭科の授業でパジャマを縫ったこと。何をしたか、だけを書いた。自分がその日、何を思ったのか、何を感じたかは、お弁当から嫌いなおかずを箸《はし》でつまみあげるように、丁寧に取り除いて。そんなことを書いても無駄だということはわかっていたし、「きろく」だって、本当のことを言えば煩《わずら》わしかった。けれど、やめてしまうと、何か悪いことが起こるような気がして、それまでと同じように、起床時間や就寝時間、トイレに行った回数や体温を記入し続けていた。

三月二十二日は正子の姉の命日だった。

正子の姉のお墓は、ここから三百キロほど離れた町にあって、転勤でどこの場所にいても、その日はお墓参りをすることになっていた。今の家に引っ越してからは、飛行機に乗り、空港からレンタカーを借りて、東京から海の上の道路を渡ったその先の半島にあるお墓まで行く。父の実家はその半島のもう少し奥、山間《やまあい》の村だったのだけれど、両親はすでに亡《な》くなり家は父の兄が継いでいた。実家のそばだと墓参りが大変だからと、父は交通の便が良いこの場所に墓を買い求めた。

海沿いの道の両脇には菜の花畑が続いていた。その道をしばらく走ると、お椀形《わんがた》の山の頂上にお寺が見え、その下に広がる墓地にたどりついた。父が真新しい白い雑巾で灰色の墓を磨き、母は花を手向《たむ》け、墓石の前にジュースや箱入りのお菓子、小さな猫のぬいぐるみを並べた。正子はジュースやお菓子をあまり食べさせてもらえなかったから、並べられた品々がうらやましかった。ぬいぐるみだって欲しかった。父に掃除をするように言われて、墓の後ろに回ると、お姉ちゃんの名前がひとつ刻まれていた。母はそれを見ると、いつも泣き声になった。「こんなに遠いところに一人にして」と。

正子は母と線香を毎朝上げる仏壇にお姉ちゃんがいるような気がしていた。けれど、母はここにいると言う。いったい、死んだお姉ちゃんはどこにいるのか、死んだ人間はどこに行くのかを考え始めると、貧血みたいに頭がくらくらし始めた。生理が始まってから、時々、こうなる。

お墓参りをした帰りは、また、海の上の道を走り、東京に戻った。車の中では父だけがよくしゃべった。姉の命日には、東京タワーの見えるレストランで食事をすることになっていた。蔦《つた》のからまる煉瓦《れんが》づくりの建物にあるフレンチレストランだった。お墓参りの日にぜいたくするなんて、と、母は毎年反対したけれど、父が毎年説得した。「正子に食べさせたいから」と。その言葉を聞くたびに、正子の心が温かくほぐれていった。本当のことを言えば、誕生日よりもクリスマスよりも、その日を楽しみにしていた。

東京は正子が生まれた町だった。

父と母は東京の大学で出会い、父が今の会社に勤めて八年たったときに結婚をした。東京タワーのすぐそばにある病院で正子は生まれたんだぞ、と、そのレストランに来るたびに父は言った。

「生まれたてで、目もよく見えていないはずなのに、正子を抱っこして、窓の外の東京タワーを見せたら、にこにこと笑ったんだ」

父が腕のなかに小さな赤んぼうを抱っこするようなポーズをして、毎年同じことを言った。毎年その話を聞くのがうれしかった。レストランの窓からも、金色の飴《あめ》細工のような東京タワーが見える。一年に一回だけこの街にやってくる正子を迎えてくれるような、そんなやさしい光だった。

二歳になるまで東京にいたが、町や住んでいた家の記憶はほとんどない。それでも、東京にやってくると、なぜだかほっとした。排気ガスのにおいが混じったほこりっぽい空気、すっきりと晴れることのないグレイの空、行き交うたくさんの車、足早に自分を追い越していく人たち。どれも見覚えのない風景なのに、自分はここで生まれたのだ、という確信めいた気持ちがわき起こってくることがあった。

ひとつだけはっきりと覚えているのは、どこかの病院のロビーの風景だ。

黒いビニールの椅子《いす》に座らされて、足をぶらぶらさせながら、窓口の女性と何か話している母の背中をじっと見ている。ロビーの隅には、正子が見たことのないような大きいクリスマスツリーが飾られていて、そのてっぺんには、金色の星がぴかぴかと光っていた。いつまでたっても自分のもとに戻って来ない母の背中を見つめていた。そのときに母が着ていたツイードのコートの色や、そのときかぶらされていた毛糸の帽子のちくちくする感触を思い出すと、なぜだか急に胸がつまるような思いがした。

レストランでは毎年、同じ個室に案内された。

真っ白で清潔なクロスのかかったテーブルには四つの椅子があった。母は正子が座る隣の席に、姉の写真を入れた写真立てを置き、まるで、そこにもう一人がいるように、ほかの三人と同じ食事が運ばれた。それは、どうしてもその日に食事をするなら、と、母の希望で始められたことだった。正子がスープを飲んでいても、お姉ちゃんのスープは減らない。正子の空になったスープ皿を片付けるときに、一口も飲まれていないスープ皿も片付けられていく。

食事をしながら母は、毎年同じことを語った。

お姉ちゃんが病気になったときに運ばれた病院のこと、会社にいる父と連絡がつかず、タクシーで救急病院に駆けつけたこと、集中治療室に毎日通ったこと。死んでしまったお姉ちゃんの体を抱いたときは、まだほんのりと温かかったこと。何度も聞かされていたから、正子自身も同じような経験をした気になっていた。母は毎年、話の途中で泣き出してしまい、父は、「君のせいじゃないんだよ」と母の背中をさすりながら、なぐさめた。そんな二人を見ながら、正子は血のしたたるようなステーキを食べた。普段は外食をしない家だったから、お墓参りの帰りに、レストランで食事ができるのは正子の楽しみでもあった。母が泣き、父がなぐさめて、背中をさする。毎年、目の前で繰り広げられる同じ光景が、なぜだか今日は遠く感じる。お姉ちゃんはもうこの世にいないのに。わき上がってくるそんな思いを、食事をしながら、ナイフで細かくして、フォークで口に運び、乱暴に咀嚼《そしゃく》して、飲み込んだ。

父の仕事は相変わらず忙しかったので、その日の最終の飛行機に乗り、今、住んでいる町に帰ってくるのが毎年の恒例だった。ぴかぴかと光る東京タワーを見たあとに、田んぼの真ん中の道を車で走っていると、ひどく寂しい気持ちになった。ここもいつか自分の人生とはまったく関係のない場所になる。学校や友だちとやっとうまくやれるようになった頃に、その町から引きはがされるように移動させられる。転校生のあの子、と言われなくなったころに。誰とでも仲良くすることはできたけれど、また、引っ越しで離ればなれになって、つらい思いをするのか、と思うと、仲のいい友だちを作るのも怖かった。父の仕事の都合なのだから、仕方がないと思っても、引っ越しのたびにやりきれない思いが残った。

トイレに行きたくなって、近くのコンビニエンスストアで車を止めてもらった。店の前では、髪をまだらに金髪にした男や、自分の足元にしきりに唾《つば》を吐く男、白いパーカーのフードを頭からすっぽりかぶった若い男たちがしゃがみこんでいて、紺色のワンピースを着た正子を鋭い視線で見上げた。この町の不良はどこにも行くところがないので、夜になるとコンビニの前に集まる。緊張したけれど、もし何かあっても、駐車場に父の車が止まっているのだから、と自分に言いきかせて店の中に入り、トイレを借りた。トイレの前にはカウンター式のイートインコーナーがあり、そこにも、伸びきったスエットの上下を着たサンダル履きの若い男と、革ジャンを着た中年の男が二人いて、ビールを片手に、串《くし》にさした唐揚げのようなものを食べながら、正子のほうをじろじろと見た。用を足して、トイレから出てくると、男たちが正子に向かって何か言った。何と言っているのか聞き取れなかった。学校でもそういうことが度々あった。早口で話されると、何を言っているのかわからなくなってしまう。引っ越しするたびに、その土地の言葉に多少は影響を受けるのだけれど、引っ越すたびにリセットされた。母も父も家のなかでは標準語を話していたから、正子もそれに倣《なら》った。

スエットを着た若い男が正子に何かを言って、革ジャンの中年男がゲラゲラと笑った。その言葉の意味がわからなかった。早く店の外に出ようと、男たちの前を通り過ぎようとすると、ゲラゲラと笑ったままの中年男が正子の後ろからワンピースの裾《すそ》をめくり、右の太ももに触れた。一瞬の出来事だった。妙に温度の高い男の手のひらの感触に背中がぞわぞわとして、自動ドアのほうに駆け出した。店の外に出ると、しゃがんでいた男たちがまた、正子を見た。スカートを指さして何かを大声で叫んだけれど、怖くなって、父の車のほうに駆け出した。その姿を見て、また何かを言って笑った。父は疲れているのか車のシートを倒して目をつぶっていた。目の上にハンカチを置いている。母は助手席でハンドバッグを抱え、ぼんやりと道路のほうを見ていたが、正子が車に近づいてくると、物憂《ものう》げな様子で正子を見た。正子が後ろのドアを慌《あわ》てて開け、シートに座ると、母が振り返って言った。

「裾がめくれてるわよ。みっともない」母の声で父が目を覚ました。

「おっ、戻ってきたか。じゃあ行くか」寝ぼけたような声で言いながら車を出した。

一瞬触れられただけなのに、さっきの男の、手のひらの形のままの感触が、まるで焼き印を押されたように太ももに残っていた。街灯の少ない畑のなかの一本道を車が走り出す。車のライトだけがほんの数メートル先を照らす。対向車は一台も通らなかった。窓ガラスに頭をもたせかけて、うつむいて寝ているふりをした。ぽたぽたと落ちてくる涙を手の甲でぬぐった。本当は声を出して泣きたかった。父や母に向かって「怖かった」とそれだけ言えば良かったのかもしれなかった。自分の気持ちをのみこむたびに、自分がどんどん透けていく。自分が全部透けてしまったそのときには、仏壇の、お姉ちゃんの隣に、自分の写真が飾られるんじゃないかと思うとたまらなく怖かった。

5

「一口あげよーか」

高校の校門前にあるバス停に立っていると、前に並んでいた男の子が、正子の口の前に水色の棒アイスを差し出した。パーマなのか、天然パーマなのかわからないけれど、緩やかにウェーブのかかった前髪が、目のあたりを覆《おお》っていた。角のすりきれたエナメルバッグを斜めがけにしている。この人誰だっけ、と思いながら、じーっとその子の顔を見上げた。たぶん、クラスメートだと思うのだけれど名前が思い浮かばなかった。男の子は躊躇《ちゅうちょ》した正子の顔を見て笑いながら「そんな顔して横からじーっと見られたら、一人で食べられないよ。ほら」と棒アイスを無理矢理口に近づける。いつまでもそうしているので仕方なく、袋から出したばかりのアイスの先端を軽く歯でかじると口の中で瞬時に溶けた。

新学期早々、六時間目の体育、持久走で死ぬほど渇いていたのどに、冷たさと甘さが染《し》み渡っていく。

「幸せそうな顔して食べるなー。もうあげるわこれ。今度は篠田《しのだ》さんがおごってね」なんで自分の名前を知っているのだろう、とびっくりしていると、はいこれ、と言いながら、男の子はアイスを無理矢理渡した。「おーい。えびー」と、後ろのほうから、男の子を呼ぶ声がした。男の子は正子のそばから離れ、その友だちのそばに歩いて行く。背が高いのに妙になで肩で、そのアンバランスさ加減がおかしかった。一口かじっただけの棒アイスが正子の手にあった。えびくん……。そうだ、海老《えび》原《はら》君っていう男の子がいたような気がする。自分の名前を覚えていてくれた海老君になんだかすまないと思いながら、アイスをもう一口かじってみた。なんておいしいんだろう、と思った。コンビニや駄菓子屋で売っているような安い棒アイスを、正子はその日、生まれて初めて食べた。ごくたまに、母が手作りのアイスクリームを作ってくれたけれど、牛乳や生クリームがあまり好きではないので、もったりとしたその濃い味が苦手だった。急に気温の上がった今日は、四月といっても真夏のように暑い。校門の向こう、山の間に沈む夕陽が、手に持ったアイスをみるみるうちに溶かしていく。指にも溶けたアイスが流れてきて、慌ててアイスの残りを口に入れた。こめかみがじーんと痛んだ。

バス停の後ろには、パーマをきつくかけたおばさんが一人でやっている吉田屋商店という駄菓子屋があって、正子の通う高校の生徒は、学校が終わると、ここでジュースを飲んだりアイスやカップラーメンを食べてだらだらと無駄な時間をつぶすのが常だった。店の中のテーブル席や、背もたれの薄い金属部分に、赤地に白抜きでCoca-Colaと書かれた年代物のベンチの前にたむろして、思い思いに好きなものを食べていた。同級生たちがこの店で何か食べていても、正子はいつも先に帰っていた。母は買い食いするのを禁止していたし、高校に入ってから、午後五時という門限を言い渡されていた。授業が終わって、なかなか来ないバスを待っていたりすると、あっという間に五時になってしまう。何か罰を受けるわけではないが、門限を破ると母が途端に不機嫌になって口もきいてくれなくなるので、できるだけ早く帰りたかった。

同じクラスの子たちが、アイスやジュースを食べたり飲んだりしているのを、正子は遠くから見るともなしに見ていたつもりだった。そんなにあの子が食べていたアイスをじーっと見ていたのかと思うと、急に恥ずかしさがこみ上げてきた。食べ終わったアイスの棒をふと見ると、棒の部分に「あたり」と刻印されてあった。後ろを見ると、さっきの男の子が、友だちと二人で背中をバンバン叩《たた》き合いながら、バカみたいに笑っていた。正子はそれをしばらく見つめ、アイスの棒をハンカチで包んで、スカートのポケットの中にしまった。

高校受験の直前に、今、住んでいる町に引っ越してきた。

高速道路が南北に貫いている東側、標高が高く、街灯が少ないので、この半島でいちばん星がきれいに見えると評判の山間《やまあい》の小さな町だった。父の勤務する会社の支店は、その町からさらに車で三十分、山の中をくりぬいた長いトンネルを抜けた県庁舎のある繁華街のはずれにあった。その町には港があり、高原や温泉地のリゾートホテルがある向こう側の半島とこちら側を結ぶ、古ぼけたフェリーが運航していた。引っ越してきたばかりのころ、父と母と三人でそのフェリーに乗り、向こう側の半島の温泉に行ったことがある。道沿いに、おみやげ用の干ものを作っているのか、開いた魚をたくさん載せた網が並べられていた。頭にタオルをかぶったおばさんが、寄ってくる野良猫《のらねこ》を、蠅叩《はえたた》きでしきりに追い払っていた。その様子がおかしくて正子がくすりと笑うと、「排気ガスまみれの干ものなんて食べたくないわねぇ」と、不機嫌そうな様子で母が言い、「そうだな」と父が疲れた声で答えた。

正子の座っている後部座席から見ると、父のこめかみにずいぶん、白いものが増えたような気がした。正子が高校に入るまでは、いつかは東京本社に帰れるはず、と頑張ってきた父だったけれど、どうやらその望みが現実になる可能性は少なくなったようだった。「不景気」という言葉を父も母も繰り返し口にするようになった。父はそれでも以前と変わらず長い残業をこなし、出張にも出かけていた。週末になっても家でゆっくりしている訳にはいかないようだった。母と二人だけで過ごす時間は、父が家にいない分だけ増えていった。

三人家族でキャラバンのように、日本のあちこちを転々と移動しながら生活することに慣れてもいたし飽きてもいた。けれど、どの町に行っても「きろく」だけは、まだ続いていた。父が仕事でいない時間が増えるほど、母は「きろく」に固執した。一日でも書き忘れると、ヒステリックに催促された。仕方なく、適当に起床時間や体温は記入したけれど、今日あったことなど、もう書きはしなかった。取り立てて書くようなこともなかった。門限はあったし、部活にも入っていなかった。親しい友人もいなかった。学校に行って、授業を受けて、家に帰って、寝る。その繰り返しだった。ページの下半分はいつも真っ白だったけれど、母もその部分については何も言わなくなった。

高校一年の一学期から入学すれば、転校生として特別扱いされなくてすむ、同じスタートラインに立てるかもしれない、と期待していたのに、正子の通う高校は、その近所にあるふたつの中学校から来る生徒がほとんどで、仲の良い子同士のグループはすでにできあがっていた。最初のホームルームで自己紹介したときも、正子の言葉がこの土地の言葉ではないので、地元の子どもではないことがすぐにばれてしまった。「東京から来たの！　すごーい」と話しかけてくれるクラスメートそれぞれに、生まれたのは東京だけど、父の転勤で日本のあちこちを移動してきたのだ、と説明するのも大変だった。新学期が始まったあとも、のんびりとした田舎の県立高校だったから、いじめられるようなことはなかったけれど、なんとなくクラスメートたちは、正子に対して一定の距離を置いているようにも思えた。この高校では入試の成績がいちばんいい生徒が自動的にホームルーム委員になるようで、正子がホームルーム委員として先生に指名されてからは、ほかの生徒との距離はますます遠くなったように感じた。

昼休み、ほかの生徒は、教室内だけでなく、屋上や校庭の隅、思い思いの場所で昼食をとっていたが、正子は教室のいちばん後ろで、図書室で借りてきた本をわきにおいて、いつも一人でお弁当を食べていた。本を開いていても、読んでいるふりをしているだけだった。窓から入ってくる強い日差しで本のページが白く光る。正子が今まで住んだ町のなかで、いちばん南にあるので、気温も湿度も高く、まるで真夏のようだ。突然、ページの上に大きな手のひらの影ができて、それがグーや、パーのカタチになった。思わず顔を上げると、この前アイスをくれた男の子、海老君がにこにこと笑いながら机の前に立っていた。

「一人で食べるのつまんないから、いっしょに食べていい？」

そう言いながら、正子の机の前にガタガタと音を立てながら誰かの椅子《いす》を置いて、コンビニエンスストアの白い袋をどさっと置いた。中に入っている菓子パンや紙パックのコーヒー牛乳が袋から飛び出した。

いい、とも、いやだ、とも言わなかったのに、海老君は、すぐにパンの袋を開け、むしゃむしゃと食べ始めた。食べながら、片手にはマンガの単行本を持ち、白いシャツのポケットからイヤフォンを取り出し、耳にはめる。かしゃかしゃと音楽が漏れ聞こえてくる。菓子パン一個を食べ終えるまで、三十秒もかからなかった。マンガを読みながら二個目の菓子パンがまた瞬《また た》く間に、海老君の口の中に消えていく。何が起っているのか状況がうまく理解できずに、プラスチックの箸《はし》で卵焼きをつかんだまま、海老君の顔をただじっと見つめていた。

「一口あげよーか」

イヤフォンをしているせいなのか、やや大きめの声で、チョコロネを差し出して、まじめな顔で海老君が言った。正子は大きく顔を横に振った。

「あっ、これ？　これが聞きたいの？」そう言うと、右の耳からイヤフォンを外して、正子の左耳に入れようとした。耳のそばで急に大きな音が鳴ったので、びっくりして顔を背けた。

「この曲、好きなのに」

残念そうな顔をした海老君が、左耳だけにイヤフォンをさしたままで言った。教室には何人かの生徒が残っていて、何人かが集まってお弁当を食べ、椅子をくっつけて寝転がっている男子もいた。みんなが思い思いに過ごしていて、正子と海老君がいっしょにお昼を食べていることに注意を払う人はいなかった。そのことにほっとした。

「俺も中学の卒業式が終わってからこっち来たんだ」

「えっ、そうなんですか」

海老君は自己紹介でそんな話をしたかな、と、最初のホームルームの時間を思い出していた。そうはいっても、正子はほかのクラスメートの話もあまり覚えてはいないのだった。「俺も」ってことは、自分が転校生だということを海老君は知っているんだ。そう思うと、この前、校門の前でアイスをくれたとき、自分は海老君の名前すら知らなかったのに、自分の名前を覚えていてくれた海老君に対して、また、悪いことをしたような気になった。

「俺、小学校一年生のときまで、この町にいたんだ。おふくろが再婚して、ずっと東京にいたんだけど離婚して。また出戻ってさ。だから、知ってるヤツも何人かはいるんだけど……」そう言いながら、海老君が椅子の上でぐーーんと伸びをした。

「だけど、しばらくぶりに帰ってきたら、なんだか懐《なつ》かしい感じでもなくて。言葉も忘れちゃってるし。友だちとも話、合わないしさ。自分の故郷ではあるんだけど
……篠田さんはどっから来たの？」

「東京で生まれたんですけど、そのあとは……」正子は、移動してきた五つの町を順

番に説明した。「へぇー、なんだか俺よりすごいや」そうは言いながらもあんまり関心がないようで、海老君はコーヒー牛乳のパックに直接口をつけ、ぐびぐびとのどを鳴らしてのんだ。「それでさ」と言ったあとに、ぷはっ、とビールをのんだあとのように小さなげっぷをしてから、「篠田さん、音楽選択だよね？」と前後の脈絡もなしに突然質問された。はい、と頷《うなず》くと、机に両腕を載せて、海老君がこちら側に体を乗り出してきた。上唇の端にさっき食べていたチョココロネの茶色いクリームが少しついている。

「ピアノとかギターとかやってないの？」

「ピアノなら少し弾けるんですけど」

中学まで習っていたけれど、引っ越した町にピアノ教室がなくて、そのままになっていた。

「バンドやらない？」

思いもよらないことを海老君が言い出したので、思わず、ええっ、と大きな声が出た。すぐ近くで、一人でお弁当を食べていた男の子が、驚いたような顔をして正子を見た。

「無理無理、絶対無理です」

がたんと音を立てて椅子から立ち上がりながら、空になったお弁当箱をピンクのギンガムチェックのナプキンで包みはじめた。

「女の子もう一人入れたいんだよー。バンドのメンバー探してるんだけど。やってみない？」

「うち、門限あるから絶対無理です」

「門限って何？」

本当にその言葉の意味を知らないかのように、ぽかんとした顔で海老君が聞いた。

「五時までに帰らないとお母さんに叱《しか》られます」

「シンデレラみたいだなー」のんきな声でそう言った。

「だから絶対無理です。家が厳しいから」

「女の子はさ、もう一人いるよ。俺の姉貴。双子《ふたご》の片割れ。ベースの担当なの。ほかに女の子がいると安心でしょ。まぁ、あいつは女の子じゃないけど。……とりあえず姉貴に一度、会ってみない？　悪いやつじゃないから」

「絶対絶対無理です！」そう言いながら、口のまわりをハンカチでぬぐおうとして、スカートのポケットに手を入れた。細長い何かが手に触れた。なんだろう、と思いながら、ポケットから取り出すと、この前、海老君にもらったアイスの木の棒が出てきた。

「あっ！　それっ、俺がおごった、この前のアイスでしょ！」

海老君が大きな声をあげた。正子が持っていた棒をつまんで、そこに記されている「あたり」の文字を見て大きな声を出した。

「篠田さん、俺に借りがある！　俺がおごったアイスの当たり、横領しようとしてるー」

そう言いながら、その棒を天井に向け、横領、横領と、片足ずつ上げながら、踊りのようなジャンプのような奇妙な動きをした。教室にいたクラスメートが海老君を見てくすくすと笑う。やめてください、困ります、と言いながら、その棒を取り上げようと腕を伸ばしたけれど、頭一つ以上背が高い海老君の伸ばした腕にも届かなかった。

「じゃあさ、今度、一回家に来て、姉貴に会ってみない？」そう言いながら、当たりの棒アイスを差し出した。正子がそれを受け取ろうとすると、「あげないよー」と言いながら、また、海老君が腕を伸ばした。その言い方があまりに憎たらしく、思わず、海老君の右腕を力いっぱいぶってしまった。男の子にそんなことをしたのは生まれて初めてで、ぶってしまってから、そんなことをした自分に驚き、ごめんなさい、と頭を下げた。

「いった！　折れたかもしんない」

海老君が泣きそうなしかめっつらをしたので、怖くなって近づくと、嘘《うそ》だよー、と言いながら、教室を出て、廊下を全速力で駆けて行った。正子も途中まで追いかけたけど、廊下を歩く生徒にまぎれて、すぐに海老君の背中は見えなくなった。ぜーぜーと、肩で息をしながら思った。

今日、生まれて初めてのことをした。

男の子をぶって、男の子を追いかけた。なぜだか、それがおかしくて、廊下の隅で小さな声を出して笑った。荒い呼吸を繰り返しながら額の汗を手の甲でぬぐった。楽しい気持ちが急にわき起こってきて、笑い声がなかなか止まらなかった。一人で笑っている正子を見て、廊下を歩くほかの生徒が怪訝《けげん》そうな顔で見た。こんなふうに楽しい気持ちになったのは生まれて初めてかもしれなかった。楽しいのに、なぜだか同時に、悲しい気持ちも浮かんでくるのが不思議だった。

6

「絶対に、午後五時までに家に帰れるなら」という約束で、海老君の家にやってきたのは、一週間のなかでもいちばん早く授業が終わる水曜日の午後のことだった。友だちの家、しかも男の子の家に行くのは生まれて初めてだったし、母にも言わずに出かけるのは罪悪感があったが、「アイスの借りがあるでしょ」と繰り返す、海老君のしつこさに根負けした。

海老君の家は、学校からバスに乗って三つ目の停留所で降り、国道沿いの消防署の角を曲がったところにある古いマンションだった。エレベータはないので狭い階段を上がっていく。三階と四階をつなぐ階段の踊り場から、はるかかなたに、ほんの小さな海と向こう側の半島が見えた。あそこ、お父さんとお母さんと行ったところかな、とぼんやり眺めていると、ランドセルを背負った小学生の男の子が階段を駆け上ってきて、正子をちらりと見ることもなく、さらに階段を駆け上っていった。階段の上から、海老君が「篠田さん、こっちこっち」と大きな声で正子を呼んだ。

所々、塗装が剝《は》がれて錆《さび》の浮き上がった鉄のドアを開けると、狭い玄関の隅には、古い新聞紙が紐《ひも》でくくられて重ねて置いてあり、それ以外の場所にはビーチサンダルや革靴やハイヒールが所狭しと並べられていた。下駄箱《げたばこ》の上の金魚鉢に、えさをパッと振りかけると、

「超きったない家だけど上がって」と言いながらスニーカーを脱ぎ、廊下の奥に歩いて行った。

スリッパはないみたいだったので、そのまま靴下で上がると、足の裏がなんだかざらざらした。暗い廊下の先には、南向きの明るいベランダに面したリビング兼ダイニングのような部屋があって、木のテーブルと、布製のソファが置かれている。慌《あわ》てて片付けたのか、部屋の隅には、衣類や新聞紙や、口の開いたお菓子の箱や、マンガやヘアブラシや、なぜだかアルミの鍋《なべ》も、ありとあらゆるものが山になっている場所があった。テーブルの上には、ケチャップの付いた皿や、カラメルソースがこびりついたプリンの容器が放り出されていた。そんなふうに散らかった部屋を正子は初めて見た。

海老君が隣の部屋の襖《ふすま》を開けた。部屋の真ん中に置かれた本棚が、八畳ほどの和室を二つに区切っていた。その右側のスペースにあるベッドの上にヘッドフォンをした女の子が目を閉じて寝転がっていた。胸のあたりに両手を組んで。黒いTシャツ、赤いタータンチェックのスカート、左足には黒いニーソックス、右足の太ももから足首、踵《かかと》までが白い装具で覆《おお》われていた。前髪を眉毛《まゆげ》ぎりぎりで一直線に切りそろえた真っ黒な髪が胸のあたりまで伸びている。目を閉じているので、目尻《めじり》にむかって跳ねるように描いた太いアイラインがよく見えた。かなりアウトライン気味の口紅だけが、真っ白の顔のなかで毒々しく赤い。

海老君が女の子のそばに近づき、ベッドにひざをついて、ヘッドフォンの片側を上げ、「忍《しのぶ》。た・だ・い・ま」と大きな声で言った。「っさいわ！　おまえは」と言いながら、忍と呼ばれた女の子が海老君の頭を思いっきりはたいた。女の子がヘッドフォンを外してベッドから起きあがり、しばらくの間、正子の頭から足元までを睨《にら》むように見た。その視線の強さに正子はたじろいだ。双子だと聞いていたが、化粧のせいなのか、顔は海老君にはあまり似ていない。海老君はどちらかと言えば気の弱そうな犬顔なのに、正子を見据えた女の子はこれからケンカをしようとしている猫みたいな顔だ、と正子は思った。

しばらく正子の顔を見つめたあと、忍はベッドの上にあったCDケースを左足で下にばらばらと落とし、空いたスペースをぽんぽんと叩《たた》いた。何枚かCDケースの蓋《ふた》が開き、中からCDが飛び出して、畳の上を転がっていった。部屋の入り口で立ちつくす正子を手招きするので、CDを踏まないようにしてつまさき立ちで近づき、ベッドの端、なるべく忍から遠い場所に腰かけた。

「で、今日から練習できるの？」忍が正子の顔を見た。

まっすぐすぎる視線が怖くて目を逸《そ》らした。ベッドに置いた手の爪《つめ》には真っ黒なマニキュアが塗られている。

「れ、練習ってなんのことですか？」ドキドキしながら答えた。

「え、もちろん、バンドの、だけど？？」

忍が目をパチパチとさせて、正子と海老君の顔を交互に見る。

「あの、私、やりませんって、海老君に言いました、けど……」

震える声で答え、海老君の顔を見ると、わざとらしく正子の視線を外した。

「どういうことじゃ薫《かおる》ぅ！」そう言いながら、忍がベッドの上にあった牛のぬいぐるみを投げつけた。ぬいぐるみが、もー、とのんきな声で鳴きながら宙を舞った。

「まーまー、そんなに慌てなくてもいいでしょ。こうやってわざわざ家に来てくれたんだから。ゆっくり説得しようよ」投げられたぬいぐるみやマンガを器用にかわしながら海老君がそう言うと、「これじゃ、おまえの女、紹介されただけだろーが！」そう言いながら、また、ベッドの上にあったクッションやうさぎのぬいぐるみを投げつけようとした。

「そう、カリカリすんなって。今、おやつを買ってきてやるから、もうー、腹減って、そうやってイライラするのよくないよ！」そう言いながら、海老君が正子に手招きをした。慌てて立ち上がり部屋の外に出ると、「ばーかばーか」と、忍の大きな声がして海老君がしめた襖に、ぼすっ、と何かがぶつかる音がした。

「びっくりしたでしょ？」

海老君の家を出て、コンビニエンスストアに続く坂道を歩いているときに、海老君がぽつりと言った。ううん、と正子は首を横に振ったけれど、確かにびっくりした。あんな女の子、今まで一度だって会ったことがない。

「だけど、あいつ、篠田さんのこと、絶対気に入ったと思うな。俺、なんか、そういうのわかるの。双子だから」

ガードレールを手のひらで叩きながら、海老君が言った。坂道を軽トラックがものすごい勢いで走り去って行く。荷台にはブルーシートがかけられ何が載せられているのかは見えなかったが、ひどいにおいがした。うええええええ、田舎の香水ぃぃい、と言いながら、海老君が鼻をつまんだ。

「バンドのメンバーの一人はさ、忍の彼氏だったの。だけど、忍、この町に来る前にそいつにおもいきり振られてさ。親は離婚するし、彼氏には振られるし、今、通信で勉強してるからさ、友だちはいないし、バンド活動はできないし。それに……病気も……あるし」最後のその言葉を海老君は声をひそめて言った。さっき見た、忍の装具を正子は思い出していた。真っ白な装具と、黒いニーソックスのコントラスト。

ガードレールを叩いていた手のひらを広げてじっと見たあと、ゆっくりとグーにしたりパーにしたりしてから海老君が言った。「あいつ、癌《がん》なの。……骨の」

「二度目なんだ、転移見つかったの。こっちに忍の病気にくわしい先生がいるんだよ。それで俺たち引っ越してきたの。三人でずるずるとさ。金もないのに。東京からわざわざ」

海老君が腕を伸ばして、トンネルの向こうを指さした。海老君が言った、癌、という言葉の重さが両肩にのしかかってきて、何を言ったらいいのかわからなくなった。

「あのー、だからって、篠田さんにあいつの友だちになってほしいとか、励ましてほしいとか、ぜんぜんそういう話じゃないんだよ。それは誤解しないで。バンドやりたい、っていうのは、俺もあいつも同じ気持ちなの。楽しいよ。篠田さん、絶対やったほうがいいって。やろうよ。音楽とか何好き？」

さっきとは倍のスピードで海老君が、また、ガードレールを叩き始めた。

「……音楽とか、聞かないんです……うち。……音楽聞けるものとかもないし……」

「なんでー、もったいない。おもしろい音楽いっぱいあるよ。忍の古い iPod があるから、今度何か入れてあげるよー」そう言いながら、正子の顔を見て笑った。ありがとうございます、と言いながら、海老君の横顔を見た。女の子のような顔をしているわけではないのに、横をむくと長いまつげが目立って、さっき会った忍とやっぱり似ているかもしれない、と正子は思った。坂道を下りきったところにコンビニが見えてきた。

「双子って、どういう気持ちなんですか？」

正子が聞くと、うーーーーん、と言いながら、海老君がコンビニのドアを開けてくれた。プラスチックのかごを持ち、迷いもしない様子でジュースやお菓子を投げ入れながら、海老君が言った。

「なんだろー。仲間というか、味方というか……うちの母さん、今、保険の仕事してて、朝から晩まで、ものすごく働くいい母さんだけど、男とっかえひっかえするのが悪い癖でさ。恥ずかしい話だけど。父さんも二人目だったし、この前逃げられたけど。そういうの、自分一人だったらしんどいなーと思うなー。……忍がいたから、なんとかだいじょうぶだったというか。……だけど、忍の病気は俺も半分にできないというか。……ハーゲンダッツの新しい味？　でも高いから買わなーい」

アイスケースの中のアイスを物色しながら海老君が正子に聞いた。

「篠田さんは兄弟いる？」

「あ、一人っ子です」と答えながら、仏壇の中のお姉ちゃんの写真を思い出していた。誰かにそんなふうに聞かれるたび、なんと答えるのがいちばんいいのだろう、という気がして、言葉に詰まってしまう。けれど、なんとなく、海老君には話したほうがいいんじゃないかと正子は思った。

「あの……、お姉ちゃんがいたんですけど。赤ちゃんのときに亡《な》くなって」

言うつもりはなかったけれど思わず口に出た。そんなことを友だちに話すのは初めてだった。アイスを選ぶ海老君の手が止まった。手にしたアイスの袋、みかんのイラストをじっと見つめて黙っている。そんな話をしてしまった自分を正子は激しく後悔した。

「……そうだったんだ。ごめん、なんか……」

海老君が手にしたアイスをかごに入れながら言った。だいじょうぶです、だいじょうぶです、と繰り返して言いながら、正子はなんだか泣きたい気持ちになっていた。

「あー、そうだ。これも替えてもらわないと」

突然大きな声を出した海老君が、正子にかごを渡して、ズボンのポケットの中に手を入れ、この前、正子から奪ったアイスの当たり棒を取り出した。

「もーー、あぶないあぶない。忘れるところだった」そう言いながら、海老君はわざとらしく腕で汗をふく仕草をしたあとに、正子を見てにやっと笑った。正子も笑い返そうとしたけれど、自分で思っているほどにはうまく笑えなかった。

海老君は会計を済ませたあとに、その棒をコンビニの店員さんに渡し、アイスと引き替えてもらっていた。ふと顔を上げると、海老君の頭の向こうに見える時計が、午後四時五十分を指しているのが見えた。

「あ、海老君、私、もう帰らないと、今日、お邪魔しました。さようなら」そう言いながら、海老君に頭を下げ、正子はコンビニを飛び出した。目の前をバスが通り過ぎていく。慌てて停留所に走り、バスに乗り込む人の列に並ぶと、誰かが正子の腕を強くつかんだ。コンビニの袋を手に持った海老君だった。

「これ、食べな」正子の手に水色のアイスを渡してくれた。

正子が乗り込んだ途端、バスのドアがシュッと音を立てて閉まった。バスの中でお辞儀をすると、海老君が腕を大きく振って、「また、来いよー」と叫んだ。車内まで聞こえるような、あまりにも大きな声だったので、隣に立っているおばさんにくすくすと笑われて、正子の顔が真っ赤になった。

アイスを食べようにも、バスの中は乗客がいっぱいで、仕方なく、アイスの袋を手に持ったまま、揺れる車内で足をふんばっていた。家の近くの停留所で降りたときには、薄いビニール袋の中でアイスは溶けきって、ほとんど液体になっていた。家のマンションの裏にある小さな児童公園の水のみ場のそばにしゃがみ、袋を開けた。アイスだった液体を排水溝に流してしまおうと思ったけれど、海老君に悪いような気がして、袋にそのまま口をつけ、一口だけのみこんだ。元アイスの液体は、凍っているときよりもずっとずっと甘かった。

残りを排水溝に流すと、袋から木の棒が落ちてきた。

「あたり」と茶色の文字が刻印されていた。この棒をまた海老君に見せたら、どんな顔をして笑うだろう。そう思ったら、自分の口角が自然に上がっていくのを感じていた。さっきよりもちゃんと笑えているような気がした。濡《ぬ》れた棒をハンカチで包んで、ポケットにしまう。立ち上がると公園の入り口にある時計が見えた。五時五分。お母さんに叱《しか》られる。うっすらと暗い気分になったけれど、ポケットの中の当たり棒をぎゅうううっと握りしめたら、その憂鬱《ゆううつ》がどこかに消えていくような気がした。もし、これから、自分の人生で悲しいことがあったら、これを見て元気を出そうと正子は思った。

7

「えーまた来たのぅ」

二度目に海老君の家を訪れたとき、ふてくされたような顔で忍はそう言ったけれど、その大きな目はなんだか笑っているみたいに見えた。

初めてこの家に来た日から、水曜日の午後は毎週、海老君の家で過ごすのが、正子の習慣になっていた。海老君と校門前からバスに乗って、坂道の下のコンビニでお菓子やジュースやアイスを買い、海老君の家で小一時間過ごして、門限に間に合うように家に帰った。

思えば、正子が最初にこの家に来た日は、この家がいちばん片づいていた日だった。リビング兼ダイニングの片隅にある生活雑貨、ゴミの山は、来るたびに大きく、高くなっていくような気がした。

忍と海老君の部屋にも、あまりにたくさんの物が散らばっていた。

マンガやCD、衣類、メイク道具、食べ終わったお菓子の箱、空のペットボトル、何かを書きなぐった紙、端っこが折れ曲がった楽譜。正子はいつも午後四時半にはこの家を出てしまうので、忍と海老君の母には会ったことがなかったが、この状態の部屋を叱らないお母さんって、どんな人なのだろうと思った。

最初はこの混沌《こんとん》とした風景にびっくりしたけれど、この家にくるたびに、違和感を持たなくなった。いろんなものが雑に転がっている空間は、なぜだか妙に居心地が良かった。マンガを読んでいようと、お菓子を食べていようと、正子がここで何をしていようと、二人は何も言わず放っておいてくれた。まるで、正子もこの部屋に散らばる夥《おびただ》しい物のひとつでしかないように。

忍のいつもの定位置は自分のベッドの上で、白い装具をした長い足を投げ出し、ベースの練習をしている。海老君はその足元に座るか寝っ転がるかして、ほとんどマンガを読んで過ごしていた。忍に怒られると、しぶしぶギターを持ってきて、二人で練習をしたりすることもあった。忍が声に出して歌ったりすることもあったが、それは二人が作った摩訶《まか》不思議なオリジナルソングで、聞いているとおしりのあたりがむずむずとかゆくなってくるような気がした。海老君と忍の話によれば、繁華街のある町の大学やライブハウスまで出かけて海老君がチラシを貼《は》ったりしたものの、バンドのメンバーを集める作業はかなり難航しているようだった。

「正子！　うちは漫喫じゃないんだよ」

二回目に会ったときから、忍は正子、と呼び捨てにした。家族以外の誰かに正子と呼び捨てにされたのは初めてだった。

いつものように忍の部屋の隅で壁にもたれながら、コンビニでいつも買う水色のソーダアイスを食べながら、部屋に転がっていたマンガの三十二巻を読んでいた正子に忍が怒鳴った。

「ま、まんきつ、ってなんですか？　あの、この続きってどこにあるんですか？」

顔を上げてそう言うと、

「正子のばか！　三十三巻はここ！」と怒鳴って正子が読んでいるマンガの続きを正子の足元に投げつけ、忍はまたベースを弾き始めた。

練習に飽きると、忍は海老君のそばに片足ケンケンで近づき、頭をすこんと殴る。

「なにすんだてめー！」あぐらをかきながら、ギターを弾いていた海老君が、忍のおしりをぶった。バランスを崩して体がぐらりと傾いたが、すぐそばにあったカラーボックスに手をついて「変態！　ケツさわんな！」と言いながら、忍が海老君の背中をぶつ。ぶったり、ぶたれたり、近づいては、離れたり。部屋の隅で二人の様子をちらちらと見ながら、自分にも姉がいたらこんなふうに過ごすのだろうかと、正子は思った。

忍がちょっかいを出すのは海老君だけではなかった。正子が夢中になってマンガをよみふけっていると、そばに近づいてきて、勝手に髪の毛を結んでくれたりした。驚きながらもされるがままになっている正子に向かって海老君は、「嫌なら嫌って言っていいんだよ。篠田さんは忍のおもちゃじゃないんだからね」そう言ったが、忍に自分の髪の毛をいじられることは、決して嫌なことではなかった。なぜだか髪をいじられているとき、母のことを思い出した。幼稚園のころ、七五三のために髪の毛を長く伸ばさせられていた正子が母に髪の毛を結んでくれ、と頼んだことがあった。幼稚園では、カラフルなゴムや髪留めが流行《はや》っていた。母はとりたてて不器用な人ではなかったけれど、髪の毛をブラシでとかすとき、ゴムで結ぶとき、正子が思わず声をあげるほど、痛く引っ張ったりすることがあった。ごめんね、とあやまってはくれたけれど、その力の強さが変わることはなかった。痛みを感じるたび悲しくなった。

この家に来て、散らかった部屋を見たり、忍に触れられるたび、自分の家や母のことを考えた。この家の何もかもが自分の家とはずいぶん違う。だけど、居心地がいいのはなぜだろう。

「正子は時々ぼんやりするな」

家や母のことを考えている正子に、なぜだか忍はいち早く気づく。

「そんなときは、ギターを弾くといいんだよ」そう言って、正子の隣に座り、黒くて小さなお弁当箱ほどのアンプにつないだギターを持たせた。ここをじゃーん、って弾いてみな。そう言いながら、忍がコードをおさえ、ピックを持たせた。訳もわからず弦に触れると、妙にひずんだ音がした。ちょっ、ちょっ、ちょっと、また隣の人に怒鳴り込まれる、と、海老君がアンプに飛びつきボリュームを慌《あわ》てて下げた。

「正子もやればいいのに。もっと強く弾いてみな」

言われるとおり強く弦をはじいてみた。聞いたことのないような歪《ゆが》んだ奇妙な音がアンプから聞こえてきた。でも、なぜだか、その音は嫌いじゃなかった。不快でもなかった。例えば、今の自分の気持ち、母や家に対する思いを音で表したら、こんな音の響きになるような気がしたのだ。

正子にギターを持たせたまま、忍はステッキを器用に使って自分の部屋の窓のそばに近づき、うんざりしたような声で言った。

「山しか見えなくてほんとうに退屈。東京タワーとか見えればいいのに」

ギターをおいて忍のそばに近づき正子も窓の風景を見た。窓いっぱいの滴《したた》るような緑と、鮮やかな青い空が見えた。建物も人も車も見えなかった。

「この町って星はたくさん見えるけど、星の光ってなんか冷たくない？」

確かに忍が言うように、夜空一面を覆《おお》い尽くすニッケルメッキみたいな星を見ているとなんだか怖く感じることがあった。正子は一年に一回だけ見る東京タワーの灯りを思い出していた。人が作り出した、金色のとろりとしたやわらかなあの光を。

「夏休み、東京に帰りたいなぁ」そう言った忍になんと言っていいかわからず、正子が後ろを振り返ると、床に寝転がった海老君は胸のあたりに開いたマンガ本を置いたまま、右腕をまくらにして、まじめな顔をして天井を見つめていた。

「大好き、東京タワー。三人で行けたら楽しいだろうなぁ」

忍がまた子どものように言って、ぐらりとバランスを崩した体を正子の腕をつかんで支えた。忍の指が触れた腕のその部分がふんわりと温かかった。その忍の指をじっと見た。剝《は》げかかった黒いマニキュアを見ていた。しばらくの間、三人はそれぞれ違うものを見ていた。誰もしゃべらなかった。窓のすぐそばにある木の枝に、尾の長い鳥が一羽止まり、高い声で一度だけ鳴いたあとに飛び去っていった。

「ほら、正子、もう四時半だぞ門限門限。マミーに叱られっぞ」

急に思い出したようにそう言いながら、忍は帰り時間を気にしてくれた。慌てて正子が帰り支度を始めると、

「薫に送ってもらって。ほら、そこの坂道、この前、変質者が出たし、怖いじゃーん」

正子と海老君を交互に見て、にやにやしながら言った。忍に見つめられた海老君は

なぜだか怒ったような顔をして、廊下をどすどすと音を立てて歩いて行った。ひゃっはっはっと、おなかを抱えて笑う忍に「お邪魔しました」と深く頭を下げると、なぜだか忍は両手を合わせて合掌し、「神のご加護を」とまじめな顔をして言った。

「あいつ、なんか最近」コンビニまでの坂道を下りていくと、正子の隣を歩いていた海老君が前を向いたまま言った。

「よくしゃべる。……あ、ごめん、あいつ口悪いから、一人で勝手にいろんなこと言うけど、悪気はぜんぜんないから」

頷《うなず》く正子の横を、ランドセルを背負った小学生の男の子二人組がものすごい勢いで道を駆け上っていく。何が入っているのか、ランドセルの中身ががしゃがしゃと音を立てた。もうすぐそこにコンビニが見えてきた。コンビニの照明が見えてくると急に寂しい気持ちになった。

「それ、似合う」

「バス停に着いたとき、海老君が正子の頭を指さして言った。頭に手をやると、さっき、忍がゴムで髪の毛を頭の両脇《わき》に結んでくれたままになっていた。

「あっ、忘れてました」そう言いながら、慌てて髪の毛のゴムをとった。なぜだか海老君が恥ずかしそうにうつむきながら、ポケットに手を入れた。

「あ、そうだ。これ忘れたら、忍に殺される」

海老君が正子に、水色のギンガムチェックの小さな巾着袋《きんちゃくぶくろ》を差し出した。

「忍の古いiPodだよ。これ貸してあげる。俺と忍の好きな曲入れておいたから。充電器とこれイヤフォンも。好きな曲があったら言ってだって。忍、昨日徹夜して、すげー張りきって選曲してたから」

「え、いいんですか？」

海老君から巾着袋を受け取ると、道の向こうから正子の乗るバスがやってきた。

「自分で渡せばいいのに。あいつ、変に恥ずかしがりだから。篠田さんに無理に押しつけてるようで悪いけど」近づいてくるバスを見ながら海老君が言う。

「ありがとうございます」頭を下げると、海老君は何も言わずに頷いた。

バスに乗り込むと海老君がいつものように手を振った。自分と同い年なのに、毎回、バス停まで自分を見送ってくれる海老君を見ると、なぜだか自分の産んだ子どもを置き去りにするような気持ちになった。明日だって学校に行けば会えるのに、もう一生会えなくなるような気がした。段々と小さくなっていく海老君の姿を見ていると、胸のあたりが痛くなった。どうしてそんな気持ちになるのか、正子にはわからなかった。

海老君の姿が見えなくなってしまうと、座席に座り、カバンの中に手を入れて、さっき渡してくれた巾着袋を取り出してみた。手縫いなのか、縫い目がまっすぐじゃないし、ピンクの布の紐《ひも》もずいぶん短くて開けにくかった。袋の端に、幼稚園の子が自分の持ち物に使うような名前シールが貼られている。しのだまさこ。大きな字がマジックペンではみ出すくらいの勢いで書かれていた。自分の顔が自然に笑顔になっていることに正子は気が付いた。そんな顔をほかの人が見たら、ずいぶん、気持ち悪い子だと思うだろうな。でも、そう思われてもかまわない。そう思った。

道の先で道路工事をしているせいなのか、なかなかバスは前に進まない。巾着袋からiPodを出して触ってみた。手に持つと、iPodの裏に、シールが貼られていることに気づいた。そこにも幼稚園の子が使うような名前シールが貼られていて、「迷子のときの電話番号」という手書きの文字の下に、忍と海老君の携帯の電話番号が細いマジックで記されていた。ふふっと声に出して笑ってしまった。イヤフォンを耳にさして、iPodに触れてみた。操作の方法などわからないまま、いじっているうちに大音量で曲が流れてきた。驚いてイヤフォンを耳から外した。絶叫するような男の人の声と、空間を切り裂くようなギターの音が、外したイヤフォンの向こうから聞こえてくる。指先でどうにかいじって電源をオフにした。バスはのろのろと進む。楽しい気持ちと裏腹に浮き上がってくる気持ちを正子は心の奥に閉じこめる。帰りたくない。けれど閉じこめても閉じこめても、その気持ちは扉の向こうから顔を出した。家に帰りたくない。どこもかしこも整然と片づいて、清潔で、ちり一つ落ちていないあの家には。お母さんのいるあの家には。

8

「正子」

母に腕をつかまれて、息が止まりそうになった。

青白い顔をして、思い詰めた表情の母が、自分の右腕を強く握っていた。

いつもの水曜日、海老君の家の近くのコンビニで、海老君と二人でお菓子を選んでいるときのことだった。忍がいつものように髪の毛を結んでくれて、目の周りは、忍がいつもしているようにアイラインやマスカラで縁取られていた。いやです、と何度も言ったのに、絶対似合うから、と忍に無理矢理化粧をされたのだ。鏡を見ると、見たことのない気の強そうな女の子が一人映っていた。すっごく似合うよ、と忍と海老君にほめられ、悪い気はしなかった。家に帰る前に落とせばいい。メイクをしたまま思いきってコンビニに来た。こんなメイクをしていたら、まわりのことなど気にせずに、なんでも言えるような気がした。けれど、母に腕をつかまれた途端、その魔法は瞬《またた》く間に解けた。

「なんなの、その恥ずかしい恰好《かっこう》は。来なさい」そう言いながら、母は正子の腕を引っ張りながら、コンビニの外に連れ出し、前にとめていたタクシーの後部座席に正子を押し込んだ。正子の隣に自分も座り、運転手さんに「坂本町の藤本病院まで」と告げた。後ろを振り返ると、コンビニのドアの前で、海老君があっけにとられた顔をして、タクシーが走り去っていくのを見ていた。

「なんなのこれは」

母が結んでいた髪の毛の先を力いっぱい引っ張った。痛い、と声が思わず出て、運転手さんがミラーで正子のほうをちらちらと見た。正子は結んでいた髪の毛をほどいて、ゴムをポケットに入れた。

「毎週毎週、きまって水曜日になると門限破って。なんで、あんな男の子と。お母さん今日、心配になって校門から正子のこと追いかけてきたら……。あんな家の……。もう二度と行ったらだめなのよ」

次第に大きくなっていく母の声が正子の鼓膜を震わせる。硬くて冷たい鉄球を丸呑《まるの》みしたような気持ちになりながら、追いかけてきたか、と正子は心のなかで母の言葉を繰り返す。監視していた、尾行していた、とは決して言わない母の言葉を。母はそう言ったきり、一言も口をきかなくなったが、ひどく怒っていることはよくわかった。

タクシーが正子の住んでいる町を過ぎていく。また、いつものように、母が医師や看護師と不毛なやりとりをする現場に立ち会うのかと思ったら、途端に気持ちが暗くなった。タクシーが十五分ほど走って止まったのは、住んでいる町からトンネルを抜けた町にある総合病院だった。

母の背中を見ながら病院の廊下を歩いて行くと、婦人科、という文字が見えた。「婦人科？　どうして？」と聞いたけれど、母は顔を強《こわ》ばらせたままで何も言わない。いつもと同じように母が受付をすませ、母が問診票に記入した。母が何を考えているのか正子にはよくわからなかった。すぐに診察室に呼ばれて、正子と母は看護師に中に招き入れられた。赤いセルフレームの眼鏡をかけた若い女性医師だった。母が記入した問診票をチェックしたあとに正子の顔を見た。

「生理不順ね、このくらいの年齢だと、よくあることだけれど。一応、超音波とか見ておきましょうか」何のことだろう、と思う間もなく、正子の後ろに立っていた母が「お願いします」と返事をした。

看護師が診察室の横を仕切っていたカーテンを開け、こちらへどうぞ、と正子に声をかけた。スカートと下着をとって、ここに座ってね、足をここに載せて。そう言いながら、カーテンの向こうに消えていった。訳もわからずスカートと下着を脱ぎ、ピンク色の椅子《いす》の形をした内診台に寝そべった。おなかの上には医師と顔を合わせないように、小さなカーテンが下りている。両足をそれぞれ、台に載せると、看護師が、足開きますからねー、とカーテンの向こうから声をかけた。足を載せた台が自動で左右に開いていき、あられもない恰好になった。こんなに足を開くのは生まれて初めてだった。

カーテンの向こうからまぶしいライトで照らされている。足を閉じたくても閉じられない。いちばん隠しておきたい部分がライトで照らされているかと思うと、恥ずかしさでどうにかなってしまいそうだった。顔を両手で覆った。じゃあ、最初にちょっと洗うねーと、さっきの医師の声がして、股《また》の間に水のようなものがかけられる。

おなかがよく見えるようにゼリーを塗るからね、と言った途端、正子のおなかの上に冷たいぬるぬるとしたゼリーのようなものが広げられた。その上から機械のようなものが当てられ、おなかの上で動かしていく。ひやっとした感触が広がる。

さっき、ちらりと見えたカーテンの向こうにあるモニターのようなものをチェックしているのか、医師はしばらく黙ったあと、うん、どこにも問題はないですね、子宮も卵巣《らんそう》もまったく問題ないですよ、と落ち着いた声で言った。ひそひそと母の声が聞こえた。何かを医師に話しているようだった。でも、その内容は聞こえなかった。

「それは必要ないですよお母さん」という医師の声だけが聞こえた。

母がまた何かを言ったようだった。自分が両足を開いた向こうに母が立っていることが耐えられなかった。カーテンが開いて、医師がこちら側にやってきた。小さな声で正子に聞いた。「男性経験はないよね」ありません、と答えた正子の目から涙がこぼれた。

「正子のことが心配なのよ」帰りのタクシーの中で、ずっと泣き続けている正子に、言い訳のように母は言った。そう言われると、ますます母には何も言えなくなった。

母の「心配している」という言葉は正子の言いたいことを封じる最強の呪文《じゅもん》だった。

家に帰ると、すぐに入浴するように言われた。浴室の鏡の中にパンダみたいに目のまわりを真っ黒にした自分が映っていた。体と顔を洗って、湯船につかると、お湯の温度が普段よりも一段と熱かった。そのお湯に無理矢理首までつかりながら、まるで煮沸消毒されているみたいだな、と思ったらまた涙が出てきた。

「叱《しか》られた？」

昨日、コンビニから母に強引に連れ去られた出来事を見られたことと、一晩中泣いて腫《は》らした目が恥ずかしくてずっとうつむいたまま、お弁当を食べている正子に向かって海老君が言った。海老君はいつものように、カレーパンを三口で食べ、紙パックのいちご牛乳をストローで吸い上げた。

「昨日の夜さ、篠田さんのマミーから電話あってさ。母さんが出たんだけど」その言葉を聞いた途端、プラスチックの箸《はし》を握っている自分の手が冷たくなるのを正子は感じた。お弁当箱の隅にあるプチトマトをしばらく見つめていたが、思いきって聞いた。

「……うちのお母さん、何かひどいこと言いましたか？」

「電話があった、って今朝、聞いただけだよ。くわしい話は知らない。でも、もし、何か言われても、うちの母さんは何にも感じないよ。血も涙もない人間だもの」と海老君は笑いながら言ったけれど、たぶん、それは嘘《うそ》なのだろうという気がした。母が海老君のお母さんに放った言葉の数々を想像すると、このままどこかに消えていなくなりたかった。あっという間にパンを食べ終えた海老君が、自分の机の方に歩いて行き、カバンの中から小さな紙袋を取り出して、正子の目の前に置いた。

「これ、忍から」

赤いハートのシールを剝《は》がして中を見ると、昨日、忍が正子にメイクをしてくれたときに使ったマスカラとアイライナー、ハートのカタチのカードと、ノートが入っていた。カードを開くと、今にも踊り出しそうな文字で、「メイクした正子超かわいかったよ。使いかけで悪いけど、よかったらこれ使ってね」と書かれていた。小さなノートの表紙には、ベタベタとシールが貼《は》られ「こうかんにっき」と書かれていた。

「あいつ、ばかでしょ。高校生で交換日記って。だけど、ほら、篠田さん携帯とか持ってないから。なんでも好きなこと書いて、って、忍が。俺がやぎさん郵便みたいに運ぶから」

ありがとう、と小さな声で言うのがやっとだった。

うつむいた正子が泣きそうになっているのに気づいたまわりのクラスメートが、「おい、海老が篠田さん泣かせてる！」と大声を出した。あー、泣かせたー、さいてー、と言いながら、数人の女子が海老君を取り囲み、柔道部の男子が海老君の首を腕でしめた。うわー、やめてやめて、まじで落ちちゃうからやめて、カレーパンも出ちゃうから、と泣きそうな声で言いながら、海老君は真っ赤な顔をして目尻《めじり》に涙をためて笑っていた。

無理矢理、病院に連れて行かれた日から、母の干渉はよりいっそう激しくなった。いつも海老君の家に寄っていた水曜日には、校門の前で怖い顔をして母がタクシーとともに待っていた。正子は何も言わずに、そのタクシーに乗り込んだ。窓の外に海老君の家のそばのコンビニが見えたとき、正子の胸がきゅっと苦しくなった。

「しばらくはマミーの言うことを聞いたほうがいいかもしれない。ほとぼりの冷めたころにまた来ればいいんだから」

海老君はそう言ったけれど、母のほとぼりが冷める日など、もう永遠に来ないような気がした。いつになったら、海老君の家に行けるのか、忍に会えるのか、そのことを考えると不安になった。

毎日、午後六時半に食事をして、三十分だけ母の選んだテレビ、ニュースや海外のドキュメンタリー番組を見て、午後八時に入浴をし、午後九時に寝た。母も自分の寝室に行ってしまうので、正子は寝たふりをして、布団《ふとん》に潜ったまま、忍から借りたiPodで音楽を聞いたり、懐中電灯で照らしながら「こうかんにっき」のノートを開いたりした。最初のページには、忍の読みにくい字でこう書かれていた。

「なんでも好きなこと書いていいからねー。思ったこととかなんでも自由にな！」

なんでも自由に、と言われて、正子の手が止まる。

母に「きろく」のノートを初めて渡された日のことを思い出した。なんでも自由に書いていいわよ、と言われながら書いた正子の気持ちを母は無視した。怖かった。自分の本当の気持ちを忍に伝えたら、忍に嫌われるんじゃないかと思った。それでも忍に聞いてほしくて、忍の文章の下にこう書いた。

「つらいです」

一ページにたった一行だけしか書けなかった。一文字、一文字書くのに、やたらに時間がかかった。それだけ書いたノートを海老君は忍に渡してくれた。

「なんでつらいの？」

次の日に返ってきたノートには忍から一言だけ返事が書いてあった。

「『きろく』を書くのがつらいです」また忍に返事を書いた。

「『きろく』、って何？」

「体温とか、起きた時間とか書くんです。小学一年から毎日書いています」

「なんだ、それ。やめちゃえやめちゃえー」

「やめたいけど、やめるのが怖いです。お母さんはやめさせてくれないと思います」

「どうでもいいけど、正子、もう敬語やめない？」

書く度に文章が少しずつ長くなっていった。普段の忍と同じように、書いてある言葉は乱暴だったけれど、その言葉に少しずつ勇気づけられるような気がした。「こうかんにっき」のなかの忍は正子の書いた言葉を無視したり、バカにしたことは一度もなかった。自分の気持ちを忍には読んでほしかった。けれど、どうしても書きたいことを書くまでに時間がかかった。鉛筆で下書きをして何度も消した。何回も消したので、ページがくしゃくしゃになった。でも、それを忍に読んでほしかった。

「私は、本当は、お母さんのことがあんまり好きじゃない」

そう書き終えて手が震えた。こんなことを書いてしまったら死んだあとに誰かにひどい罰を受けるような気がした。そのノートを海老君に渡して、忍の返事を待つ間もひどく不安になった。忍に嫌われるような気がしたから。

「あたしだってぜんぜん好きじゃないよ。男にだらしなさすぎ。うちのマミー！　正子のマミーは神経質すぎるんだよ！　病気だよ！　ウチのマミーは気にしなさすぎだけどね！」

いつもと同じ温度の忍の言葉を目にして、緊張したままの肩の力が抜けていくような気がした。ともだち、という存在が、こんなふうに自分の気持ちをそのまま受けとめてくれることを、「こうかんにっき」を通して正子はそのとき初めて知ったのだった。

「こうかんにっき」を海老君は、毎日カバンに入れて運んでくれた。週明けの月曜日、海老君にノートを渡された。

「あの、嘘かと思われるかもしれないけど。俺は読んでないから」そう言いながら、ノートがぴったり入るサイズの巾着袋《きんちゃくぶくろ》をカバンから出した。黄色のギンガムチェック、その巾着袋も忍が作ったものだった。

「読んでくれても、いいですよ」

　正子が言ったが、海老君は巾着袋の隅を指さした。巾着袋の隅には、いつの間にか白い布が縫いつけられていて、「しのだまさこ　えびはらしのぶ」と、忍の文字で名前が書かれていた。

「俺の名前ないもん。たぶん、読んだら、忍に殺される」

　正子の顔を見て笑った。なんだかその顔がいつもの海老君と違って疲れているような気がした。

「忍、実はさ……金曜日から入院しているんだ。急に体調が悪くなっちゃって。母さんがずっと付き添ってるんだけど。……お見舞いとかは、篠田さんのお母さんが心配するから絶対に来るなって忍が。またすぐ会えるから、って」

　自分の体や入院のことなど、忍は「こうかんにっき」に何も書いていなかった。自分の気持ちばかり一方的に書き続けたことを正子は恥じた。

「このノートを始めたときから、実はもう、あんまし良くなかったんだ」そう言って、海老君はその日、学校を早退して帰っていった。渡されたノートを開くと、「アイス食べたいな。水色のソーダアイス。正子がいつも食べてたやつ」とだけ書かれていた。

正子がそれにどんな返事を書こうかと迷っているうちに海老君が学校に来なくなった。ノートを入れた黄色いギンガムチェックの巾着袋は海老君に渡されないまま、いつまでも正子のカバンの中に入っていた。

9

その日のことを正子はあまりよく覚えていない。

告別式があったその日は、お天気雨の降る日で、晴れた空から気まぐれに雨粒が落ちてきたりした。

「なんでそんなところに行くの」という母の制止を振り切って、正子は町の外れにある斎場で行われた告別式に出席した。

棺《ひつぎ》の中の忍の顔には、太いアイラインもマスカラもなく、ただ、赤い口紅だけが塗られていた。幼い子どもが眠っているような顔でただじっとそこにいた。自分でも気がつかないまま、なぜだかふいに腕を伸ばしてしまい、手のひらが忍の頰に触れた。その冷たさで思い出した。姉の仏壇の金色の器に盛られたごはんに触れたこと。あのとき、自分が怖がっていたのは、こんなことだった、と正子は理解した。温かいものが冷めていくこと。固くなって動かなくなること。

海老君も、海老君にそっくりなお母さんも泣いてはいなかった。ごく身内だけのひっそりとした式だった。ずっと泣くのを我慢していたのか、お母さんは、正子の顔を見た途端、涙をこぼし、「来てくれてありがとう」とかすれた声で言って頭を下げた。

「これ、忍が篠田さんに、って」

葬儀場を出たところで海老君に呼び止められた。ギターケースとお弁当箱みたいなアンプを渡してくれた。

「僕と母さん、東京に戻ることになったんだ」

胸が錐《きり》で刺されたように痛んだ。忍も、海老君も私を置いていく。また、一人になってしまうんだ、と思った。

「だけど、電話して。な」

赤い目でそれだけ言って、海老君はまた忙《せわ》しなく葬儀場の中に戻っていった。正子はギターケースを肩にかついで葬儀場を後にした。思ったよりも、ずしりと肩にのしかかるギターの重さを感じながら、顔を上げると、消えそうな虹《にじ》が西のほうに見えた。

その虹を見ていて、もうひとつ思い出したことがあった。

五歳の冬の日、乾いたごはんに触れた日のことだ。

八階のベランダから見えた暗赤色の水玉模様。あれは、車に轢《ひ》かれた女の子の体から流れ出た血液だったんだ。あのときは、小さかったからわからなかった。今になって、自分の奥底に眠っていた記憶が結ばれて、くっつきあって、違う記憶になっていくことが恐ろしかった。人間の体はあんなふうに簡単に壊れるし、いつかは必ず、みんな死ぬ。自分と同じ年齢の忍も死ぬ。蠟《ろう》人形のような忍の頰を思い出すたび、自分も必ずいつかは死ぬ生きものなのだという事実をつきつけられたような気がした。そんな恐ろしいことがわかっているのに、どうしてみんな平気な顔をして生きていけるのか、まったくわからなくなった。

告別式から帰ると、母にすぐにお風呂《ふろ》に入るように言われた。反抗する気力もなかった。

お風呂から上がると、ダイニングテーブルの上に広げられた「きろく」を指さして母が言った。

「正子の生理はだいたい二十九日から三十一日の周期で来るのよ、今月はまだ来てないなんて。おかしくない？」

なんだって、こんな日に、母からそんなことを問いつめられなくちゃいけないのかがわからなかった。母に言われて、生理が始まった日と終わった日は仕方なく記入していた。けれど、何日周期で来るとか、そんなふうなことはまるで気にしていなかった。本当のことを言えば、「きろく」だって、高校に入ってからまじめにつけたことなどなかった。多少、熱っぽい日があっても母が心配するので、三十六度台の体温を適当に書いていたのだ。

「お母さんあのとき私が妊娠してると思ったんでしょう」

母に言い返したのは初めてだった。母は、正子の言っていることに答えず、目を逸《そ》らして、テーブルのすみにあるプラスチック製の円筒形の容器を手にとった。アルコールを含ませたティッシュを一枚取り出してテーブルを拭《ふ》き始めた。正子が目の前に座るたび、母はよくそうした。母がそうするたびに、まるで自分が汚い、と言われているような気がした。

「私がいやらしいことして変な病気にかかってるかもしれないと思ったんでしょう」

母はもう一枚、アルコールティッシュを取り出して、もう一回、テーブルの上をふいた。

「私、なんにも悪いことしていない。友だちの家に行って、マンガを読んだり、音楽を聞いたり、そんなこともしちゃいけないことなの」

「母親は遅くまでいないし、父親もいないのよ。なんで正子はあんな家に遊びに行くようになったの」母の言うことに耳を疑った。

「……どうして、海老君の家のこと知ってるの？」

「大事な正子のことでしょ。お母さん、ちゃんと知っておきたいの。何かあってからじゃ遅いもの」

「お母さん、私の何を知ってるの。海老君や忍のこと、なんにも知らないでしょう。忍は私の友だちだよ。大事な友だちだよ。忍が死んだんだよ。冷たくなっていたんだよ。どうして今日そんなことを言うの」

気が付かぬまま、正子は椅子《いす》から立ち上がっていた。

「正子のことが心配なの。お母さん、毎日、毎日、不安でたまらないの。どうしてあなたと同い年で死んだ子のお葬式にあなたが行かないといけないの。そんなところに行ったら正子まで」母が仏壇のほうに目をやった。

声を荒らげる二人を小さな仏壇からお姉ちゃんが見ていた。何も言わずに。笑顔を浮かべたまま。ずっと赤ちゃんのまま。

「お母さんは私のこと心配してくれるけど、それは私が死んでいくことなの。お母さんはどうして私を殺すの」

口からこぼれ落ちる言葉を止めることができなかった。

「お母さんは、死んでるお姉ちゃんが一番良い子だって思っているんでしょ。だって、お姉ちゃんは死んでるんだもの、悪いことなんかできないもん。だって、死んでるんだから」

声を荒らげてそう言う正子を母が怯《おび》えたような目で見つめる。母の手には、くしゃくしゃになったアルコールティッシュが握られていた。何も言わずにただじっと座ったままの母に向かって、さらに大きな声で言った。

「いいよ、私、お母さんの言うとおり、いい子になる」

正子の背中に向かって、母が言葉にならない声を発していたけれど、それを無視して自分の部屋に駆け込んだ。ドアを閉めて鍵《かぎ》をかけた。鍵をかけたのは、十六年生きてきて、初めてのことだった。もう、この部屋から外になど出たくはなかった。干渉されたくなかった。

部屋の隅には、忍が正子に残してくれたギターケースが立てかけられていた。正子はそのギターケースを抱えて泣いた。まるでそれが忍であるかのように。告別式では泣けなかったのに、その日初めて涙があふれてきた。初めてできた友だちなのに、なんで私をおいていったの。黒いギターケースに涙がこぼれた。おなかのあたりに何かがぶつかった。ギターケースのポケットが丸く膨らんでいる。チャックを開けると、何枚かのカラフルなピックと、黒いマニキュアが見えた。泣きながらマニキュアの蓋《ふた》を開けた。つんとする匂《にお》いが鼻をついた。マニキュアを塗るなんて生まれて初めてだった。上手に塗れなくて、はみ出して爪《つめ》のまわりや指まで黒くなった。手と足の爪を黒く染めたまま、正子は布団《ふとん》にも入らず、ギターケースのそばで倒れるように眠りについた。

「落ち着いたらまた学校に行くのよ」

母はそれだけ言って、正子が学校に行かなくなったことを強くとがめはしなかった。正子の言うとおり、母は自分の手の離れたところで、正子が自分の知らない誰かと会い、自分が想像をしないようなことをするのが何より恐怖だったのだから。正子はトイレに行く以外、部屋から出てこなかったから、母は三度の食事を作り、部屋の前に置いた。母の作ったものなど、もう食べる気はなかったけれど、それでも空腹に負けて、母の足音が部屋から遠ざかるのを確認して、茶碗《ちゃわん》や皿の載ったトレイを部屋の中に持ち込み、ドアに鍵をかけて一人で食べた。けれど、部屋に閉じこもる日が長くなるにつれ、食欲は少しずつ低下していった。

一日中、布団のなかで胎児のように丸まって、うつらうつらと眠っていると、海老君の家の夢を見た。毎週、水曜日、あの部屋で忍と海老君と過ごした時間を何度も夢で見た。足を投げ出してマンガを読む正子の髪の毛を、忍がゴムでくくろうとしている。忍は笑いながら何か言っているのに、その言葉は聞こえなかった。髪の毛を強くひっぱられたような気がして目を覚ますと、自分の部屋の白い無機質な天井が見えた。気が付くと目尻《めじり》から涙が一筋流れていた。海老君と忍に会いたかった。三人でソーダアイスを食べたかった。

部屋に閉じこもって二週間が過ぎて、なぜだかどうしても食べられなくなったのは、白いご飯と肉だった。ブロッコリーやピーマン、緑色の野菜も食べられなくなった。食べると虫のにおいがするような気がした。正子が残したものを見て、母はその食材を使わずに料理を作った。正子がご飯を食べられなくなればパンに変え、肉や緑色の野菜が食べられなくなれば、白身魚の入ったトマトスープや、甘いパン粥《がゆ》を作って、正子の部屋の前に置いた。嚙《か》む必要のない離乳食のような食事なら、ほんの少しだけならら食べられたが、日が経《た》つにつれ、のどが詰まるような気がして、ほとんど食べられなくなった。母が作った食事だと思うと、どうしても口に入れられなかった。困り果てた母は、もらいものの、市販のプラスチック容器に入った白桃入りのゼリーを正子の部屋の前に置いた。正子はそれを半分だけ食べた。

甘いデザートなら食べられるのかもしれないと考えた母は、手作りのゼリーやプリンを部屋の前に置いた。けれど、正子はそれを食べることができなかった。母は落胆しながらも、コンビニで売っているようなゼリーやプリンを部屋の前に置き続けた。正子の体に悪いからと今まで与えたことのないものばかりだった。父や母が寝静まった夜更《よふ》け、正子はそれを口にした。それだけが正子が食べられるものだった。

母は正子のために冷蔵庫をゼリーやプリンやアイスでいっぱいにした。

昼間は遮光カーテンを閉め切り、うす暗い部屋のなかで寝ていた。昼と夜が逆転していた。トイレに行くときは、真夜中、リビングの灯りが消えて、父と母の部屋のほうから音がしないのを確認してから、そっと部屋から抜け出した。ある日、氷の欠片《かけら》を口に入れたくて、冷凍庫を開けると、水色のソーダアイスが入っていた。忍が食べたいといっていたソーダアイスだ。霜のついたその水色の袋を見て、冷蔵庫の前に座り込み、声を殺して泣いた。その日からプリンやゼリーですら、口に入れると吐き気を覚えるようになった。正子はソーダアイスだけしか口にできなくなっていた。それに気づいた母は、冷凍庫のなかをたくさんのソーダアイスで埋め尽くした。

昼でも夜でも、起きているときは、布団の上で横になり、忍が残してくれたiPodに入っている曲を聞き続ける。英語の曲ばかりで、そこに入っているアーティストも曲もまったく知らなかった。けれど、どの曲も、いつか忍が弾かせてくれたときのような、ひずんだギターの音がした。曲を聴いているときは、なぜだか忍がそばにいるような気がした。

「お母さんをあんまり心配させるな」

父は部屋の前に来て、度々そう言った。心配、という言葉を聞いて血が逆流する思いがした。苦しくてめまいがした。胃はきりきりと痛んだ。心配、という言葉で自分は少しずつ殺されてきたのに。心配させないために部屋に閉じこもっているのに。そう大声で叫びたかった。

真夜中にソーダアイスを取りに行こうとしたとき、ダイニングテーブルの上の新聞が目に入った。黒い肌の子どもの写真が新聞の一面に載っていた。どこか遠くの、飢餓に襲われている国の、小さな子どもの写真だった。腕も脚も枯れ枝のように細くて、おなかだけがぽこんと丸く飛び出していた。うつろな目でこちらを見ている。この子と自分、どちらが不幸なんだろうと考え始めると頭がもやもやした。自分には雨をしのぐ屋根のついた家もある、冷蔵庫には食べ物があふれかえっている、蛇口をひねればお湯も出る。そんな生活のなかで、親に向かって幼い反抗を続ける自分が急に恥ずかしくなる。

明日から部屋に閉じこもるのをやめる。朝起きて、学校に行く。お母さんが作ってくれたものを食べる。ちゃんとしなくちゃ、と思ってはみるものの、そう思った途端にその気持ちは深い井戸の中に投げ込まれた小石のように暗く深いところに落ちていく。前にも後ろにも進めなかった。生後七カ月で死んだ姉や、正子が五歳のとき、マンションの前で車に轢かれて死んだ子や、十六歳で死んだ忍のことがいつも頭から離れなかった。

どうせいつかは死ぬのになんで生きてるんだろ。そう考え始めると、自分がどんどん透けていく。ふいに、机の上のペン立てにささったカッターが目にはいった。チチチチ、と刃を出し、左の手首に当てた。そんなことばかり考えている役立たずの自分を傷つけないと気がすまなかった。息を止めて、刃をすっ、と引いてみたけれど、血は出なかった。意外に痛みもなかった。もう一度、思いきって強く刃を引いた。赤い線が浮かんだ。舌で舐《な》めてみると鉄の味がした。赤い線が熱を持ったようにひりひりした。もう一度、刃を当てて、それを繰り返した。手首の内側に赤い細い線が何本もできた。

冷蔵庫の扉に貼《は》ってあるカレンダーはいつの間にか、六月になっていた。

部屋に閉じこもって一カ月以上が経っていた。その間、自分はただ生きていて、息をしていただけだ、と正子は思った。なんで生きているんだろ。なんの意味があるんだろ。そう考え始めて訳がわからなくなると、正子は腕の内側に刃を当てた。こんなことをして死ねるとも思わなかったし、死のうとも思わなかった。けれど、細い傷から染《し》み出してくる赤い血を見ると、自分の体の中には血が流れている、ということを実感できて、ほんの少しだけ気持ちが落ち着くのだった。

布団のすぐ近くには、忍が残してくれた二つの巾着袋《きんちゃくぶくろ》を置いていた。「こうかんにっき」は忍が死んだ日から開くことができなかった。もうひとつの袋に入っていたアイライナーで目のまわりにアイラインを入れて、マスカラを塗った。ギターケースからギターを出し、抱えてみた。姿見の前に立ってみた。忍に似た少女がそこにいた。

アンプにギターをつなぎ、ボリュームを最大にした。弦をはじいてみた。あの日、忍が弾かせてくれた音とはまったく違う音だ。忍がiPodに入れてくれた曲で鳴っているギターの音とはまったく別の音だ。どうやったら、あの音が出るのか、弦を指で押さえてみたけれど、どうやってもあの音が出なかった。ドアの向こうで父と母が何かを叫んでいる。

「やめなさい」「近所迷惑だろ」とくりかえす父の声の合間に、「正子がおかしくなってしまった」「明日、病院に連れて行かないといけない」という母の泣き叫ぶ声が聞こえた。今度は精神科に行くのかな、と思ったら、なんだか急に笑いがこみあげてきた。

しばらくの間、部屋の前で叫び続けていた父と母がいなくなったのを確認して、正子はそっとドアを開けた。父と母の部屋からは物音ひとつしない。ドアの前を足音を立てないように歩き、玄関にあったビーチサンダルを履いて家の外に出た。

忍が残した二つの巾着袋を手にして、明け方の国道脇《わき》を歩いた。部屋に閉じこもっている間に、季節はいつの間にか梅雨を迎えていた。昼間ほど車の量は多くなかったけれど、スピードを上げて走る大型トラックのまき散らす飛沫《しぶき》が顔を濡《ぬ》らした。パジャマ代わりに着たグレイのトレーナーに細かい雨がしみ込んでいく。自分の体がずいぶん軽くなったような気がした。家の外に出るのも、こんなに長い距離を歩くのも久しぶりで、一歩前に足を踏み出すたびに、膝《ひざ》や足のつけ根ががくがくと震え、頭の奥がずきずきと痛んだ。

まだ、海老君があのマンションにいるのなら最後に一度会っておきたかった。あのギターの音をどうやって出すのか聞いておきたかった。海老君のマンションに続く坂道を上がっていくと息が切れた。新聞配達のバイクが正子を追い越していく。運転している男の子が振り返って正子を見て、ぎょっとした顔をして、スピードを上げて走り去っていった。荒い息をしながら、マンションの階段を上がり、海老君と忍の部屋の前まで来た。チャイムを何度か鳴らしてみたけれど、反応はない。表札も抜き取られていた。そんなような気がしたけれど、自分で確かめておきたかった。

階段を下りていくと、踊り場から、向こうの半島がかすかに見えた。灰色の雨雲の切れ間から太陽がほんの少し顔を出し、正子の体をみかん色に染めた。忍も海老君ももういない。本当に一人なんだとわかった。階段を下りて、坂道を下り、正子は家とは反対方向に、国道沿いに歩いて行った。

「乗ってかない？」と、正子の横に止まった車の窓から男みたいな女の人が顔を出して言った。隣で運転している若い男の人が「ちょ、社長、何言ってるんですか」と大きな声を出した。

「私たちクジラ見に行くんだけど、いっしょに行かない？」

クジラってなんのことだろう、と思ったけれど、疲れきっていて、とにかく今すぐ横になりたかった。頷《うなず》くと、後ろのドアが開いたので、後部座席に乗り込んだ。車が走り出した。すぐに眠気が襲いかかってきた。目をつぶると、今にもぐっすり眠ってしまいそうだった。車の揺れに身をまかせていたら、いつの間にかシートに横になっていた。

「ちょ、社長、こんな女の子、拾ってどうする気ですか？」男の人の声がした。

「この子、死ぬ気だよ。この先に飛び降りの多い鉄橋があるんだよ。自殺の名所。明け方のこの時間によく人が飛び降りるんだって」

「……社長、こう言ったらなんですけど、社長も死にたいんすよね」

「自分よりも若い子どもみたいな子が目の前で死ぬのはやなんだよ！」

「はぁぁぁぁ？　なんすか、それ？」

夢うつつのなかで二人のやりとりを聞いていた。

そんな鉄橋あったんだ。知らなかった。なら、知らない人のこんな車に乗らずに、そこから飛び降りればよかったと、正子は思った。そのとき、ふわっと、何かやわらかいものが自分の体にかけられた。もう眠すぎて目が開けられなかったけれど、さっきの女の人が着ていた上着のような気がした。石鹸《せっけん》のにおいがした。あぁいいにおい、と思っているうちに、ずるずると眠りの底にひきずられていった。

Ⅳ．迷いクジラのいる夕景

1

こんな、いかにも事情ありの子、拾ってどうするんだろ。

そう思いながら、由人は車のミラーで後部座席をちらちらと見た。オーバーサイズ気味のグレイのトレーナー。そのトレーナーに両ひざをつっこみ、胎児みたいに丸まって眠っている。伸びた衿《えり》からのぞく細すぎる首と、浮き上がる鎖骨から推測するに、どう考えても体はがりがりに痩《や》せてるはず。肩のあたりまで伸びた髪はホームレスみたいにところどころ固まって、ビーチサンダルを履いた足は泥だらけ。足と手の爪《つめ》に塗られた真っ黒なマニキュアがなんだか普通じゃないし。泣いたせいなのか、目のまわりも、アイラインやマスカラが黒くにじんでいる。何より気になるのは、車の振動で座席の下に投げ出された左腕。まくり上げられた袖《そで》から伸びる細くて白い左腕だ。

その内側にある何本もの赤い傷。リスカかよ。あーあ。あれってまさに。まさに、しいたてじゃないか。

「クジラを見に行ってから死ねばいいじゃないですか」と思わず野乃花に言ってしまったものの、まずは何から始めたらいいんだろ、と由人は混乱した。体はプールから上がった直後みたいにだるくて重いし、頭はまだひどくぼんやりしている。

野乃花はがらんとした事務所で椅子《いす》に座り、天井のどこかを見ながら、机の上に足を載せて、立て続けに煙草《たばこ》を吸っている。いつもと同じ横柄《おうへい》な態度で由人にとってはなんの違和感もないが、機関銃を撃つように、社員の欠点や仕事のミスをあげつらったその口は、さっきからかたく閉じられたままだ。それが由人をひどく落ち着かない気持ちにさせた。

今、野乃花から離れてしまったら何をしでかすかわからない。一人にするのは不安だった。とにかく東京から離れなくちゃ。ニュースで聞いた地名を携帯にメモして、まずは旅の支度だろ、と無理やり自分を奮い立たせる。練炭が入った紙袋は、野乃花が会社のトイレに入ったすきに、キッチンの吊《つ》り戸棚の中に隠した。

会社近くにある野乃花のマンションに一緒に向かった。

小さな会社とはいえ、一応、社長なのだから、それなりに立派なマンションに住んでいるはず、と考えていた由人の想像を裏切るように、野乃花の住居は、オートロックではない、築年数の相当経《た》った古ぼけた五階建てのマンションだった。中は八畳くらいのフローリングの部屋に簡単なキッチンのついた1LDK。部屋の中にはベッドやテーブルなど、生活するための最低限必要な家具しかなく、きれいに片づいてはいたが、生活感がまるでなかった。死ぬために整理をしたのかもしれないと思うと急に怖くなる。その気持ちを振り払うように「なっ、何日の旅行になるかわからないんだから、服とか多めに入れたほうがいいすよ」と空元気を装《よそお》って言った。

旅の準備とはいっても、野乃花はカバンに簡単な着替えや歯ブラシ、煙草のカートンボックスを投げ込むくらいで、ものの五分で終わってしまった。カバンを抱えた野乃花をタクシーに乗せ、自分のアパートに連れて来た。もちろん野乃花も由人のアパートに来たことなどない。野乃花は玄関で靴を履いたままぼんやりと立ちつくしている。

「時間かかりそうなんで、上がって待ってもらえます？」

由人がそう言うと、野乃花はのろのろと靴を脱ぎ、部屋に入ってきて、唯一《ゆいいつ》、床が見えている窓際《まどぎわ》にぺたんと座った。窓際以外の場所には、昨日の夜、使ったままのマグカップや、捨てようと思ってクローゼットから引っ張り出したミカのＴシャツや下着、布製の中国靴からちぎれて落ちた色とりどりのビーズが散乱していたけれど、野乃花はまるでそれが自分の目には映っていないかのように無視した。

由人の旅の準備は、やたらに時間がかかった。

ここよりも南に行くんだから、と思いながら、Ｔシャツやカーディガンを入れたり出したり、海に行くんだから水着も必要なんじゃゃ、と思い始めると、何をトランクに入れたらいいのかわからなくなる。いつものように、のろのろしてると社長に怒鳴られる、と心臓がどきどきしたが、野乃花はただ黙ったまま由人の準備を待っていた。しばらくすると、野乃花は窓を開け、

「釣り堀」

と一言だけ言って煙草をゆっくり吸った。ざばざばざばと、ポンプが池の水を循環させる音が今日も聞こえた。野乃花を気にしながら旅の支度をする由人にとって、その音はもはや心を癒《い》やす音でも苛立《いらだ》たせる音でもなく、ただの水が動く音でしかなかった。

「……ええと、新幹線のチケットを取ったほうがいいですよね」

煙草を吸っている野乃花におずおずと聞くと「飛行機。そのあとは車。ナビがつい

てれば絶対に迷わない」とそれだけ言って、また、新しい煙草に火をつけた。

午後になってようやく空港に到着したものの、満席続きで、なんとか飛行機に乗り込むことができたのは午後七時の最終便だった。二時間のフライトを経て、クジラが迷い込んだ半島のある空港に着いたのは午後の九時。空港内のレストランも売店も閉店の片づけを始めていた。レンタカーショップを探そうとした由人に向かって、野乃花が言った。

「明日の朝に出発したほうがいい。あんた、昨日からほとんど寝てないじゃん」

野乃花の言うとおり、空港で空席を待つときも、飛行機のなかでも、野乃花を一人にしてはいけない、と思うと、妙に緊張して眠ることはできなかった。トイレに立ったあとは、野乃花が戻るまで、トイレの出入り口を凝視していたし、喫煙所に行ったときは、必ず、目の端で野乃花の存在を確認していた。この空港に到着したときには、気持ちが張りつめ過ぎていて気分が悪くなるほどだった。

野乃花の提案で空港近くのホテルに部屋をとることになった。

ツインの部屋しか空いていなかったけれど、それに対して野乃花は不満を言うこともなく、部屋に入るやいなや、ベッドにあお向けに倒れ込んだ。由人が洗面所から戻ってくると、あお向けの姿勢のまま寝息もたてずに眠り込んでいる。由人は野乃花の小さな眼鏡をそっと取り、ベッドの横にあるチェストの上に置いた。スニーカーを脱がせ、自分のほうのベッドから毛布をむしり取って野乃花にかけた。眉間《みけん》に深い皺《しわ》が刻まれているので、寝ている間も苦しそうだった。自分の母親ほど、年齢が違う野乃花の顔を見ながら、今朝、野乃花が言ったことを思い出していた。

「あたしがどんだけ苦労したと思ってんの」

せっぱ詰まった震えた声だった。野乃花がそんなふうに言うのを初めて見た。会社が、社長が大変そうなのは、自分も先輩の溝口もわかったつもりでいたけれど、たぶん、そんな想像じゃぜんぜん足りなかったんだろう。ミカに会った最後の夜、ミカもそんなふうに怒鳴った。怒鳴られて初めて相手が自分に腹を立てているということがわかるのだけれど、その途中がまったくわからない。そのたびに剝《む》き出しになる自分の鈍感さと無神経さがつくづく嫌になる。とはいえ、こんなふうに、自分の言動について反省し、その原因をつきつめていくと、またどうしようもなく暗いループに落ち込んでいくので、由人はそれについて深く考えないように努め、自分もベッドに横になって無理矢理目を閉じた。

空港からクジラが座礁《ざしょう》した海岸までは、五十キロほどの距離がある。ホテルを出て向かったレンタカーショップで、そこまでの道順を確認しようとする

と、

「クジラを見に来られたですかぁ。村は大騒ぎになっちょるみたいですねぇ」

レンタカーショップの名前の入った赤いポロシャツを着た女性が、人なつっこい笑顔を向けてそう言った。女性が話す言葉が由人の耳をくすぐる。財布を出そうとした由人を手で制して、野乃花は一週間分のレンタカー代金を払った。由人が安い軽自動車を選ぼうとしたときも、黙って首を振り、スカイブルーのミニバンを選んだ。死のうと思ってる人間がエコカーを選ぶのか、とちらりと思ったけれど、黙っていた。レンタカー代金だけでなく、飛行機のチケットも、ホテルの宿泊代も、その他、もろもろの支払いをしたのは野乃花だ。その代わり、自分が口をはさむべきじゃない。

「最後の貯金、崩してきたんだ。クジラのいるところまで、あんたが運転してよ」由人にそれだけ言って、車の助手席に座った途端、目を閉じた。

専門学校時代の夏休み、父親に強くすすめられて運転免許をとったものの、実家では田んぼのまわりの田舎道でしか運転しなかったし、東京に来てからもほとんど運転などしたことはなかった。野乃花を無理矢理連れ出して、ここで事故って車が大破炎上、二人で死んでしまったら笑えないよな、と思うと、なかなかスピードも出せない。法定速度ギリギリで運転する由人の車の後ろから、しびれをきらしたように、何台もの車が追い越していった。

空港からの道の両脇《わき》に植えられた椰子《やし》の木を見ただけで、由人はずいぶん遠いところに来てしまったような気になった。太陽の光も東京の弱々しさとはずいぶん違う。午前中の太陽の光ですら影を濃く映し出す。その光に目を細めてのろのろと運転しながら、さっきのレンタカーショップでの野乃花と店員のやりとりを思い出していた。店員と話すたび、野乃花の言葉のアクセントが少しずつ変化していることに由人は気づいていた。

「お客さんはこっちの生まれじゃってでしょ？」そう言った店員の言葉に、野乃花は黙って首を振った。

社長はどこの出身だったっけ、と思いながら、そんなことを聞いたこともなかったことに由人は気づく。社長がどんな人なのか、どんな生まれなのか、自分は何も知らない。考えてみれば自分はミカのことでも知らないことが多かった。あれだけ長い時間いっしょにいたくせに。ミカに聞かれれば自分のことは話した。けれど、話しかけるのはいつもミカで、自分からミカに何かを話しかけたことはなかった。なんというか、ミカのまわりにはいつでも薄い膜みたいなものがあって、それは剝《は》がしちゃいけないような気がいつもしていたのだ。どんなに気になることがあっても気にならないふりをしていた。それが原因なのか。

一日のほとんどを占めていた、死にものぐるいで働く時間がごっそりなくなった分、思考のすべてがミカに結びついていく。そう言えば、ミカとドライブに行ったこともなかった。何を聞いても、何を見ても、自分の思考のすべてがミカとの恋愛がだめになったことへの反省になってしまう。それが情けなかった。

「スピード落として。あの子のそばで止めて」

いつの間にか目を覚ました野乃花がそう言ったのは、車を走らせて二時間くらいがたったときのことだった。

「クジラ見に行かない？」と、古くさいナンパの手口みたいなことを言う社長も社長だが、車に乗り込むこの子もこの子だ、と由人は思った。赤信号で車が止まるたび、助手席と後部座席で深く眠り込んでいる二人を見る。長い戦いを終えて疲れきって眠っているように見える。それがどんな戦いだったのかはわからないけれど、この二人の女は確かに一度、死のうとしたんだ。

じゃあおまえはどうなんだ、と由人は自分に問い質《ただ》してみる。確かに一昨日《おととい》の夜は死んじゃおっかなー、と思った。でも今は、死んでもいいような気もするし、死ななくてもいいような気もした。

情けねぇな、と小声でつぶやいたつもりが思わず大きな声が出ていて、助手席にいる野乃花が目を覚ました。うーんと腕を伸ばして伸びをしたあとに、後ろを振り返ってから言った。

「その先にでかいショッピングセンターがあるからそこ寄って。この子、着替えもないだろうから」

空港からの山道を下りて二時間あまり、民家すらない畑の中の道を過ぎて、鉄橋近くで女の子を拾い、長いトンネルを抜けると、マンションやファストフードの店、コンビニエンスストアが道沿いに見えてくるようになった。まわりの風景は明らかに少しずつ変化して、繁華街に近づいているようだった。

「……社長、なんでこのあたりくわしいんすか？　さっきの自殺が多い鉄橋の話とか……」

「仕事で何度も来たことあるんだよ。あんたが会社に入る前」そう言いながら窓を開け、煙草に火をつけた。

「社長はこのあたりの出身なんですか？」と聞いてみたけれど、開けた窓の外に顔を出すようにして煙草を吸っている野乃花には聞こえなかったみたいだ。

野乃花が言ったショッピングセンターは、地方都市によくあるファストフードや衣料量販店の入った巨大な建物だった。屋上にあるだだっ広い駐車場に車を止めた。平日のせいなのか車は数えるほどしかいない。目をこすりながら体を起こしたリスカ少女に、

「あんたの着替え、下で買うから。いっしょに来な」と、野乃花がぶっきらぼうに言った。

ぼんやりした顔の少女は何も言わずに頷《うなず》き、野乃花に言われるまま素直に車から出て、野乃花の後をついていった。振り返りもせず、すたすたと歩いていく野乃花のあとを小走りでついていく。その二人の後ろ姿を車の中から見ながら由人は思った。まったくの他人なのに背格好も痩《や》せ方もなんだか似ている。親子だと言われれば、十人中七人は疑わないだろう、と。

2

ほどよい温度のシャワーを頭からかけると、シャンプーの泡が排水口に向かって流れていった。部屋に閉じこもってから、母がいなくなった隙《すき》に簡単にシャワーを浴びるだけだったから、こんなふうに時間をかけて髪を洗うのは久しぶりだった。耳の後

ろを丁寧にすすぎながら、正子はクジラのことを考えていた。

「クジラ見に行かない？」

あの道で、お坊さんみたいに髪が短くて、眼鏡をかけ、派手なアロハシャツを着た、まるで男みたいなおばさんにそう言われた。人間と同じ哺乳類《ほにゅうるい》で潮を吹く。正子がクジラに対して持っている知識はそれくらいだったが、自分よりもはるかに大きな生きものと、そんな生きものが泳ぐ海を見てみたかった。あの家の、カーテンを閉め切った自分の部屋には戻りたくなかった。広い場所で息がしたかった。あのおばさんが連れて行ってくれるなら、とりあえず海まで行ってみよう。正子はそう思った。

「ここで待ってるから一人で入ってきな。気分が悪くなったら大声で呼ぶこと。あと、頭をよく洗って」おばさんはそう言って、正子のためにわざわざ別料金のかかる家族風呂《ぶろ》を借りてくれた。

大人なら五人は入れそうな丸い浴槽に体をしずめながら、ほんのりと温かいお湯につかるのは何て気持ちがいいんだろう、と正子は思った。

湯気で曇った窓からは午後の日差しがさしこみ、お湯の表面をきらきらと照らしている。こんなふうにお湯につかるのは何日ぶりだろう。母の沸かすお風呂は熱すぎて、ゆっくりとつかったことはなかった。お湯を手のひらですくって顔を濡《ぬ》らしてみる。

温まった腕の内側がひりひりする。左腕の内側をじっと見る。たくさんの細い赤い線が見えた。明るい日差しに照らされた傷は、自分の内臓が陽にさらされたように生々しい。

自分でつけた傷なのに、いつのまにこんなにたくさん、と正子は自分のやったことに改めて驚いた。そして、また、忍のことを思った。死んでしまった忍は、こんなふうにお湯につかって温かいと感じたり、傷がひりひりすることもない。そう思ったら、また涙が湧《わ》いた。顔を手のひらで覆《おお》ってしばらくの間、泣いた。

「んー、サイズはこのあたり、かな」

さっき寄ったショッピングセンターのどこの売り場でもおばさんはそれだけ言って、正子が選ぶのをじっと待ってくれた。どんなに時間がかかろうが文句を言われなかったし、正子が選んだものを否定することもなかった。そんなふうに買い物をしたのは生まれて初めてだった。

「……あの、私、お金ぜんぜん持ってないんです」そう言うと、

「誰があんたに払わせるって言ったよ」と怒ったように言った。

「あんた、風呂に入ったほうがいいよ。この先に温泉付きの国民宿舎があるから」

ショッピングセンターで買った下着やTシャツやデニム、キャップやスニーカーな

どの入った袋を一人で持ちながら、ぶっきらぼうにそう言って、おばさんは早足で正子の前を歩いて行った。正子もその後を小走りで追う。あぁ、たぶん、自分は臭いんだろうな、と思って、トレーナーの袖《そで》に鼻を近づけてみたけれど、自分では自分のにおいがよくわからなかった。口は悪いし、言い方も乱暴だけど、このおばさんは悪い人じゃないような気がする、と正子は思った。年齢は自分の母親くらいだろうか。けれど、たぶん、結婚はしてなくて、子どももいなくて、仕事を一生懸命やってきた人なのだろう、という気がした。

風呂から上がって、ふらふらになりながらも、買ってもらったTシャツにデニム、パーカーに着替えて出て行くと、ロビーにいたおばさんと車を運転していた若い男の人が正子を見て顔を上げた。

「あんた、そんなに顔きれいなのに、なんであんなメイクしてたの」

おばさんが怒ったような声で言った。

お昼はとうに過ぎていたが、ロビーの奥にある畳敷きの食堂で昼食をとった。なんでも食べたいものを選びな、とおばさんに言われて、散々迷ったあげく、もしかしたら食べられるかもしれないと思った素うどんを頼んだ。けれど、湯気のたつどんぶりを前にしても、一向に食欲は湧いてこない。それどころか、かつお風味のつゆが吐き気を誘発する。目の前にいるおばさんと男の人は、四角いお盆の上に刺身の皿や小鉢がたくさん載った定食のようなものを食べていた。それが目にはいるだけでも、口の中に酸《す》っぱいものがたまる。つゆの中に浮かんでいる麺《めん》を一本、箸《はし》でつまみ、口に入れたものの、猛烈な吐き気がわき上がってきた。胃が収縮したようになって目に涙が浮かぶ。そんな正子をテーブルの向こうから、二人が驚いた顔で見ている。なんだってこの人たちはこんなに普通な感じで食事をしているんだろう。

「あの、みなさん死ぬんですよね？」

正子の言葉を聞いて、男の人は口に含んだものを噴き出しそうになっていた。

「は？　なんのこと？」野乃花が聞いた。

「だって車の中で……」そう言いながら、正子は二人の会話を頭のなかで再生していた。社長も死にたいんすよね。自分よりも若い子どもみたいな子が目の前で死ぬのはやなんだよ。確かに二人はそう言った。

「夢でも見たんじゃないの？　あたしたち、そんな話一言もしてないし」

「でも……」

「あたしはデザイン会社の社長で、中島野乃花っつーの。こいつは社員。バカデザイナー。デザイナーって呼べるほどの仕事はなんにもしてないけどね」

ひどいことを言われているのに、男の人は気にもせず、湯のみを両手で抱えるように持ち、お茶をすすっている。

「東京から来て、向こうの半島の小さな湾に迷い込んだクジラを見に行くだけだよ。仕事に関係があるんだ。あんた、あの鉄橋で死のうとしてたでしょ？　目の前で飛び降りなんか見せられるのたまんないから、思わずあんたを拾っちゃったけど、こっちに迷惑かけるんなら、このまま帰ってくれる？　あんたがクジラを見に行く、というなら連れていく。でも、たかだか二日程度のことだよ。それで、あんたのバカンスは終わり。くれぐれも、あたしたちといるときはバカなこと考えないで。それが嫌ならこのままあんたを警察に連れていく。だって、あんた未成年だろ？　迷惑かけられるのこっちだって困るんだよ」

たたみかけるようにそう言う野乃花と、そう言われて表情を硬くする正子の顔を男の人が交互に見ている。正子の顔が今にも泣き出しそうな子どもの顔みたいに、少しずつ少しずつ歪《ゆが》んでいく。

自分も会社に入った当時、あんなふうにきつい口調で言われて、毎日泣きたい気分になっていたことを由人は思い出していた。毎日が憂鬱《ゆううつ》で憂鬱でたまらなかった。子ども相手にあんなふうに言わなくてもいいのに。あれ、だけど社長、なんか元気になってないか。昨日なんか口数も少なくて目も離せない感じだったのに。それにしても、朝起きたときから鈍く重い感じがしていた頭の奥がなんだかひどく痛い。呼吸がしづらい。なんだこの体のだるさは。あれ、あれ、と由人が思うまもなく、自分の右手から箸が落ちた。カランと乾いた音を立てて、箸が小鉢の上に転がる。畳の上に腕をついて体が後ろに倒れた。ストロボみたいに光が点滅して目の前が少しずつ暗くなる。

「ちょっと、ちょっと由人。どうした」

隣に座っていた野乃花が声を上げた。目の前のリスカ少女も腰を上げ、心配そうな顔で由人の顔を見た。

「……あんた、まさか、また、薬、のんだの？」

畳の上にあお向けに寝た由人は、ゆっくり顔を横に振った。

「……もしかして……のんでないだろ？　薬どこ？」

あぁ、そうだった。社長のことに気をとられてすっかり忘れていた。自分のバッグを指さすと、野乃花がバッグの中を乱暴にかきまわして、白とオレンジの錠剤が入ったジップロックを由人の目の前につきだした。

「何錠ずつ？」そう言う野乃花に指を一本差し出すのがやっとだった。

野乃花が由人の頭を持ち上げ、口を開けて舌の上に薬をのせて、水の入ったグラスを唇にあてた。ごぶごぶと必死で水を飲み込むと、畳の上にあお向けに体が倒れた。あれ、自分、自殺しようとした社長をなんとかしたいと思ってここまで来たのに、こんなんじゃ意味ないじゃん、だめじゃん。そう思いながらも体に力が入らずに次第に意識が薄れていく。

昨日とは違う天井が由人の目に映った。

ぼんやりとした目の前の世界にゆっくりピントが合ってくる。リスカ少女が由人の顔をのぞきこみ、何か小さな声で言って社長を呼んだ。何を言ったかは聞き取れなかった。

「あんたさー、途中で薬、無理矢理やめるとそういう目にあうんだよ。宿舎の人が二人がかりで部屋まで運んで大変だったんだから」

怒鳴るようにそう言う野乃花に返事をしたかったが、なんでか喉《のど》の奥がひっついたようになってうまく声が出ない。

「薬、のみ始めたらさ、急にやめたらだめなんだよ。少しずつ減らしていくしかないの」

そうなんですか。知りませんでした。だけど、なんで社長そんなこと知ってるんですか。由人は心の中で返事をした。
「もう今日はここに泊まるよ。そんなんで運転どころじゃないだろ。あたしとこの子、外でごはん食べてくるから、あんたここで寝てなよ」はい。わかりました。二人が出て行ったあとに由人は頭だけを左に向けて、窓の外を見た。窓が開いたままで吊《つる》されたカーテンがふわりと揺れている。もう夕方なのか、群青色《ぐんじょういろ》に染まった空にずいぶんと明るく輝く星がひとつ見えた。あぁ、そっか。社長ものんでたからわかるんだよな、薬。

だけど、これじゃ俺、まるでヤクチュウみたいじゃないか。こんなふうになること、宮崎駿《はやお》は一言も言ってくれなかったんだけど。体に力が入らない。正直ぼろぼろなのに、なんだってこんなに遠くまで来たんだ。なまあたたかい風が吹いてきて、窓の外からかすかに潮のにおいがしたような気がした。もう海が近いのか、と由人は思った。海のない場所で育ったから、潮のにおいを嗅《か》ぐだけで気持ちがほんの少し浮き上がる。あ、それも薬のせいか。そう思うと、自分の体がもうすっかりソラナックスとルボックスという二つの錠剤に乗っ取られている気がした。

港から聞こえるフェリーの鐘の音を最後まで聞かないうちに由人はまたゆるゆると薬の力で眠りに引っ張られていく。そっか、と眠りの淵《ふち》で由人は思う。ちょっとだけわかった。クジラ、見せたいんだよな、あの二人に。得体の知れないでかい生き物、見せたいんだ。死にたがってるあの二人に。そう思った瞬間、開会式の紅白テープがハサミで切られるように意識がまた、ぷつりと途切れた。

3

歩いているだけで背中を汗がつたう。日が暮れたあとも、昼間の太陽の熱がこもったような空気が肌にまとわりつく。戻ってきたんだ、と野乃花は思う。

この町の繁華街に足を踏み入れて最初に目についたのは英則のポスターだ。選挙シーズンが近いせいか、町の至るところで英則が不自然に白い歯を見せて笑っている。三十年も経《た》てばそれなりに老いを感じさせる顔になっているだろうと思っていたけれど、英則の顔は妙に若々しい。仕事がら何人もの老齢モデルにも会ってきたけれど、英則の若さは定期的な美容皮膚科でのレーザー治療と、フォトショップの効果だけじゃないような気がした。表面的には人の良さを感じさせる、けれど隙《すき》のない老獪《ろうかい》な笑顔が、英則の父にも似てきているような気がする。

すけこまし。

野乃花は心の中でつぶやいて中指を立てる。けれど、ポスターを見かけるたび、英則に監視されているような気がして居心地が悪かった。

繁華街を笑いながら歩く三十代くらいの女性を見れば、どの人も晴菜のような気がしてくる。けれど、と野乃花は思う。三十年前には絶対にこの町になかったようなブティックのショーウインドウに映った自分の姿を見て思う。三十年前の自分と、今の自分とはまったく違う。男みたいに短い髪。小さな眼鏡。派手なアロハシャツにデニム。今の自分を見たとしても英則も晴菜も、元の妻や母親だと思うわけがない。東京で長く暮らして男か女かもわからない年齢不詳の人間になったのだから。顔を隠すようにキャップを目深《まぶか》にかぶった少女が、立ち止まった自分の横で、不思議そうな顔でショーウインドウに映る自分を見ている。あの夏。この子くらいだった。この町で初めて恋をした。好きだった人の子どもを産んだ。そして、その子どもを置き去りにした。

「あの、あの、社長さんは、ここに住んでいたんですか?」

再び歩き出した野乃花の横に並んで、おずおずと少女が聞いた。

「なんで?」

「……迷ってる感じが、ぜんぜんしないから」そう言って野乃花に遅れないように小走りでついてくる。少女に合わせて歩くスピードをほんの少し緩めながらも、野乃花は何も答えない。

繁華街の大通りから少し外れた裏道にあるレストランに野乃花は向かっていた。練乳をかけたふんわりしたかき氷にフルーツや寒天や煮豆が載ったこの町の名物を出す店だった。一本のうどんですら食べ切れなかったこの子でも、あれなら食べられるんじゃないかと思ったのだ。野乃花の予想どおり、かき氷を前にした少女の目が輝いた。

枝豆や唐揚げや刺身や、適当なつまみを頼み、ジョッキのビールを飲み干しながら、立て続けに煙草《たばこ》を吸う野乃花を、少女が驚いたような顔をして見た。そんな大人を初めて見たんだろう、と野乃花は思った。

「あの……、どこか、お悪いんですか？」

「私？」と野乃花が答えると少女は首を振った。「さっき具合悪そうだったあの……」

「あ、由人ね」スプーンを口にしたまま少女が頷《うなず》く。

「……あいつ、病気というか、まぁ、ちょっと調子が悪くて薬をのんでんだよ。それをのみ忘れて」そう言いながら、目の前にいるこの少女も、いつかそんな薬が必要になる日がくるんじゃないか、という気が強くした。

「まさこさ」突然名前を呼ばれた正子が驚いた顔で野乃花を見つめる。

「……名前、なんでわかったんですか」

「あんたがずーっと離さないその袋に名前がでっかく書いてあるじゃん」

野乃花は煙草を持った指で、正子の横に置かれた水色のギンガムチェックの巾着《きんちゃく》袋《ぶくろ》を指さした。

「あんた、このあたりの生まれじゃないだろ？　なまりがまったくないもの」

柄の長いスプーンを手にしたまま正子がうつむく。

「東京からここまで来たの？」

「東京で生まれて、父の転勤で、ここに……」

正子が自分の住んでいる町の名前を告げた。野乃花が、あぁ、日本一星がきれいに見える場所とか嘘《うそ》ついて税金でバカ高いプラネタリウムを作ったあの町だ、と早口で言うと、正子がぽかんとした顔で見つめる。

「ふーーーーん。で、あんたはなんで死のうと思ったの？」

正子が柄の長いスプーンをゆっくりとテーブルに置いた。しばらくの間、黙りこくっていた。隣の席に座っていた顔のつやつやした中年男性が「チキン南蛮まだね！」と店員に向かって大きな声で叫んだ。

「……ま、いいか。あんたが生きようが死のうが、他人のあたしがどうこう言うことって、氷の中に埋まっていた茶色い煮豆をすくった。

「だけど、あたしたちといる間はさ、少しは食べるようにしてくんないかな。こっちの飯もまずくなるからさ。ほら、あーーーん」

半分ふざけた気持ちでスプーンを正子の口に近づけると反射的に口を開けた。小鳥みたいだ。まだ子どもなんだ、と野乃花は思った。

しかめっ面《つら》をしながら、正子が口の中にある小さな煮豆をゆっくり咀嚼《そしやく》している。その姿を見ながら、野乃花はまた思い出す。晴菜が離乳食を食べないことにひどく腹を立てた若い自分のことを。子どもが子どもを産んで、子どもが子どもを育てた。うまくいくわけがない。正子の口のわきに練乳がついている。テーブルの上にあったおしぼりで、腕を伸ばして力まかせに拭《ふ》くと、正子が痛そうに顔をしかめた。

「少しずつでも食べるんだよ。クジラ見たいならさ」そう言いながら、野乃花はテーブルの上にある唐揚げを、煙草を挟んだ指でつまんで口に放り込んだ。

風呂《ふろ》に入った野乃花が部屋に戻ると三組敷かれた布団《ふとん》の端と端に、由人と正子が眠っていた。由人は掛け布団をくしゃくしゃに丸めて、それを抱きしめるように寝ている。正子の耳に刺さったままのイヤフォンからはカシャカシャと大きな音楽が聞こえた。野乃花は正子の布団に近づいて、イヤフォンをそっと外し、暗闇《くらやみ》の中で光っているiPodの電源を落とした。

開けたままの窓に立つと、遠くのほうに港が見える。

満月に少し足りないくらいのマドレーヌ色の月が夜の海を照らしていた。向こうに見えるはずの半島は闇にまぎれて確認することができない。港を囲むように夜を照らす繁華街の灯りは、最後に自分が見たときよりも、驚くほど増殖していた。振り返って深く眠っている二人を見る。この二人は許してくれるだろうか、と野乃花は思う。明日、どうしても行きたい場所がある。一人では行く勇気がなかった。この二人といっしょなら行けそうな気がしたのだ。

肌を刺す太陽の光は真夏のように強い。ここはもう梅雨が明けたのかもしれない、と由人は思う。確かにひどく暑いけれど、東京のように呼吸もスムーズにできないような嫌な暑さではない。自分の生まれた盆地の夏とも違う。

知らなかったけど日本って広いんだなー、と、フェリーのデッキに立ち、海風にシャツをふくらませながら由人は思った。野乃花は船内にあるプラスチックの椅子《いす》に座って腕を組み、じっと目を閉じている。正子は由人から少し離れた場所に立ち、フェリーについてくる海鳥をじっと眺めている。デッキに出ていった正子を見て、まさか飛び込むつもりじゃないよな、とあとをつけて来た。半袖《はんそで》シャツ一枚でも暑すぎるくらいの気温なのに、薄手のパーカーをずっと羽織っている。もしかしたら、傷を隠しているのかな、と由人は思った。

朝食のときに年齢を聞いたら、十六歳と言っていたけれど、どう見たって中学生だ。昨日みたいに目のまわりに化粧をしていないせいで余計に幼く見える。十五歳で母親になってしまった自分の妹とはえらい違いだ。名前を聞くと「正子、正しい子と書いて正子です」と小さな声で恥ずかしそうに言った。えらく昭和な、かたい名前だな、と思ったけれど、由人は口にしなかった。

ほんの少しだけ箸《はし》の上に載せた白飯を慌《あわ》てて口に入れ、みそ汁でのみこむように食べていた。野乃花が「もう一口」と言うと、また泣きそうな顔をして白飯を口に入れている。それを見て由人がくすっと笑うと、野乃花が「薬のみ忘れんな」と、由人に向かってどすの利《き》いた声で言った。

フェリーを降りて両脇《わき》に防風林が続く道を走る。

海から山のほうへ、風が強く吹く方向に木が曲がって生えている。海ひとつ隔てただけで、さっきまでいた半島とはあまりに違う風景が続く。コンクリートの高い建物はほとんどない。というか、そもそも家がない。規則的に道のわきにあらわれるのは、このあたりの銘菓の広告と交通標語の看板で、思いがけないタイミングで石の塀を構えた平屋の古ぼけた家があらわれ、道にできた塀の影が黒々と濃く目に映る。

「よって欲しいところがあるんだけど。すぐにすむから」

野乃花がそう言ったのは、フェリーがこの半島に到着する直前のことだった。旅行の費用は社長がすべて出しているのだから、由人には反対する理由はない。車が走り出して二十分ほどたったところで、なんでも売っているよくある田舎のよろず屋のような店の前で車を止めてくれ、と野乃花が言った。戻って来た野乃花は手にいっぱいの花を抱えている。白い菊や黄色い菊がたくさん混じった仏壇に飾るような花だ。また、しばらく車を走らせると「そこを左に曲がって、そのまま上がっていって」と表情のない声で言った。

海沿いの道から枝分かれした車の幅ぎりぎりしかない狭い道を上がっていくと、その奥にさっき道路わきで見たような石の塀に囲まれた平屋の家が見えてきた。猫の額ほどの庭に車を止めて、歩き出した野乃花の背中についていく。家としての体裁はいちおう整ってはいるが、土台そのものに大きなダメージがあったのか、左に大きく傾いている。家全体を蔓《つる》状の枯れた植物が覆《おお》い、屋根瓦《やねがわら》の隙間からは雑草が飛び出していた。アルミのサッシも大きくひしゃげて、誰かが不法に侵入しようとしたのか、鍵《かぎ》のあるあたりが大きく割れている。

　庭の端には、赤く錆《さ》び付いた物干し台が置かれて、鉄製のハンガーが一本だけ風に揺れていた。由人がサッシの窓に顔を近づけると、古い畳の上に、折り畳式の四角いテーブルが置かれ、そのわきに白いカバーをつけた座布団が積まれているのが見えた。生活道具らしきものはほかに何もないが、柱にかかった古い柱時計が、一時十二分を指したまま止まっている。家の中をのぞき込む由人の腕を正子が引っ張る。振り返ると、野乃花が家の裏の道を山のほうに歩いていくのが見えた。慌てて、由人と正子も野乃花のあとをついていった。

　草のにおいを嗅ぎながら、小さな山を登りきると、こんもりと茂った雑木林のさらに奥、山の斜面のはじまるぎりぎりのところに、いくつかの墓がかたまって立っている場所が見えた。野乃花は墓場の入り口に転がっていた木の手桶《ておけ》を拾い、そばにあった錆びたポンプを何回か押して、水をいっぱいにためると、墓場のいちばん端、今にもやぶに隠れそうな小さな墓に近づいていく。由人も野乃花の小さな背中ごしにその墓を見た。長い間、風雨にさらされた楕円形《だえんけい》の石に中島家之《の》墓と彫られている。中島って、社長の家の墓か、と由人は思った。やっぱりこのあたりの出身なんじゃないか。

野乃花は墓のまわりに散った枯れ葉を手で拾い、花を手向《たむ》ける。

突然始まった墓参りにぼーっと立ちつくす由人とは違って、正子は墓場に生えた雑草を抜いたり、水鉢に柄杓《ひしゃく》で水を注いだりしている。なんでこの子はこんなことに慣れてんだ、と思いながら、由人も、見よう見まねでゴミを拾ったり、墓石に柄杓で水をかけたりした。動いているうちに全身に汗が噴き出した。額の汗を腕でぬぐいながら、墓のまわりをきれいにした。

ひととおりの掃除が終わると、野乃花が線香をあげ墓の前にしゃがんで手を合わせた。野乃花の首すじに、たくさんの汗の粒が浮かんでいる。隣に立つ正子も目を閉じて手を合わせているので、由人もそれを見て慌てて手を合わせた。野乃花は立ち上がって二人のほうを振り返ると、「来るのが遅くなっちゃってさ」そう言いながら、墓石のてっぺんに手を置いた。

「このあたりの人はさ、一日二回も墓参りするんだよね。朝と夕方。だから、ほら、都会の墓みたいに花が汚く枯れてないだろ」

確かに社長が言うように、どの墓にも、今、花畑から摘んできたばかりのような鮮やかな花が飾られていた。線香の香りも濃く残っている。誰もいないのに、ついさっきまで人がいたような気配がある。花は枯れたまま、風が吹いて古ぼけた卒塔婆《そとうば》がカタカタと乾いた音を立てる自分の田舎の墓とは確かに違うような気がした。

「生花の消費量が全国で一位なんだってさ」

まるでその事実が恥ずかしいことのように、顔を背けて野乃花が言った。

「死んだ人は花なんてどうでもいいような気がするけどね。あたしは死んだら魂が残るとか、そんなふうにはぜんぜん思ってないからさ。死んだらなんにもないと思ってる。だから、死んだら自分のことは一刻も早く忘れてほしいと思ってんだけど」

そう言ったまま、野乃花は黙った。

雑木林の茂みの向こうに小さく海が見えた。墓のまわりは薄暗いが、木の隙間《すきま》から漏れる強い光が、スポットライトのように、ぶんぶんと飛び回る小さな羽虫を照らしている。顔のまわりに虫が寄って来るのか、正子がしきりに手のひらで虫を追い払っている。黄色い小さな蝶《ちょう》が二匹、じゃれ合うように、墓のまわりをふわりふわりと飛んでいる。もし、社長が死んだらこの墓に入るのか。だけど、社長には子どもがいないわけだから、死んだあとも墓参りする人はいない。静かで空気もきれいだけれど、ここはなんだかずいぶんさびしいところだ、と由人は思った。誰かが一日に二回でも来てくれないと、さびしくて死んでしまいそうだ。あ、もう死んでんのか。だけど、だいたい死んでる人ってさびしさを感じたりするものなのか？

頭のなかでくるくると、とりとめのないことを考えながら、由人は練炭の入った紙袋を提げていた社長を思い出していた。もし、あのまま自殺してしまったとして、社長が言うように瞬《また》く間に社長のことを忘れられるだろうか。無理だ。無理無理無理。絶対に無理。全人類のなかで誰よりも数多く自分を罵倒《ばとう》した人間を、そう簡単に忘れられるわけがない。

「……しゃ、社長のことなんかすぐに忘れられるわけないじゃないすか。こんな強烈な人」

なんとなく三人それぞれが黙りこくっているこの重いムードを変えたくて由人が口を開いた。そう言うと、野乃花が由人の顔をにらんだ。正子はほんの少しだけ口角を上げた。笑顔とも呼べないその表情に勇気づけられたような気がして由人は言葉を続けた。

「い、今はそんなこと言ってたって、死んだら、本当に死んじゃったら、自分のこと思い出してほしいって思うかもしれませんよ」言った途端にやってしまった、と思った。正子の表情はかたくなり、野乃花は相変わらず由人をにらんでいる。

……あー、ぜんぜん、説得力ないわ。無理。やっぱ無理。何かいいこと言って、心に残るようないいこと言って、死にたいっていう二人の気持ちを軽くしたかったのに。

恥ずかしさで顔が赤くなる。そんな力なんて自分にあるわけないのに。悔しくてわざと大きな声を出した。

「……はっ、早く行かないとクジラ逃げちゃいますよ。先を急ぎましょう」

「……あんたの言うとおりだ。つき合わせて悪かったよ。あたしの墓参りにさ。正子が手伝ってくれたから助かったよ」野乃花がそう言うと、正子がぺこりと頭を下げた。

「でも私、お墓は好きじゃないです」

正子はそう言ってくるりと前を向き、さっき登ってきた山道のほうに一人で歩き出した。由人は野乃花と顔を見合わせた。

「難しい年頃だ」

ひとりごとのようにそう言って野乃花も歩き始める。

「確かに」

由人もそう言って、野乃花の背中を追った。道を下りるとさっき見た廃屋が見えてきた。野乃花の背中に向かって由人が思いきって聞いた。

「ここは社長の家ですよね？」

「そうだよ。ここで十八まで育ったんだ」そう言うと、野乃花は立ち止まり、最後に一度、家を睨《にら》むように見た。まるで網膜に焼き付けるように。

「これ」

二人の先を歩いていた正子がこちらに戻ってきて、野乃花に黄ばんだ二通の封筒を差し出した。

「郵便受けから落ちそうになってました」

玄関の戸の脇に錆びたままぶら下がっている郵便受けを指さして正子が言った。そう言ってまた、正子は止めてある車のほうに歩いていく。野乃花が封筒を裏返す。見るつもりはなかったが差出人の姓が由人の目に入った。若本。島田。雨に何度も濡《ぬ》れたのか、にじんでかすれた文字でそう書かれていた。

4

クジラはうるさくないのだろうか、と正子は思った。

たくさんの人が長い鉄パイプを海に突っ込み、海面から上の部分を短い鉄パイプでガンガンと打ち鳴らしている。正子とおなじことを思った人はほかにもいたようで、「かわいそうじゃが」「そっとしといてやらんね」という野太い声の野次がどこからか聞こえた。

「ほらほら休まないで叩《たた》いてくださいよー」

鮮やかなブルーのつなぎを着た男性が、そんな野次などまるで気にならない様子で、パイプを持った人たちに向かって大きな声を出した。頭髪も髭《ひげ》も白髪交じり、背はまわりの人たちより頭ひとつ高く、眼窩《がんか》が外国人のように深い。

正子たちがこの湾に到着したのは、太陽がすでに傾き始めた時間だった。道路はクジラを見に行こうとする車で渋滞し、笛をくわえた警察官が交通整理をしていた。急ごしらえでできた道沿いの駐車場に何とか車を止めると、湾に続く坂道をたくさんの人が歩いて行く。野乃花と由人と正子もその人たちの群れに続いた。見えてきたのは、周囲がぐるりと見渡せるほどこぢんまりとした馬蹄《ばてい》形の湾だった。青緑色のとろりとした海は穏やかで、荒々しく波立つことはない。海らしくない海だ。まるで湖のようなのだ。

湾口の左側にはこんもりとした山が続き、右側の岸壁には小さな漁船がたくさん停泊している。並んだ漁船が途切れたあたり、海に突き出すようにある二十メートルほどの桟橋に立った人たちが鉄パイプを打ち鳴らしていた。

岸壁の手前には大人の腰の高さほどのコンクリート壁が続き、たくさんの人たちがその上に座ったり、身体《からだ》をもたせかけて、クジラや海を眺めていた。人の隙間から正子がのぞき込むと、灰色で楕円形のゴムチューブのような材質の物体がぷかりぷかりと浮いているのが見えた。あれがクジラなの？生きているの？と思うと、ときおり弱々しく潮を吹き、それを見た人から「おおぉぉ」という低いどよめきが聞こえた。パタパタパタパタという乾いた音が頭の上から聞こえてきて、空を見上げると、ヘリコプターが湾の上を飛んでいるのが見えた。クジラを見物に来ている人たちにインタビューをする記者らしき人、テレビカメラやライトを担《かつ》いだ人も見えた。正子のそばで、パシャッと音がした。若い女性カメラマンが見物人に向かって盛んにシャッターを切っている。正子は慌ててその人から離れ、ショッピングセンターで野乃花に買ってもらったキャップを深くかぶった。

「はい、もちっと叩いて叩いてー」

うるさい音を聞かせて、湾の外にクジラを出そうという作戦なのかもしれないと、正子は思った。けれど、クジラはそんなことはまったく気にせず、ゆっくり桟橋に近づいたり離れたりを繰り返している。鉄パイプを叩く人は交代制になっているのか、一人の人がしばらく叩くと、交代して違う人が叩くようになっているらしかった。正子は邪魔にならないようにはしっこで見ていたつもりだったが、人の波に押されて、いつの間にか桟橋付近まで移動していた。いっしょにいたはずの野乃花や由人の姿も見えない。立っているとグレイの作業服を着て、頭に白いタオルを巻いた人に背中を押され、どういうわけだか強引に列に並ばされた。

「ほらほら列を乱さないでー。ボランティア登録はこっちじゃー。名前、こっちで書いてくださーい」と耳元で怒鳴られる。男の人は、首から「水産課　クジラ守り隊隊長　前薗《まえぞの》」と書かれたネームタグを下げ、白い紙を挟んだ画板を手に持っている。どうしようと正子が思っていると、後ろからやってきた野乃花が正子と男の人との間に割って入った。

「あ、ごめんなさい。うちの娘がなんだか邪魔したみたいで」

野乃花の口から出た娘、という言葉に反応して、正子が野乃花の顔を見た。

「あー親子で参加ですかぁ。クジラ救出んボランティアをやる人は、ここで名前と住所を書いてもろことになっちょいもんで」そう言いながら、画板を両手で持って野乃花の前にぐいっと差し出した。強引なその態度にとまどいながらも、野乃花はそこにボールペンで名前と住所を書き、横にいる正子に視線を送る。頷《うなず》いた正子が中島野乃花と書いた名前の下に正子、と書く。野乃花は振り返って、おまえも、というふうに由人をにらんだ。野乃花の視線の強さに一瞬ひるんだ由人も、あきらめたような顔をして正子の名前の下に、由人、と小さく書いた。

「わー、東京から来たとですかー。そんな遠くから親子でー」といかにも人の良さそうな笑顔を見せた。

「息子さんもいっしょに？」え、ええ、まぁ、と由人は気まずそうに下を向いている。

さっきのブルーのつなぎを着た男性が、近づいてきて、

「雅晴《まさはる》、明日、船借りられるかね」と怒鳴るように言った。たくさんの人が鉄パイプをガンガン叩いているので、話していると自然に声が大きくなってしまう。

「はい、ストーップ！」とブルーのつなぎを着た男性が鉄パイプを叩いていた人たちに怒鳴るように言った。

「はぁ、なんとかしてみます」

雅晴と呼ばれたさっきの男の人が、太い眉毛《まゆげ》を八の字に下げて泣き笑いのような表情で答える。

「クジラの顎《あご》にさ、鉄パイプ押しつけて叩いてみるから。それがだめなら水中スピーカー、な」

「なんとか手配しますよぅ」泣きそうな雅晴の声がどんどん小さくなる。

「昔はここへんにクジラが打っちゃげらるっと、みんなのこぎい持って、いっき寄ってきたもんじゃっどんなあ」

いつの間にか正子の隣にいた、白い日傘をさした小さなおばあさんがにこにこと大

きな声で言う。背の低い正子や野乃花よりもさらに小さなおばあさんだ。真っ白な髪をくるくると頭の後ろで丸め、袖《そで》無しの水色ワンピースの上に薄桃色の前掛けをつけている。

「ばあちゃん！　どこで誰《だい》が聞いちょっかわからんたっで、もちっとこまか声で言やんせ」

雅晴がたしなめるようにおばあさんに言った。

「ないごてね、うまかのに。昔は貴重なタンパク源じゃったとやっど」

「じゃっで、やめやんせ！」

「また俺が乗ってる調査船にロケット弾打ち込まれちゃうからねー、ばあちゃんの問題発言でさぁ」ブルーのつなぎを着た男性がにやにやしながら言った。

おばあさんは雅晴に「みなさんに差し入れじゃっど。いなりずしじゃ」と言いながら、風呂敷《ふろしき》に包んだ重箱を手渡した。顔を上げ、腰をそらしてこぶしでとんとんと叩くと、野乃花と正子の顔を交互に眺めてから、最後に正子の顔を見つめ、「まっこて顔がそっくいじゃなあ」と言いながら、前掛けのポケットから出したはちみつ色の六角形の飴《あめ》を野乃花と正子の手のひらに載せてくれた。正子や野乃花に何か話しかけたそうに口を開いたが、知り合いなのか、中年のおばさんに話しかけられて、むこうのほうへ歩いて行ってしまった。

雅晴、と呼ばれていたグレイの作業服を着た男性と、ブルーのつなぎを着た男性も、真剣な顔で何かを話しながら、岸壁のほうに歩いて行く。

正子が目をやると、岸壁の出入口、湾を見渡すように一段高くなった場所では運動会のときに使われるようなテントが張られ、雅晴と同じ作業服を着た人たちが、双眼鏡でクジラをチェックしたり、手に持ったファイルのようなものに、まじめな顔で何かを書きつけていた。

日が暮れ始めて、少しずつ人が去って行ったあとも、野乃花と正子と由人の三人は海を眺めていた。

クジラの体全体は見えなかったけれど、海面に浮かんだ瘤《こぶ》のような背びれ、ときおり見える尾びれの部分だけを見ても、相当な大きさだということはわかる。ゴムでできたような背びれのあたりには、どういうわけか、赤くすりむいたような痛々しい傷ができていた。しゅううううっ、と音がして斜め前方に勢いよく潮を吹く。霧のような白い水しぶきが風に流される。正子は、イルカのように鳴き声をあげると思い込んでいたので、こんなに大きな生きものが、潮を吹くとき以外、音を立てないのが不思議な気がした。

ほとんど動かないので、もしかして死んでいるのでは、と思うと、緩慢な動作で、巨大な体を右に左にくねらせた。最初は灰色に見えたその体も、日が傾くにつれ、褐色がかって見えた。野乃花も由人も正子もこんなふうにクジラを間近に見たことがなかった。というよりも、クジラを見たのが初めてだった。どういうわけだか一度見てしまうと、いつまでも目が離せない。三人ともぽかりと口を開け、何をするわけでもないクジラをただ見つめていた。

正子がすっかり日が落ちてしまったことに気がついたのは、岸壁の入り口にあるテントに、ライトが突然灯《とも》されたからだった。まぶしさに手のひらをかざすと、グレイの作業服を着た雅晴と、おばあさんがこちらに近づいてくるのが見えた。気が付くと、さっきまでクジラを見ていたたくさんの人たちは、ほとんどいなくなっていた。雅晴が野乃花に会釈《えしやく》しながら言う。野乃花も軽く頭を下げた。

「あのう、こんなことを言っては失礼かもしれないんだけど。東京から来られたんですよね？　もう、こんな時間なんだけど、今日の宿とか決まってるんですかーって、……その、うちのばあちゃんがさっきからすごく気にしてて」

照れながらそう言う雅晴の横でおばあさんがにこにこと笑っている。

「いや、このあたり、こんなに田舎だから、民宿とかはあんまりなくて。観光地ではないから。隣町に小さなビジネスホテルはあるんだけど、今日は県外からクジラ見に来た人とか、新聞社やテレビ局の人で満杯らしくて」

雅晴が坊主頭《ぼうずあたま》をかきながら言う。

「東京みたいにファミレスとかコンビニとか、そういうもんもこのあたりにはないんですよ。車のなかで寝るにしても、食事もできないんじゃ……」そう言いながら太い眉毛がどんどん八の字に下がっていく。

「じゃれば我が家《わがえ》に泊まればよかとよ。部屋は余っちょったって。ごちそうは作れんどん、とれたてん魚をおなかいっぱい食べさせてあぐって」

「ばあちゃん、もう！　そんなこといきなり言っても皆さん迷惑かもしれないだろ」

雅晴がおばあさんを睨んだが、おばあさんはまったく気にしていないようだ。野乃花と由人と正子が互いに互いの顔を見た。行き当たりばったりの旅だ。今夜の宿ももちろん決めていない。

「いけんな？」

おばあさんが三人の顔を見上げ、小首を傾《かし》げて聞いた。

「……あの、本当にいいんですか？」

最初に口を開いたのは正子だった。正子の言葉に野乃花と由人が顔を見合わせる。

「もちろんじゃ。じゃっどん古くて汚か家じゃよ。お嬢ちゃんごっに都会から来た子は泣き出すかもしれんねぇ」

「泊まらせてもらってもいいですか？」

「よかよ！」そう言うと、おばあさんはにこにこ笑いながら正子の腕をとって歩き出した。二人の後ろ姿を雅晴と野乃花と由人があっけにとられた顔で見つめていた。

「本当にいいんですか？　親切にしていただいて私たちはありがたいですけれど」

野乃花が雅晴に聞くと、

「あ、そちらさんがいやじゃないなら。うちはぜんぜん。ばあちゃんと俺の二人暮らしなんで。だけど、ばあちゃんちょっと耳も遠いし、ほんの少しだけ呆《ぼ》けてんのかな、と思うときもあるんで、かえって迷惑をかけるかもしれないですけど」

右手で坊主頭をなで回しながら、気弱な笑顔を浮かべてそう言った。

おーい、とテントのほうから雅晴を呼ぶ声がした。

「じゃ俺、もう少し仕事残ってるんで。先に行っててもらえますか」そう言うと、テントのほうに駆けだして行った。

「いいんすか？」由人が不安そうな顔で野乃花に聞いた。

「あの子が泊まりたいって言っちゃったんだ。仕方ないよ。だけどあんた、あたしたち親子だからね。わかってるね。……あたしもあの子のこと、気をつけて見るようにするけど、あの家にいる間は迷惑かけるようなことはしないでよ」

「迷惑って？」

「薬をたくさん飲んだり、リストカットしたり、練炭自殺はしないようにするってことだよ！」由人の顔をにらんで野乃花が小声で言った。

「はい。母さん」

　由人がまじめな顔でそう言うと、野乃花が腕を伸ばして、由人の脇腹《わきばら》をぎゅっとつねった。いだっ、と由人が体をひねると、しゅううう、と水が吹き出すような音がした。野乃花と由人が振り返って海のほうに目をやると、暗い海のなか、ライトで照らされたクジラが潮を吹いていた。

「あいつもなんか、迷っちゃってんですかね」由人が言うと、

「知るかっ。クジラの気持ちなんか」野乃花が怒った顔で言い、もうずっと先を歩いているおばあさんと正子の後ろ姿に向かって歩き始めた。

「待って母さん」そう言う由人を無視して野乃花がずんずんと前を歩いていく。

5

雅晴とおばあさんの家は、国道を挟んだ防風林を越え、田んぼの中の道をそのまましばらく歩いたところにあった。床下の高い平屋で、土間の玄関から上がると、襖《ふすま》を開け放った畳の部屋に風が吹き抜けていた。湿気を多く含んだその風が野乃花に生まれた家を思い出させた。素足の裏に触れる畳の感触すらなつかしかった。

確かにおばあさんの言うとおり、古いけれど、二人で住むには十分すぎるほどの広さだ。車なら五台くらいは余裕で止められるさらさらした白い砂の庭のまわりには、ウメやツツジ、ヒイラギナンテンの木が塀に沿って植えられている。

おばあさんに続いて最初に家に上がった正子が、部屋の真ん中で立ちつくしている。正子が目をやったほうに野乃花も顔を向けると、襖の向こうに立派な黒い仏壇が置かれていた。長押《なげし》の上には、遺影が黒い額縁に入れられて飾られている。野乃花には見覚えのある、よくある田舎の仏間だ。なんとなく正子がおびえているような気がして、「怖いの？」と聞くと、正子は黙ったまま首を横に振り、そこから逃げ出すように、おばあさんのいる台所のほうに歩いて行った。もう一度、野乃花は長押の上の写真を見た。お年寄りに混じって一人だけ若い女性がいる。ふっくらとした頬が輝くようで、優しい微笑《ほほえ》みを浮かべていた。あの人は自分よりもずいぶん若い。この家の娘さんだろうか、と野乃花は思った。

おばあさんの淹《い》れてくれたお茶を飲んだあと、野乃花はおばあさんと二人で台所に立った。正子は由人と二人で、さっき車を置いた駐車場に車を取りに行き、帰りに仕事の終わった雅晴を乗せてくる、と言って出て行った。

おばあさんが野菜を刻んでいたので、野乃花はその隣でボウルに入れられたマイワシをさばいた。東京に出てきてからは魚を自分でさばいたことなどない。でも、指が覚えている。青魚の頭を落とし、腹に指を入れ、内臓をかき出す。おばあさんの家の包丁は錆《さ》びが出ていて切れ味はいまひとつだったが、あっという間に切り身になった。刺身を人数分作り、残りを煮付け用にした。金色の平たいアルミニウムの鍋《なべ》に魚を並べ、醬油《しょうゆ》とみりんと砂糖と生姜《しょうが》で煮付けた。小皿に取り、おばあさんに食べてもらうと、

「はら、あたいなんかよっか、ずっと上手じゃ。よか味付けじゃ」と言って目を細めた。

「お母さん、このあたりん生まれなんでしょう？　だって、言葉がね」

ふいにそう言われて野乃花は慌《あわ》てたが、ゆっくり一回呼吸をして、生まれた村の名前を告げた。

「ええ、そげんね。じゃれば、親戚《しんせき》みたいなもんじゃが。こっからそげん遠なかし」

笑いながらそう言って、裏の畑からとってきたばかりの青々とした細いネギを刻む。

「東京からじゃここまで遠《とわ》かったじゃろ。だんなさんな仕事ね？」

田舎の人らしい大胆さとストレートさでおばあさんが質問を続ける。野乃花は背中にかすかに冷たい汗をかき始めた。仕事でつく嘘《うそ》は大の得意だが、この人のよさそうなおばあさんに嘘をつくのは、まだ自分のどこかにかすかに残っている良心がしくしく痛む。

「あの、私、り、離婚してて、一人で子ども育ててるんですよ。仕事しながら」

額に浮かんだ汗を腕でぬぐった。

「じゃっとね。息子さんもお嬢さんもあげん立派に一人で育てて。お母さんな、まっことえらかねぇ」

おばあさんが前掛けで顔をぬぐった。もしかして泣いているのか、と思うと鼓動が速くなったが、煮炊《にた》きをして出てくる汗をぬぐっただけのようだった。刺身のつまにする大根を手早く千切りにしながら、自分がついた嘘を、由人と正子にも話しておかないとまずいような気がしてきた。

「あ、こいつがちょっと、学校でいじめにあって不登校気味で……。それで僕たち家族でクジラ見に来たんですよ。ずっと引きこもりがちだったし、こいつが元気になるなら、と思って……それで」

由人がバックミラー越しに、後ろの席に座った正子に目配せをする。正子が軽く頷《うなず》く。

「あぁ、そうだったんだ。悪いこと聞いちまったなぁ。今の学校のいじめって相当えげつないって言うからなぁ。……大変だったなぁ」

雅晴が後ろの席の正子の顔を見た。本当にこの子が可哀想《かわいそう》だ、という口調で言ったので、人のいい雅晴を騙《だま》していることに、由人の心が痛んだ。

「あの、今日、どうしてあそこで鉄パイプ叩《たた》いてたんですか？」由人が雅晴に聞いた。

「あぁ、なんかクジラって耳では音を聞いてないらしくて。骨伝導って言葉、知ってる？」

「僕、仕事で骨伝導のヘッドフォンのパンフレット作ったことありますよ」そう答えながら、その仕事でも大きな失敗をしてクライアントを怒らせ、野乃花に怒られた苦い思い出がよみがえってきた。

「パンフレットって印刷の仕事かなんか？」

「あ、いや、デザインするほうです」

「なーんだ。お兄ちゃんかっこいいなぁ」

また雅晴が振り返り、正子に人のいい笑顔を見せた。ここに野乃花がいたら、間違いなく「おまえみたいな下《した》っ端《ぱ》が堂々とデザイナーとか名乗るな」と怒鳴られるな、と由人は思った。

「骨伝導っていうのは骨の振動で音を聞く、ってことなんだけど、クジラってのは水の振動を顎《あご》の骨で感じて、その響きを内耳に伝えて音を聞き取ってるんだって。俺もよくわかんないけど。ああやってうるさい音を聞かせると、外海に戻るクジラもいるみたいで。まぁ、これはクジラ博士の受け売りなんだけど」

恥ずかしそうに雅晴が頭をかく。

「クジラ博士？」由人が聞いた。

「今日、白髪交じりのブルーのつなぎ着たおじさんがいたでしょ。でかいクジラが迷い込むと水産庁に連絡がいってアドバイザーとして来るんだよ。ああいうクジラの専門家が。クジラに興味があるなら、あの人にいろいろ聞くといいよ」

雅晴が正子に言い、正子が黙って頷く。

「でも、こっちは大変なんだよぅ。ああやってクジラが迷い込むと、そこの自治体が対策本部作ってクジラ博士みたいな専門家の意見聞いたり、マスコミに記者会見したり、交通整理したりさぁ。もしクジラがあのまま死んだらその処理もこっち持ちだし。どっかの村でクジラの死体処理に六千万かかったっていう話も聞くし。こんな田舎の役場勤めなんて普段はそれほどやることもないんだけど、クジラが来てからは、一日中クジラ見てなくちゃいけないんだ。夜もあんなふうにライトあててさ。さっきばあちゃんが言ったように、昔はクジラが来たら、貴重な食料が来た、って思ってたんだろうけど、今は……こう言っちゃなんだけど迷惑でしかないんだよなぁ……」

そうするのが癖なのか、坊主頭を両手でぐるぐると撫《な》でさすりながら雅晴がうなるように言った。

「大変なんですねぇ」と言いながら、疲れ果てて迷い込んだ場所で、迷惑、と言われたクジラの気持ちを由人は想像してみる。そうだよな。知るかっ。クジラの気持ちなんか。とさっきの野乃花の言葉が再生される。クジラの気持ちなんかわかるわけない。あんなに近くに、あんなに長い時間いっしょにいたミカの気持ちが「わからなかった」自分だもの。先に車を降りた雅晴に誘導されるまま、庭の隅に車を止めた。

だけど、そもそも人間は自分以外の誰かの気持ちなんて、「わかる」ことがあるのか、と車のキーを抜きながら由人は思う。

テーブルの上には刺身や魚の煮付けや、海藻の酢の物や、野菜の煮付け、漬け物が並んでいた。どうしよう、と正子は思う。食べられるものがない。

「こげな田舎じゃっで魚しかなかどんなあ。よかったら食べったもんせ。お母さんがなんでもしてくいやって、助かったがー」

おばあさんは上機嫌で、テーブルの横においた鍋からみんなの椀《わん》にみそ汁をついでいる。

「お母さん、料理上手でよかね」とおばあさんが正子に笑いかける。箸《はし》を持ったままかたまっている正子を見て野乃花が言う。

「あぁ、この子、今、あんまり食欲が……」

雅晴がグラスに自分で注いだ麦茶を一気のみしたあと、野乃花を見て言う。

「なーんか、学校で大変だったらしいですね。いじめだって？　さっきお兄さんから」

「そ、そうなんですよ。このくらいの年齢でもいろいろあるらしくてねぇ」

しどろもどろでそう言う野乃花が、正子と由人の顔を交互に見る。

「食べたくないときは無理に食べんでよかが。そんなときは誰でんあるんじゃっから」

そう言いながら、おばあさんが台所のほうに歩いていき、ビニールに包まれた細長いものを正子に渡した。

「食欲がなかときはこいね。とっておき。食べられっだけこいにごはんのせて、ぱくって、ね」

どこのスーパーにでも売っていそうなごく普通の味付けのりにしか見えなかったけれど、おばあさんにとっておき、と言われると、とても貴重なのりのような気がしてくる。正子はそれにほんの一口だけごはんをのせて、飲み込むように食べた。

こんなふうにたくさんの人に囲まれて、いろいろな話をしながら食べるのは、正子にとって初めての体験だった。食事をしながらこんなに大きな声で話をしてもいいんだな、と正子は思った。母といっしょに食事をするときは、テレビも消していたし、話もしなかった。目の前にいる母に、何をどれくらい食べたかいつも監視されているような気がしていたし。

「これ、まじ、うまいですねぇ」

由人が野乃花の作った魚の煮付けを一口食べて大きな声を出した。

「そんな、毎日、母さんの手料理食べてるだろうに」

笑いながら雅晴に言われて慌てて由人が白飯をかきこむ。

「東京じゃこんな新鮮な魚なんて手に入らないですから。お代わりしますか？」

由人をにらみながら空になった雅晴の茶碗《ちゃわん》に野乃花が手を伸ばした。雅晴がすいません、と言いながら茶碗を差し出して言った。

「あぁ、食事したら、近場の温泉に連れて行きますね。つっても町営の掘っ立て小屋みたいなとこだけどねぇ。このあたりどこ掘ったって、温泉が出ちゃうんで」

雅晴や野乃花や由人の話を聞きながら、正子はちびちびとほんの少しのごはんをおばあちゃんがくれた味付けのりで巻き、口に入れた。みそ汁もほんの少し飲んだ。すぐに満腹になってしまったし、刺身も魚の煮付けも食べられなかったけれど、こんなにたくさんのごはんを食べたのは久しぶりだった。満腹すぎて動けなくなった。それがちっとも嫌じゃなかった。おなかのあたりからじわじわと温かくなって、その温かさが全身に少しずつ広がっていくような気がした。

雅晴は坊主頭《ぼうずあたま》をごしごしと洗い、ケロリンと書かれた黄色い洗面器いっぱいにためたお湯で勢いよくシャンプーの泡を流している。

雅晴が言うように、まるで掘っ立て小屋のようなおんぼろの建物の中に、簡単な更衣室とコンクリートを塗り固めただけの洗い場、小さな四角い浴槽があるだけの温泉だった。男湯には雅晴と由人以外誰もいない。

「ばあちゃん、なんか強引で。無理に泊まってもらったようで悪かったな」

お湯に肩までつかり、歯をくいしばりながら、ぐふぅーーーという声を出したあとに雅晴が言った。

「……去年、ちょっと家で不幸が続いてさ、がんで長患《ながわずら》いしてた親父《おやじ》と……」

左右の手のひらでお湯をすくい、乱暴に顔をこすった。

「……俺の妹が。……ばあちゃんもそれでえらくしずんでしまって。あんな広い家で昼間は一人だろ。なんか元気がなくて。……だけど今日は久しぶりにばあちゃんもよくしゃべったなぁ」

耳の後ろを濡《ぬ》れた手でぽりぽりとかきながら雅晴が言う。隣り合った女湯から洗面器が床にあたるカコーンという音と、笑い声が響いてくる。

「……妹さんの、正子ちゃんが、その、なんとなく面影あるんだよ。俺の死んだ妹にさ」そう言いながら、まるで子どものように、お湯の上を手のひらでばしゃばしゃと乱暴に二回叩いた。

「顔とかじゃなくてさ、背の高さとか、痩《や》せ方とか。あそこでじーっとクジラ見てる正子ちゃん見て、ばあちゃんもたぶんそう思ったんだ。最初に正子ちゃん見たときから。それで強引に声かけてしまって」

「いや、こっちこそ、あそこで声かけてもらえなかったら今日僕たち、野宿だったですから」

のぼせそうになったので浴槽の縁に腰をかけて由人が言った。ほんの少し開いた窓の隙間《すきま》から入ってくる夜風がほてった体を心地よく冷やす。浴槽につっこんだ足でお湯をぐるぐるかきまわしながら妹を亡《な》くした雅晴の気持ちを想像してみる。祖母の枯れ枝のようにやせ細った腕を思い出す。そしてまた、なぜだか、ミカが死んでしまったら、と想像してしまう。失恋しただけでこんなにつらいのに、ミカがこの世からいなくなったら……。自分はまた宮崎駿のところに通って薬をもらうんだろうか。

「うちは迷惑じゃないからさ。なんにもできないけど、こっちにいるなら好きなだけ泊まってくれよ。なんか、かえってばあちゃんの面倒見てもらうみたいで悪いけど……由人くんは彼女とかいるの？　いるよなぁ、デザイナーなんてかっこいい仕事して、そんなにかっこいいんだもの」

そう言われて思わず頷いてしまった。

「そっかぁ。きっと、かわいい子なんだろうなぁ」

嘘です。本当は振られたんです。

雅晴に曖昧《あいまい》に笑いかえしたものの、急に恥ずかしくなって浴槽にどぼんと体をしずめた。少し離れて浴槽につかる雅晴の顔も頭も、ゆでだこみたいに真っ赤だ。
「死んでしまったら何も話せないからなぁ。話せる時間のあるうちに、なんでも。なんでも、たくさん話したほうがいいんだ。じゃ、先に上がるね」そう言うと、雅晴はざばぁっと浴槽から上がり、しぼったタオルで背中をぺちぺちと叩きながら出て行った。

その日の夜、由人は雅晴の家の寝床で携帯をチェックした。溝口からのメールが三通、着信履歴が四件。由人は、ごめんなさい、と心のなかでつぶやきながら、そのメールを読まずに削除した。ミカからは着信もメールもなかった。布団《ふとん》の上でしばらくの間、携帯を握りしめたままごろごろしながら、思い立ってミカにメールを打った。最後にミカにメールを打ってから半年がたっている。

何と書こうか散々迷って、「クジラを見にきています」それだけ打って送った。返信なんか来るわけないだろう、と思いながらも、枕元《まくらもと》の携帯が今にも震えだしそうな気がして、なかなか眠れなかった。夕飯後に薬もちゃんと飲んだのに。ミカはクジラになんか興味がないもの。そう考えて、自分の気持ちを落ち着かせたかったけれど、クジラというかもう自分にも興味はないのだ、と考え始めると、ますます目がさえた。

耳をすますと遠くから波の音がかすかに聞こえる。

そして、海にいるクジラのことを思った。あいつはメスなのか、オスなのか、親や恋人とはぐれて見知らぬ場所に迷い込んで不安じゃないのか、と思った。いつまでたってもメールの返信は来なかった。当たり前か。由人は枕を一度だけこぶしで強く叩いて、布団をかぶった。由人がやっと眠りについたのは、外が白々とした光に包まれる夜明け間近のことだった。その日から、由人は毎日一通、ミカにメールを送った。もちろん、返事は来なかったけれど。

6

由人が岸壁に近づくと、クジラは中型漁船の横で、ぷかりぷかりとその巨大な体の一部を沈めたり浮かび上がらせたりしていた。気のせいか、昨日に比べるとなんだか弱っているようにも見えた。岸壁で見ている人の数も昨日よりは少ない。テレビカメラもないし、ヘリコプターも飛んでいない。この湾にクジラが迷い込んで、もう七日が過ぎていた。

イルカのようにジャンプをして芸を見せるわけでもないし、湾外に向かってぐいぐい泳いでいくわけでもない。ただ、灰色のゴムチューブのようなかたまりが浮かんでいるだけなのだから、飽きてしまっても仕方がないことなのかもしれない。

野乃花と正子とおばあさんは、裏の畑に行ってから、雅晴たちの昼ご飯をこしらえて、岸壁に来ると話していた。三人で畑に向かっていく背中を見送りながら、まるで夏休みにおばあちゃんの家に帰省してきた家族みたいだな、と由人は思った。

母親はシングルマザー、娘はいじめにあって不登校中の高校生、そんな嘘《うそ》の役割を違和感なく演じている二人を由人は不思議に思う。由人は朝の光景をぼんやり思い出していた。

「正子、そこのお醬油《しょうゆ》とって」

「お母さん、この洗濯ものどこに干せばいいの？」

野乃花はまるで母親のように正子に話しかけているし、正子もまるで、本当の娘みたいに振る舞う。

野乃花の変貌《へんぼう》ぶりには由人も戸惑った。だいたい料理なんか作ったことないだろう、と思っていたのに、昨日の晩飯も今日の朝飯も、ほとんど野乃花が作った。そして、それがめちゃくちゃうまいのだ。どういうことだ、と由人は思う。由人が知っているのは、会社の社長として、社員を毎日怒鳴り散らす男みたいな女だ。どんな矢が何本飛んできても撥《は》ね返す鋼《はがね》の鎧《よろい》を着た人間だ。そんな人間が絶望的に落ち込んで練炭自殺をしようと計画したことにも驚いたが、母親みたいな役回りもこなすのだ。どういうことだ。

自分が見ていたのはライチの、あの茶色い、ゴジラみたいに硬い皮の部分だけだったのか。そのごつい皮の下に白い実があることなんて、ちっとも知らなかった。

そして、また、由人は思ってしまうのだ。自分はミカが持っているかもしれないその実の部分にたどり着いたのだろうか、と。

朝は涼しかったのに、太陽が天頂に近づくにつれ、気温も急に上がってきた。半袖《はんそで》シャツから伸びた腕が、ちりちりと焼かれているように暑い。朝から何度もチェックしている携帯をもう一度見る。ミカからのメールはない。ポケットにしまおうとした途端、携帯が震えた。ミカか。慌《あわ》てて、発信者の名前もよく確認しないまま電話に出た。

「おい」

期待とは裏腹に、溝口の低い声がした。返す言葉もなく、思わず海のほうに目をやるとクジラのそばに浮かぶ中型漁船の上に、オレンジ色のライフジャケットを着たクジラ博士と雅晴が見えた。長いコードを手に持って海をのぞきこんでいる。

「おまえ、今、どこにいるんだ」

「……」どすのきいた声に思わず体が震えた。

「由人だろ？　電話に出られるってことは生きてんだよな。返事しろ」

「生きてます」

「野乃花ちゃんが行方不明なんだよ。おまえどこにいるのか知ってるか？」

「いっしょにいます」

「は？　どういうことだよ。おまえら二人で恋の逃避行かよ。いつからそういう関係だったわけぇ？」

「クジラ見てます」

「……意味わかんねーよ」そう言ったあと、今度はしばらくの間、溝口が黙った。雑踏の中にいるのか、たくさんの車や人の声が聞こえてくる。東京だ、と由人は思う。ここからものすごく遠くにある東京だ。その東京の音が電話の向こうから聞こえてくる。

「とにかく、死なせないですから社長は」おい、死なせないってなんだよ、という溝口の怒鳴り声にかまわず、由人は黙って電話を切った。

ここにいる間は、ここでクジラを見ている間は、あの人は社長じゃないんだ。仕事しながら子どもを頑張って育てている中島野乃花っていう人間なんだ。ここに帰省してるんだ。自分の実家に里帰りして、一生に一度の骨休めをしているんだ。そう強く思い込もうとした。

「ここに座礁《ざしょう》してるのはマッコウクジラ。ゴンドウクジラやシャチと同じハクジラの仲間だよ」そう言って、博士は折りたたみテーブルの上に小さな図鑑を広げた。

「あそこにいるのはなんていうクジラなんですか？」

正子の何気ない問いから、クジラ博士の講義が始まって、はや三十分以上がたっていた。雅晴はまた始まった、という顔をして、携帯をチェックし始め、由人は何度もあくびをかみ殺していた。けれど、正子にとっては、博士の話のすべてが耳新しく興味深かった。

クジラの祖先が陸上を歩く四本足の動物だったこと、ザトウクジラは「歌」を歌って仲間とコミュニケーションをとること。クジラには人間のような皮膚の角質層がないから、浅瀬に座礁して空気中にさらされると、火傷《やけど》をして剝《は》がれてしまうこと。

テーブルの上には、おばあさんや野乃花、そして正子が作った巻きずしや筑前煮《ちくぜんに》やだし巻き卵の入ったお弁当が広げられている。このあたりにはコンビニエンスストアもないので、クジラ博士や雅晴、交代でクジラを監視しているクジラ守り隊のメンバーは、おばあさんにお金を払い、作ってもらったお弁当を食べているらしかった。雅晴をリーダーとした役場の水産課によるクジラ守り隊は交代制で、二十四時間クジラを監視していた。昼食も交代でとるらしく、雅晴と同じ制服を着た二人の若い男性は、海でクジラが潮を吹くたびに、その時間と回数を手元の表に記入し、もう一人はあまり変化のないクジラの様子を双眼鏡で観察していた。

朝から大量に作って冷やしておいた麦茶を忘れたと言って野乃花とおばあさんは慌てて家に戻って行った。由人と正子、雅晴とクジラ博士で折りたたみ式のテーブルを囲み、遅い昼食を食べていた。博士の話にはまったくよどみがない。正子がひとつのことを聞くと、その十倍、いや二十倍以上の答えが返ってきた。

「目の前に苦しんでいる動物がいたら、救ってやりたいと思うよね普通は。でも自然のなかではケガしたウサギっていうのは本来そのまま死ぬべきウサギなんだよ。その死は決して無駄じゃない。死んだウサギをほかの動物が食べたり、土に還《かえ》ることで、また森が育つ。それが自然のサイクルなんだ。そのケガしたウサギを救うのは、人間がその自然のサイクルに干渉しているだけなんだ、と俺は思うよ」

緑色のお茶のペットボトルに直接口をつけて博士がごくごくとのどをならしてのんだ。

「クジラもいっしょだよ。クジラの座礁なんて、はるか太古の昔から起きていたことなんだ。クジラは海で生まれて海で死ぬ。どんなクジラだって死ぬのが運命だし、死んだことによって、その死体をほかの魚やプランクトンが食べて、海の生態系は保たれていく。

世界に百頭しかいないクジラなら助けて海に帰すことも意味があるかもしれないけど、海に何万頭もいる死にかけたクジラを人間がどうにかしようなんて思っても、多額の税金がかかるだけだよ。俺にばか高いギャラを払ったりなぁ」

はは っ、と笑いながらクジラ博士が隣に座っている雅晴の肩を強く叩《たた》き、雅晴がうなだれた。

「あの、なんでクジラは迷っちゃうんですか？」正子が博士に質問した。

「いろんな説があるけど、あいつに限っていえばたぶん」博士がだし巻き卵を咀嚼《そしやく》しながら言った。「耳が聞こえてないんだと思うな」博士が箸《はし》を持ったまま両手で耳を覆《おお》った。

「マッコウクジラとかのハクジラ類は、自分から超音波を発して、反響してきた音を聞き分けて、海と陸の区別をつけてんだ。どこまでが海でどこからが陸なのか。そうやって障害物を避けて泳ぐのさ。エコーロケーションって言うんだけど。でも、ときどき、内耳っていうところに寄生虫が入り込んでしまうことがあって、それで反響した音を聞けなくなって、座礁してしまうといわれている」

博士の話を聞いて顔をしかめ、正子が思わず右耳に手を当てた。

「午前中は水中スピーカーでマッコウクジラがエサを探すときに出す鳴き声とか聞かせてみたんだけど、反応はまったくなかった。たぶん、耳が聞こえてない」

「もし、このまま、ここから出て行かなかったらどうするんですか?」正子が聞いた。

「死ぬのを待つしかないよ。死んだら埋め立てるか、燃やすか、遠くの海に棄《す》てに行くか。たぶん、町の税金で」雅晴がまた眉間《みけん》に皺《しわ》を寄せ、大きなため息をついた。

「海で生きているクジラにとって、耳が聞こえないことは致命的なことなんだ。海で生きていけないことを悟って、ここで死ぬのを待っているともいえるな」

つまり、自殺ってこと。

正子は心の中で思った。由人が正子の顔を一度だけ見て、何か言いたいことがあるような顔で目をそらし、雅晴も手に持った空のペットボトルをじっと見つめて黙っていた。もしかしたら由人も雅晴も同じことを考えているんじゃないかと、正子は思った。しゅううっ、と音がして、岸壁の向こうから潮が高く吹き上げられたのが見えた。

「でも、それが悲しいとか、耳が聞こえなくて、海に戻れなくてつらいとか、そういう気持ちや心はクジラにはないよ」立ち上がって博士が大きく伸びをした。

「人間とクジラを重ね合わせちゃいけない。人間の感情とか、人間の物語とか、そういうのをクジラに背負わせるのは俺は好きじゃないなぁ。クジラやイルカは人の心を癒《い》やす、人間に近い存在だなんて言うバカがいるけど、あいつらはただの野生動物だよ。あいつらにはあいつらの世界があって、あいつらのルールで生きてんだ。こんな仕事しておいてなんだけど、そこに人間が介在するのはどうだろ、といつも思うよ。自己満足なんじゃないかと。もし人間がこいつらの人生に積極的に手を出すとするなら、……まぁ、こいつはまだ生きてるわけだけど、もっと海岸の浅瀬でのたうち回っているようなクジラなら、安楽死を考えたっていいんだ。欧米ではそうすることも多いよ」

「安楽死……」思わず正子がつぶやいた。

「安楽死って、どうやって？」由人が博士に聞いた。

「薬物注射か、銃で撃ち殺すか。だけど、薬物を使うにはクジラが大きすぎるし、日本じゃ銃は無理だから、心臓穿刺《せんし》かな。まだ一度もやったことないけども」

「心臓……せ、せん？」由人が聞き返すと、

「心臓穿刺。つまり、心臓をひと突き。先を尖《とが》らせた鉄パイプとかでね」

博士がやりを握って突き刺すようなポーズをした。正子は自分の心臓をつかれたような気がした。ずきん、と胸が痛んだ。

「もうこれ以上、無駄な税金は使えません、と思ったら、その方法を選んだっていいんだ」

博士がそう言うと、「そんなことしたら俺ら、何言われるか。日本中の人から攻撃されますよ」と雅晴が眉毛《まゆげ》を下げて困ったような声を出した。

「めちゃくちゃに苦しんでんだったら、その苦しみからいち早く解放させてやればいいんだ。命を救うことよりも苦しみから解放させてやるほうが大事なんだから」博士が緑色のお茶のペットボトルの残りを一気にのみほした。

「多額の税金かけて、人間が手間暇かけて、一頭や二頭のクジラ助けて、海に帰したところで、生態系にはなんの影響もないもの。クジラが感謝するわけでも、ましてや地球が感謝するわけでもない。死ぬべきクジラがしばらく生きのびた、ってだけの話だよ。おっと、電話だ。失礼」

そう言って博士は携帯を耳にあて、足早にテントの外に出て行った。

人間とクジラを重ね合わせちゃいけない、と博士は言ったけれど、正子はどうしても死んだ人たちのことを考えてしまう。忍は死ぬときに苦しんでいただろうか。赤ちゃんのときに死んだお姉ちゃんはやっと苦しみから解放された、と思って死んでいったのだろうか。

また、同じ問いだ、と正子は思う。

答えなんかすぐに出ないことは知っているのに、またつかまってしまう。心をぎゅっとかたくしていないとすぐにつかまる。ぐるぐるとした同じ迷路。迷っているのはクジラと同じだ、と正子は思う。なんで、こんなに苦しいんだろ。胸がむかむかとして、額に汗が浮いてきた。正子の顔を由人が心配そうに見ている。息苦しい。自分を傷つければ少しは落ち着くのに、ここは自分の部屋じゃないし、カッターもないから無理だ。みんなに迷惑がかかる。吐き気がのどにせり上がってきた。胃液が逆流してのどの奥が熱くなる。テントから駆け下りて、砂地に両手をつき、突然吐き始めた正子を、由人や雅晴や、戻ってきた野乃花やおばあちゃんがあっけにとられて見ていた。砂の上に吐瀉物《としゃぶつ》が広がる。死んでしまいたいほど恥ずかしかった。

7

野乃花は夕暮れの砂浜に一人で座っていた。

岸壁から十分ほど離れた場所にある海水浴場だった。砂浜はまだ昼間の熱を吸い込んだまま、じんわりと熱い。泳いでいる人はいなかったが、孫を散歩させる老人や、釣りをする人、波打ち際《ぎわ》を走る子どもたちの姿がぽつりぽつりと見えた。野乃花はいつもトートバッグに入れているハガキ大のスケッチブックに、海と、そんな人たちの姿を描いていた。

「絵がうまかねぇ」

後ろからやってきた見知らぬおじさんが野乃花のスケッチブックをのぞきこみ驚いたような声をかけた。スケッチブックにおじさんの長く伸びた影が映る。曖昧《あいまい》に笑い返したまま野乃花が何も言わないでいると、おじさんはまたいつの間にかいなくなった。絵が上手だ、と無責任にほめた大人を憎んだこともあったけれど、今はもう何の感情もなかった。髪の毛が黒いとか、爪《つめ》のカタチが四角いとか、その程度の自分の特徴だ、と野乃花は思うようになっていた。

その能力を使ってデザインの仕事もしてきたし、会社も作った(派手につぶしたけれど)。

それだけのことだ。絵がうまいからって、だから何だ。後世に名前を残すような天才画家でないのなら、それ以外はみんないっしょだ。死んだら誰もその存在にすら気づかないのだから、と野乃花は思う。

スケッチブックを砂浜の上に置いて、野乃花はゆっくりと煙草《たばこ》を吸う。おばあさんも雅晴も煙草を吸わないので、なんとなく吸いづらくて我慢していたが、もう限界だった。ゆっくりと深く、煙を自分のなかにためこむように吸うと頭がくらくらする。それが気持ちよかった。

昼ご飯のあとに少しだけ吐いた正子は、おばあさんの家で横になっていた。横にいて様子をみていた野乃花に、おばあさんは「私が見ちょってだいじょうぶよ。お母さん、少し休憩しちょいやんせ。散歩でんしてきて」そう言った。おばあさんが正子の布団《ふとん》から離れたすきに、

「家に帰ったほうがいいんじゃないか」と小さな声で聞くと、正子は激しく首を振った。

「正子に事情があるのはわかる。だけど、この家に迷惑をかけたらいけないだろ。体調が悪いなら今すぐ病院に連れて行くし」

「あと少しだけ。お願いします。体はだいじょうぶだから」と顔の前で手を合わせて泣きそうな声で言った。

「もう少しだけここにいたいんです」

目尻《めじり》に涙を浮かべて野乃花の顔をじっと見上げる。泣いてる子どもの顔は嫌いだ。

どうしたらいいかわからなくなる。野乃花は長いため息をついた。

「今日も入れて三日。三日したら絶対に家に帰るんだよ。あんたの家まで送り届けるから」

そう言うと黙ったまま正子は頷《うなず》いた。

正子にどんな事情があるのかわからないけれど、あの子がひどく苦しい思いをしているのはわかる。あの子がそばにいると自分も苦しくなる。まるであの子の苦しみが伝染するみたいにつらくなる。子どもがいる母親はみんなこんな気持ちになるのだろうか、と思う。そう思った瞬間、母親という役割を途中で放り出した自分をまた憎む。

煙草をくわえたまま、デニムの後ろポケットから、黄ばんだ二通の封筒を取り出す。指で引き裂くように封を開ける。差出人に若本、と書かれた封筒には三つに折り畳まれた長い便箋《びんせん》が入っていた。すまんかった。すまんかった。と数え切れないほど何回も書かれている手紙を読み進めるたび、あの日、校長室の床に土下座していた若本の姿を思い出して、ふいに涙がこぼれた。泣いたことなど長い間なかった。泣く資格など自分にはないと思っていた。眼鏡をあげて腕でぐいっと涙を拭《ぬぐ》った。これは夕陽がまぶしいせいだ。煙草の煙が目にしみただけだ。泣いていることを誰にとがめられているわけではないのに、野乃花は自分にそう言いきかせた。便箋の間に一枚の小さな紙が挟まれていた。それはいつか、野乃花が真剣に就職について話をしている若本の目を盗んで描いたツグミの絵だった。絵の横に、中島野乃花、と今と変わらない癖のある自分の筆跡で名前が書かれていた。

しばらく迷って、野乃花はその絵をカードホルダーの中に入れる。

もう一通、差出人に島田、と書かれた封筒には便箋はなく、一枚の色褪《いろあ》せた写真だけが出てきた。晴れ着を着た女の子が恥ずかしそうな顔をして写っている。成人式よりももっと前、今の正子くらいの年齢だろうか。背景に写っているのは、野乃花にも見覚えのある英則の家の庭だった。晴菜の足元には青々とした手入れの行き届いた芝生が広がっている。身を切るような冬の風が吹いていたあの日、バッグに入ったガラガラや紙おむつを、まるで汚いもののようにつまみ上げて捨てた庭だ。晴菜の輝くようなその顔を見た。健康そうで、きれいで、やさしそうな表情で、どこにも非のうちどころのない娘だ。そんなふうに育ててくれた誰かに、英則や英則の両親や島田さんに、もしかしたら自分の知らない誰かに、野乃花は心のなかで深く頭を下げる。その写真をまた、野乃花はカードホルダーに挟んだ。

絵がうまいからってなんだ。社長だからってなんだ。

自分がこの人生でいちばんやるべきだったこと。それは自分が産んだ子どもをきちんと育ててあげることだったんじゃないか。そう思うと、体が焼き切れるほどの後悔にまた包まれる。あと三日、ここで過ごして、あの子を家に送り届けたら、由人の前から姿を消す。

そう決めて、野乃花はもう一本、煙草をゆっくりと吸った。

スケッチブックを破り、裏にまだ忘れていなかった住所と名前を書いてから、野乃花は海岸をあとにした。

海岸沿いには小さな郵便局がある。そこで切手を買って、カウンターで水に濡《ぬ》れたスポンジに押しつけ、ぺたりと貼《は》った。夕暮れの海を描いた絵のそばに、一言、言葉を書いた。外に出て、東京ではほとんど見ることがなくなった赤い丸いポストに入れようとして手が迷う。何度か繰り返して野乃花はため息をつき、そのハガキをびりびりに破いた。こんなもの三十年も会っていない母親からいきなりもらったって迷惑でしかないだろう。ごめんなさい、と書いた文字の部分を細かく細かくちぎってゴミ箱に棄てたが、いくつかの紙片は海風で飛ばされ、道路の上に散らばった。それを目の前の道路を走る小さなトラックが轢《ひ》いていった。

クジラは昼間よりもさらに弱っているように見えた。

桟橋のすぐ近くに泊まっている漁船のそばでじっとしている。海面に浮き出した背びれだけがライトで照らされているが、すり傷のようなものが昼間よりもはっきり見えて、余計に痛々しく見えた。クジラ博士が桟橋のそばで腕組みをしてクジラを見つめている。由人と正子は博士のそばに歩いていき、会釈《えしゃく》をした。

「このクジラ、ロープとかくくりつけて引っ張ったらだめなんですか？」

由人が聞いた。

「昔さ、それで亡《な》くなった人もいたんだ。クジラにロープをかけて小型船で引っ張ってさ。だけど、途中でクジラが暴れて転覆して。尾びれでひと叩《たた》きされたら大変なことになるからね」

博士が顎鬚《あごひげ》を撫《な》でながら言った。

「じゃあ、このクジラがここから出ていかないままだったら……」

「ただ死ぬのを待つのさ。座礁《ざしょう》したクジラが何も食べずにどれくらい生きたのか、ってデータはないんだけど……。もうそろそろ、死んだあとの始末を考えなくちゃいけないのかもしれないなぁ」

「もうよくなったのか」

由人の背中に隠れるように立っていた正子を見つけ、博士が笑いながら聞いた。はにかんだような顔をして、何も言わずに正子が頷いた。

「雅晴がね、今日は夜の当番じゃっと。お弁当を届けてくれんね。夜道が暗かでお兄さんとね」

晩ご飯のあと、おばあさんにそう言われて、正子は由人とともに歩いて岸壁にやってきた。正子は夕方まで布団で横になっていたが、もう平気だから、と言って自分で早々と布団を上げ、野乃花やおばあさんとともに夕食づくりを手伝っていた。

ライトが煌々《こうこう》と灯《とも》されたテントにお弁当を届けると、

「海水浴場に行ってみるといいよ。今日は星がよく見えるから」と雅晴が言った。

雅晴が教えてくれた海水浴場は岸壁から道路沿いに歩いて十分ほどのところにあった。雅晴に借りた懐中電灯で足元を照らしながら、コンクリートの階段を下りる。外灯のある道から外れ、海岸に近づくと次第に闇《やみ》が深くなる。由人は正子の前を歩いていたので、振り返って、「怖くない？　だいじょうぶ？」と正子に聞くと、だいじょうぶです、とぜんぜんだいじょうぶそうじゃない声で返事をした。

由人が砂浜に座ると、正子は由人からかなりの距離を置き、より海岸に近い砂浜に座った。クジラのいる岸壁ではあまり聞こえない波の音がよく聞こえる。夜になっても気温は高いままだったが、海風が強く吹いていたので、暑さはそれほど気にならなかった。

見上げると確かに星がよく見える。

自分の生まれ故郷も東京に比べたらずいぶん星がきれいに見える場所だと思っていたけれど、この海岸の比じゃない。大きさも、色も、輝きの強さも違う夥《おびただ》しい星で夜空は隙間《すきま》なく埋め尽くされていた。空の真ん中に青白い霞《かすみ》のようなものが縦に走り、塵《ちり》のような細かな星が集中している場所がある。あれって天の川か。口をぽかんと開けて見ていたら、首が痛くなってきたので、砂浜の上に寝転がった。

「なんか気持ち悪いほどすごいね」流れ星が見えた。

ぽろぽろとこぼれ落ちるように流れる星は、ミカの中国靴からはずれて落ちたビーズのようだ。

「怖いです」遠くから正子の小さな声が聞こえた。

「怖い？」

正子が座っているほうを見て言った。暗闇のなかで膝《ひざ》を抱えて座った正子の小さな背中が浮き上がって見える。

「宇宙にいるみたいだから」そう言われてみると、なんとなく、そんなふうな気がしてくる。東京あたりの夜空は二次元にしか見えないが、ここはあまりに星空がよく見えすぎて奥行きがあるように見えるのだ。黒い夜空のはるか向こう、奥に、さらにその奥にも、この闇が続いているのかと思うと、距離感が奇妙に歪《ゆが》んで、おなかのあたりがむずむずしてくる。

「東京タワーのほうが好きです。光が……安心します」

正子がぽつりと言う。波の音が大きいので、正子の言うことが途切れ途切れに聞こえる。いろいろな質問が浮かんで来て、口に出そうかどうか迷っているうちに、正子のすすり泣くような声が聞こえた。まいったな、と由人は心のなかでつぶやく。泣いてる女の子をなぐさめる、って一体みんなどこで学習するんだ。

「東京タワー、友だちが、……亡くなった友だちが好きだったです」

正子が振り絞るような声で言った。正子の泣き声が少しずつ大きくなる。

「僕の彼女も好きだったんだ東京タワー」

言うつもりもなかったのに、思わず口に出た。

「昔、彼女が東京タワーを見て泣いたことがあってさ。だけど、どうしていいかわかんなくて。そのときに彼女が言ったこともいまだによくわからないんだ。だから、振られたのかもなぁ」

ミカが履いていたブーツの、コツコツという踵《かかと》の音が耳の奥で聞こえてくるような気がした。

「あのとき、なんて言えばよかったんだろう。なんだって自分は自分よりはるかに年下の正子にこんなことを話してるんだろ」

そう言ったあとに、なんだって自分は自分よりはるかに年下の正子にこんなことを話してるんだろ、と思った。しばらく考えたあとに正子が言った。

「……よくわからないです」そりゃそうだよな、と由人は思った。でも考えてみます、と正子が言葉を続けた。最初にあのメイクをした顔を見たときはどんな子だと思ったけれど、まじめなんだなぁ、と由人は思った。正子が口に手をあてて咳《せき》を二回した。まだ体調が悪いのかと思って「寒いの？」「まだ気持ち悪い？」と由人が聞くと、だいじょうぶです、と小さな声で言った。

由人は夜の海を初めて見た。

正子が言うように夜空も怖いけれど、夜の海も怖いような気がした。波がくだける音が耳に反響する。耳が聞こえなくなって、こんな予想もつかない場所で迷ってしまったクジラの気持ちを想像する。仲間の声も聞こえなくなって、泳いで泳いで、湾に迷いこんでしまったクジラの気持ちを。「友だちがいなくなってから……」そう言ったまま、正子がしばらく黙った。

顔の表情がわからないから、声のトーンが変わったことが余計にはっきりわかる。

何か大事なことを話したがっているような気がした。由人も体を起こして、再び体育座りをして正子のほうを向いた。

「ときどき、ときどきですけど、頭がもやもやして苦しくなって。それで自分で……」

「そっか……」

「クジラを見に行かないかって、お母さんに、あ、社長さんに、あそこで言われて、もしかしたら、ここに来て、そういう大きな生きものでも見たら、少しは気持ちが楽になるのかも、って、そう思ってたのに」

海岸沿いのきついカーブの道を大型トラックが音を立てて走っていく。海岸を舐《な》めるように明るくするライトで照らされて、正子の顔が浮かび上がる。涙の粒がほろほろと正子の頰を伝っていくのが見えた。泣き声は次第に大きくなる。砂浜に手をついて吐くように泣いている。生まれて初めて泣いた人みたいだ。女の子がこんなふうに激しく泣くのを初めて見た。慟哭《どうこく》、ってこういうことをいうんじゃないか、と由人は思った。正子の泣き声が波のくだける音にかき消されていく。手も足も出ない、と由人は思う。こんなに悲しそうで、つらそうな子が、こんなにそばにいても。ハンカチ、と思って慌《あわ》てて、自分のデニムのポケットを探った。ハンカチはなく、何かふわふわしたやわらかいものが手に触れた。なんだろ、と思って出してみた。ミカがくれたフェルトでできたハートだった。デニムのポケットのなかに入れたままになっていたのだ。思わずそのハートの真ん中をぎゅっと押してしまった。ちゅううううっとわざとらしいキスの音がして、アイラブユーと子どもの大きな声がした。星が降りそそぐような夜の海岸には、あまりに不似合いな声だった。由人が苦笑いをすると、泣いている正子の口角がほんの少し、持ち上がったような気がした。

「……これ」近づいて、正子の手のひらにハートを載せた。

「今度、自分にそういうことしたくなったらさ、これ押してみなよ。こんなもんで気がまぎれるとは思わないけれど……」

正子の表情が変わらないので、あぁ、またやってしまった、こんなもの無理矢理押しつけて悪かった、と急に恥ずかしい気持ちがわき上がってきた。

「あ、ごめんごめん。こんなくだらないもの、いらないよな」

由人が手のひらをさしだしたけれど、正子はハートをそっと握って首を横に振り、ありがとうございます、と小さな声で言った。

しばらくの間、泣き続けた正子が落ち着くのを待って、雅晴の家に帰る途中、田んぼのなかの道を歩いているときに正子が背中から言った。もうすぐそこに雅晴の家の門灯が見えていた。

「あの、さっきの……」由人が振りかえって正子を見た。

「東京タワーの……彼女さんの……」うん、と由人が頷《うなず》いた。

「そのとき由人さんがそばにいてくれただけで、話を聞いてくれただけで、彼女さんは……うれしかったと思います」

うん、と、もう一度、由人が頷いて、正子の前を歩き出した。前に見える門灯がかすかににじんで見える。まるで自分の実家に帰って来たような気がした。玄関に入れば、父や母や妹や、亜優汰や、引きこもりの兄や、死んでしまった祖母が「おかえり」と言いながら自分を出迎えてくれるんじゃないかと、そんな気がした。

8

強い日差しにさらされて色があせたマゼンタの花弁が風に吹かれて揺れている。この前見た野乃花の家の墓とは違って、このあたりの墓にはビニールでできた造花が飾られていた。「おばあちゃん、お花とか替えなくていいんですか?」正子が聞くと、

「日が強かしすぐ枯れてしもとよ。死んだ人は花が本物か偽物《にせもの》か、わからんたって、

それでよかよ。お金ももったなかし面倒くさかしねえ。ばあちゃんな暑いからたまにしか来んし」そう言って笑った。

雅晴の家の墓は、田んぼのど真ん中、砂漠のオアシスのようにこんもりとした林に囲まれた中にあった。日盛りの道を歩いて、林に足を踏み入れると、急にひんやりとした空気に包まれる。

正子が墓のまわりに散っていた小さなゴミや枯れ葉を拾いながら墓の裏に回ると、死んだ人の名前と戒名、亡くなった年と月が刻まれてずらりと並んでいた。いちばん左側、つまり一番最近亡くなったのは、「前薗久美《まえぞのくみ》」という人らしかった。亡くなったのは去年の冬。ついこの間のことだ。享年《きょうねん》二十四歳。同じ年に男の人の名前もあった。享年六十三歳。名前をひとつひとつ読んでいくと、正子、という人がいた。亡くなったのは、昭和二十年の八月。享年十六歳。正子と同じ年齢だった。自分と同じ名前、同じ年齢の人。そう思うと、また、背中にふいに冷たい水滴が落ちてきたような気持ちになる。黙ったまま、じーっと墓石の裏を眺めている正子に気づいて、おばあさんが近づいてきた。

「あの、正子って名前の人が……」指さしながら、おばあさんに聞くと、

「あぁ、じいちゃんの妹。ばあちゃんの幼なじみよ」そう答えた。

おばあさんといっしょに線香を上げてお墓に頭を下げ、二人で田んぼの真ん中の道を歩いた。雅晴の家とは反対の方向だった。田んぼには、淡い緑色の稲の穂が空に向かってまっすぐに伸びている。おばあさんの腰は少しだけ曲がっているけれど、歩くスピードは正子よりも速かった。

正子はおじいさんやおばあさんと暮らしたことがなかった。生まれたときから、家族三人だけで生活してきた。年に一回、お姉ちゃんの墓参りや、法事などのときに、父方の祖母に会うことがあったが、母方の祖母や祖父と会った記憶がない。そもそも、正子は母が、自分の両親や生まれた家のことを話しているのをほとんど聞いたことがなかった。

お年寄りと生活したことがないから、最初は少し怖いような気もしたが、おばあさんと話していても、自分よりもはるかに年齢の上の人と話している気がしなかった。よく食べ、よく話し、よく動く。八十二歳という年齢が信じられなかった。

しばらく歩くと、小さな平屋建て、三角屋根の店が見えてきた。店の外にアイスケースや自動販売機、海水浴場にあるようなパラソルをさした丸テーブルと、プラスチックのベンチがあり、店の中には食料品や、洗剤や、軍手や、細々としたものが所狭しと並べられている、なんでも屋だった。高校の前にある吉田屋商店になんだか雰囲気が似ている。海老君のことがちらりと頭に浮かぶ。海老君がくれたソーダアイスの水色が目の前に広がる。東京にいる海老君は私が今、クジラを見にきていると知ったら、どんな顔をするだろう。最初に海老君の家に行った日、自分の乗ったバスに向かって「また、来いよー」と大声を出して手を振った海老君の姿が浮かぶ。

「だけど、電話して。な」告別式の日、そう言った海老君の赤い目を思い出す。双子《ふたご》の片割れの忍が死んで、今、いちばんつらいのは海老君なんじゃないか、とふと思う。忍がくれたiPodの裏、シールに書かれた「迷子のときの電話番号」、忍と海老君の携帯電話番号、すっかり覚えてしまった二種類の十一桁《けた》の数字を頭のなかで反芻《はんすう》する。一人はもう永遠に電話には出られないけれど、海老君に電話したら声が聞こえるんだ。店先にある緑色の公衆電話を見ながら、そう思う。海老君の携帯電話の番号をもう一度、頭のなかで繰り返す。

「さーて、正子ちゃんはどいがよかね？」

ぼんやりしている正子に向かって、霜のいっぱい張り付いたアイスケースをのぞき込んで、おばあさんが言った。そうは言ってもアイスは三種類くらいしかなかった。手前にあるソーダアイスを正子は選んだ。海老君がくれたソーダアイス。忍が「こうかんにっき」に食べたいと書いたソーダアイスだ。あの家でずっと食べ続けていたけれど、家を出てから一度も食べていなかった。おばあさんも同じものを選んだ。二人で店の前のベンチに座り、アイスをかじる。

遠くのほうから、飛行機の低いプロペラ音が聞こえて空を見上げたけれど、その姿はどこにも見えなかった。道の向こうはずっと田んぼが続いていて、その上に広い空が見えた。正子が住んでいた町よりも空の青が濃い。右側にほんの少しだけ細い雲がいくつか見えていたけれど、それ以外には何もない、広い広い青だった。飛行機の音だけが少しずつ近づいてくる。

「正子ちゃんはね」おばあさんがそう言ったので、正子はおばあさんの顔を見た。

「……ばあちゃんの幼なじみんほうの正子ちゃんね」そう言いながら笑って、おばあさんはソーダアイスを口に入れた。

「こんあたりねぇ、すぐ近くに特攻機が飛び立つ基地があったでしょう。じゃっで、アメリカの飛行機が機銃掃射をしてねぇ。人に向けて機関銃を撃ったとよ。ばあちゃんたち、こげな田んぼの真ん中で逃げ回っちょったのよ。本当に低く低く飛んでくっと。操縦しちょった人は、あたしたちの顔も見えちょって、狙《ねら》いをつけたとじゃろうねぇ」

おばあさんの話を聞きながら、正子もソーダアイスを食べた。戦争のことは教科書やテレビでは聞いたことがある。だけど、その時代を生きている人から話を聞いたのは初めてだった。目の前にいるおばあさんを、自分と同じ十六歳に巻き戻して想像してみようとしたけれど、うまくできなかった。

「正子ちゃんの大事なところが撃ち抜かれたとよ」そう言って、おばあさんは皺《しわ》だらけの右手をワンピースの恥骨のあたりにそっと置いた。

「戦争中じゃったで、薬もなかし、手術もでけんし、ろくな処置もでけんかったとじゃっどん、正子ちゃんも恥ずかしがってそん処置をいやがってねぇ。それでね……」

正子も自分のデニムの股《また》のあたりを見た。正子は慌ててデニムのポケットに手を入れ、昨日、由人にもらった赤いハートをにぎりしめていた。おばあちゃんが心配するから泣いてはだめだ。正子は舌の先を強く嚙《か》んで我慢した。

「正子ちゃんがいなくなったときは、そりゃ悲しかったけど。でも、ばあちゃん、もうそろそろ向こうに行くからね。正子ちゃんと会えるのが楽しみじゃっとよ。こげなばあちゃんになって気づかれんかもしれんけどね」そう笑いながら言って、ソーダアイスのはしっこを舐めた。ずーっとアイスケースの中に入っていたせいなのか、おばあさんのソーダアイスも、正子のソーダアイスもなかなか溶けなかった。

「……おばあちゃんは怖くないんですか？」

正子がそう尋ねても、聞こえなかったのか、おばあさんは黙ったままだ。

「向こうに行くこと、怖くないですか？」死ぬこと、と言葉に出すのは怖かった。おばあさんが正子の顔を見た。

「私の友だちもこの前、病気で亡《な》くなったんです。……私にはお姉ちゃんもいて……そのお姉ちゃんも赤ちゃんのまま亡くなったんだけど……」

おばあさんに聞こえるように、ほんの少しだけ大きな声で言いながら赤いハートをぎゅっとにぎっていた。

「そう……お友だちが……お姉ちゃんもおったの。お母さんは大変じゃったろうねぇ。お兄さんの上のお姉さん？」

おばあさんに何を言われているか最初はわからなかったが、しばらく考えて、自分はここでは由人の妹なのだということを思い出した。

「はい」と返事をしながら、おばあさんに嘘《うそ》をつき続けている罪悪感で胸がちくりと痛んだ。

「そんときはばあちゃんも怖かと思っちょったと。友だちの、同い年ん正子ちゃんが死んだときはまっこて怖かった。毎日っ、毎日っ、アメリカの飛行機に狙われて、次は自分じゃ、って思っちょったで。じゃっどん、戦争が終わってねぇ、空がこげなふうに静かになったらね」

店の前の道路には車も人も通らない。飛行機の音も聞こえなくなっていた。

「もう自分が死ぬまでに体験する怖かことはぜーんぶ終わったとじゃ、ってそげん思ったと。じゃっで、ばあちゃん、死んだ正子ちゃんの代わりになんでもやってやろうて思ったとよ。本当は親が決めた結婚相手がおったのに、反対されてもじいちゃんと結婚して、子どもも四人産んだと。子どもがみんな大きくなったら、じいちゃんと日本のいろんなところに旅行に行ったとよ。万博で月の石も見たし、農協の旅行でハワイにも行った」おばあさんがやっと溶け始めたソーダアイスのはしっこを小さく齧《かじ》る。

「それに、ばあちゃん、誰にも言ったことはなかどん……」そう言いながら左手で右の肩をとんとんと叩《たた》いた。

「なんだか、正子ちゃんがいつもここにいるような気がしてね」おばあさんが正子の顔を見て笑った。

「きれいなもんを見たり、おいしかもんを食べたら、ここにいる正子ちゃんに、いっつも話しちょったと。心のなかでよ。きれいかね、おいしかね、って。そげんすっと、うん、うん、って返事が聞こえてくいような気がしてね。……頭がおかしゅなった、って言われるから、そげなこと、おじいさんにも子どもたちにも言うたことはなかったどん」

ラジオなのかテレビなのか、店の中から音楽がほんの小さな音で聞こえてくる。演歌のような特徴のある節回しの歌だ。

「ほら前に、アメリカのビルに飛行機がぶつかったでしょうが」そう言われて頷いたけれど、正子が覚えているのは朧気《おぼろげ》なニュース映像だけだ。二つ並んだビルの途中から噴き出す煙と炎。銀色のきらきらしたものをまき散らしながら、瞬《また》く間に崩れていくビル。正子がまだ幼稚園に通っていたころのことだ。

「あんとき、テレビに向かっていい気味だ、って言うたら、雅晴に怒られたと。絶対にそげなこと外では言うちゃいかん、って」

おばあさんはソーダアイスを手にしたまま、目の前の田んぼを見つめていた。正子は黙ったままその横顔を見た。皺の奥にある眼球が濡《ぬ》れたように光っている。おばあさんが体験した戦争と、あの二つのビルが崩れ落ちていく出来事が、正子のなかではうまくつながらなかった。けれど、おばあさんのなかでは、それはひとつの線でつながっているのだと、正子は思った。

「じゃっどん、正子ちゃんにも見せたかったとよ。だから、テレビの前にずーっと座っちょったと。ねぇ見てみやん、正子ちゃんにひどかことした国よ。いい気味だ、って思わんね、って。でも、正子ちゃんは返事をせんとよ。そしたら、急に涙《なんだ》が出てきてねぇ。正子ちゃんが死んだときじゃってんそげん泣いたことはなかったて」そう言いながら、おばあさんは前掛けで涙をぬぐった。

「じゃっどん去年、孫の久美が、……雅晴の妹が死んだときはね」

「あの、写真の……若い女の人ですか？」

正子が聞くと、おばあさんは前を向いたまま頷いた。

「ばあちゃん、もう、こげん年をとってしもて、久美の代わりには、もう何《ない》もでけんとじゃと思って。子ども産んだり、遠くに旅行したりね。……あぁ、また泣いちょるって、雅晴に怒らるっと」そう言って、おばあさんは食べかけのソーダアイスをベンチの上に置いた。

「戦争や病気や事故で死んとじゃれば仕方ない。時間はかかるかもしれんどん、家族や友だちじゃってん、あきらめらるっような気がするの。でもね……」そう言ったまま、前掛けで顔を覆《おお》い、しばらくの間泣いた。

もしかしたら、お孫さんの久美さんは自分で自分の人生を終わらせたのかもしれない。そう思いながら、正子はおばあさんがベンチの上に置いたソーダアイスが少しずつ溶け始めているのを見つめていた。正子は隣に座って、おばあさんの小さな背中をさすることしかできなかった。強い風が一瞬吹いて、稲が同じ方向に倒れ、ざっ、という音をたてる。

「正子ちゃんはね、久美に似っちょっの。最初に見たとっからそげん思うたの、ばあちゃん。ときどき、我慢しちょっみたいな顔しちょってでしょ正子ちゃんは。久美もときどきね、そげな顔してたの」

前掛けを下ろし、正子の顔を見上げながらおばあさんが言う。

「なーんにも我慢することはなか。正子ちゃんのやりたいことすればよか。正子ちゃんはそんために生まれてきたとよ」そう言って正子の顔を見つめた。幾重もの皺の奥の目がやさしく微笑《ほほえ》んでいた。

「お母さんやお兄さんが何か言《い》うても、ばあちゃんは正子ちゃんの味方じゃ。学校にいじめっこがおったなら、ばあちゃんがこらしめてやるが」

笑いながら、おばあさんは正子の左手をふんわりと両手で包んだ。皺だらけで茶色いしみがいっぱいのその手を見ながら、正子は今にも出そうになっている涙をぐっとこらえていた。

「それに、正子ちゃんのここには」おばあさんが正子の左右の肩に両手を置いた。

「正子ちゃんのここには、きっと、お友だちもお姉ちゃんも、おるとよ。正子ちゃんはその人たちの代わりに、おいしかもん食べたり、きれいなもんを見たりすればよかと。それだけでよかと。生き残った人ができるのはそいだけじゃ」

自分の肩にお姉ちゃんや忍がいるかと思うと、ほんの少し怖いような気もした。正子は目の前にある稲と空を見る。目にしみるような淡い緑と鮮やかな青は、赤ちゃんのお姉ちゃんにも見えている？　このソーダアイスは忍もおいしいと思っているのかな。

「はら、正子ちゃん」おばあさんが大きな声をあげた。

「ばあちゃん運がよか。ラッキーガールじゃね」

さっきおばあさんが置いたままだったソーダアイスの棒をつまんで正子に見せた。棒には「あたり」の文字が刻印されていた。

「こん次に来たときは、これで交換せんと」とてもうれしそうな声でおばあさんが言い、その棒を大事そうに前掛けのポケットに入れた。この次、という言葉で急にさびしくなる。

「明日が三日目だ」と正子は思う。

野乃花とそう約束したのだ。だけど。このまま、いつまでもずっと、ここにいたかった。野乃花と由人とおばあさんと雅晴と、そして迷子のクジラと。その気持ちを溶けかけたソーダアイスとともに正子はのみこむ。

「明日で三日目だ」と野乃花は思う。

明日、この家を出て、正子を家に送り届ける。あの子が重い荷物を抱えているのはわかる。それがどんな荷物なのかは知らないけれど、話だけは聞いてあげたかった。それであの子が楽になるのなら。「大変じゃったとじゃねぇ」おばあさんの大きな声ではっと我に返る。

「正子ちゃんの上にお姉ちゃんがおったとじゃね」

おばあさんが畑からとってきたばかりの青菜を洗っている。野乃花はその隣でガス台の前に立ち、天ぷらを揚げていた。

「え、えぇ」黄金色に色づきはじめたさつまいもをひっくり返しながら、野乃花が曖昧《あいまい》に頷《うなず》く。そうか。そうだったんだ。

「お母さんも大変だったろねえ。由人さんや、正子ちゃんが生まれたときは気も張っちょったじゃろ。よう二人も産んで育てたねぇ」そう言いながら、青菜を両手でつかみ、水を払う。違う。おばあさん、育ててない。捨てたんです。心の中でつぶやきながら、ちょうどいい色になったさつまいもを油の中から引き上げる。

「じゃっどん、あの年頃で同い年のお友だちを亡くす、っていうとはいちばんつらか。ばあちゃんも幼なじみを空襲で亡くしちょってね。少しくらい元気が出らんでも当然じゃ。仕方なかね」木のまな板の上で、おばあさんが青菜を刻み始めた。

「でも、少しは食べられるごつなったねぇ。最初の日は小鳥みたいにほんの一口じゃったどん」ふふふ、と笑いながら、おばあさんは青菜を刻む手を休めない。そうですねぇ、と返事をしながら、同い年の友だちも……、そうだったのか、と野乃花は思う。テーブルの向こう、おばあさんの隣でにこにこと笑いながら、食事をしている正子を野乃花は見る。食べる量はまだ少ないけれど、一日三度食事をしているせいなのか、初めて会ったときよりは、頬がふっくらして、顔色もよくなってきたような気がする。

「正子、おばあちゃんの湯のみないでしょ。台所から持っておいで」

野乃花がそう言うと、正子は、はい、と返事をしながら立ち上がり、暗い台所のほうに歩いていく。あの日、あのショッピングセンターで自分が買ってあげたパーカーを着た、その小さな背中を見ているうちに、ふいに、この子が自分の娘だったら、という馬鹿《ばか》げた想像をしている自分に気がつく。その想像を振り払うように、野乃花はぱりぱりと音を立てて、高菜の漬け物を噛む。

由人は雅晴の役場の人が広報誌のデザインのことで相談があるらしいと言って、雅晴と二人で出かけていった。

「クジラを見にいこうか？」と野乃花は正子を誘った。おばあさんに懐中電灯を借りて、海までの道を歩いて行く。昼間は真夏のように気温が上がったけれど、日が暮れると風が出てきてずいぶん過ごしやすくなった。野乃花が道の少し先を照らしながら正子と並んで歩いた。等間隔で外灯が並び、そこだけがぼんやりと明るいけれど、それ以外の場所は隣にいる正子の顔もよく見えないくらい暗い。懐中電灯でほんの少し先だけを照らしながら歩く。

「おばあさんから聞いたよ」野乃花は持っていた煙草《たばこ》に火をつけた。

火をつけてしまってから、正子に「いい？」と聞くと、正子は何も言わずに頷いた。

「お姉ちゃんと、それと……友だちのこと」横を歩く正子は何も言わない。

クラクションの音がして振り返ると、小さなトラックが二人の後ろからやってきて、ゆっくり追い越していった。

「それで家を出てきたの？」正子は何も言わない。

「どうせもう、明日にはさよならする赤の他人なんだ。何を聞いたって驚かないよ。あんたがあたしに何か話して楽になるんならなんでも聞くよ」そう野乃花が言っても、正子は黙っている。野乃花は歩きながら、ちらちらと横目で正子の強《こわ》ばったままの顔を見る。

「お父さんとお母さんはいるんだよね？」正子が頷く。

「でも、そこには帰りたくないんだね？」正子は何も言わない。

しばらく歩いて、野乃花は二本目の煙草に火をつけ、夜空を見上げた。今日は雲が厚いのか星はほとんど見えない。

ここに来た最初の日、夜空を見上げて驚いた。自分の村でもあんなに星を見たことがなかった。というか、夜空を見上げるような余裕もなかったのだ。今日みたいな雲に覆われた日でも、雲の向こうにはたくさんの星があるのかと思うと不思議な気がした。星は何で輝いているんだろう、とふと思う。雲に隠れていても。誰も見ていなくても。

「あんたと過ごしてさ、母親ってつくづく心配することが仕事なんだな、って思ったよ。あんたがどれだけ食べたか、ぐっすり眠ったか、そんなことが気になりはじめてさ。嘘の母親なのに」歩きながら黙ったままの正子に話しかける。「あたしさ、子どももいるんだ」

「十八のときに産んだ子どもが。だけど、その子が赤んぼうのときにノイローゼみたいになっちゃってさ、その子捨てて、東京に出てきたんだ」

ほんの少し、正子の歩くスピードがゆっくりになったような気がした。

「子どもが離乳食を食べないから、って。それで。……あ、ごめん、自分の話をしたいんじゃないんだって。あんたの話を聞きにきたんだから」

隣にいた正子が歩みを止める。野乃花が振り返る。外灯の明るさのなかにいる野乃花には、暗闇《くらやみ》のなかにいる正子の表情が見えない。

「どうした？　気分また悪い？」野乃花が正子の立っている場所まで戻って言った。

「お母さんに捨てられたその子の気持ちを考えたことないんですか」

暗闇のなかで正子が野乃花の腕をつかんだ。驚いた野乃花の手から懐中電灯が音を立てて道の上に転がった。自分の腕をつかんだ正子の手が熱い。

「もちろん考えているよ毎日毎日。昨日だって今日だって今だって」

「赤ちゃんが離乳食を食べないことなんて、よくあることなんじゃないですか。そんなこと、大人なら我慢すればいいじゃないですか」

これまで聞いたことのないような正子の声が、低く重く響く。野乃花の腕を正子が爪《つめ》のあとがつくくらい、強く握っている。野乃花は理解する。

あぁ、そうか。この子はただ、ひどく、どうしようもなく怒っているのだ。

「こんなことあんたに言っても言い訳にしかならないけれど、自分もまだ子どもだったんだ」

「生まれてきた赤ちゃんには、そんなこと関係ないじゃないですか」そう言う正子の息が荒い。目が慣れてきて、正子の肩が上下しているのが見える。

「親にこんな事情があるから理解しろなんて子どもには無理です。子どもは優しくされたくて生まれてくるんじゃないですか。理解するのは長く生きてる大人のほうじゃないですか」

「あんたの言ってることは本当に正しいよ。あんたの名前の通り、あんたは本当に正しい。だけどね、あんただってもう少し大人になれば」

「そんな大人には絶対になりたくないです」

きっぱりと、そう言い放って正子は雅晴の家のほうに駆けだした。「待って！」野乃花も懐中電灯を拾って後を追う。ここ最近、走ったことなどなかったのですぐに息が切れた。雅晴の家の門柱が見えて、玄関に駆け込むと、お風呂《ふろ》上がりの濡れた髪のおばあさんが驚いた顔をして立っていた。

「あら、親子げんかかね？　けんかするほど仲がよかねぇ」そう言って笑った。

襖《ふすま》を開けると、正子が電気もつけずに布団《ふとん》にくるまり丸まっていた。

iPodの音を最大にしているのか、布団の外にも音楽が漏れてくる。近づいて布団を二度、三度、揺すってみたが、正子は布団から出てこない。丸まった布団を見つめながら、何もできずに、野乃花は立ちつくしていた。助けられもしないのに気まぐれにこの子を拾って、そしてまた明日、気まぐれに自分はこの子を捨てるんだ。十八歳のときと同じだ。四十八歳になっても。自分は進歩も成長もしていないのだ。大人のくせに。

9

「もうすぐかもしれないな」

コンクリート壁の端に座ってビールを飲んでいる雅晴と由人に向かって博士は言った。

「クジラはさ、病気や老衰で溺死《できし》しそうになるとさ、遺伝子に残った四本足の哺乳類《ほにゅうるい》の記憶が突然よみがえって、本能的に陸に上がってくる、っていう説があるんだよ。ちゃんと検証もされてないし、支持してるやつは少ないけどさ。より浅瀬に来たってことは、俺、もうすぐ帰れるってことかもしれないな」

煌々《こうこう》とライトの灯《とも》るテントから、誰かが大声で博士を呼んで、博士が駆けだして行った。大きな水音がして海のほうに目をやると、クジラが大きく体をくねらせている。目の前にいるクジラは、由人たちが最初にクジラを見た腰の高さほどあるコンクリート壁の近くにいた。体を大きくくねらせるだけでなく、ときおり尾びれで海面を叩《たた》くような動きをする。博士がさっき言った溺死、という言葉を聞くと、その動きが、海で溺《おぼ》れ、もがき苦しんでいるようにしか見えなくなる。

浅瀬にいるせいなのか、桟橋のそばにいたときよりも体の全体像がよく見えた。あんなにも大きい生きものだったんだ。由人は改めて思った。

「死んでほしいんだか、生きてほしいんだか、俺、博士のことがよくわかんね」

雅晴が駆けていく博士の背中を見ながら、ひとりごとのようにつぶやいた。

「こんなふうなクジラ見ると、やっぱり死にたくないんじゃないかなって、俺、思うんだよね」

そう言いながら、雅晴がもう何缶目になるかわからない缶ビールを開けた。

時折涼しい風が吹いて、由人のシャツをはためかせる。缶に直接口をつけ、のどを鳴らしてごくごくと飲む雅晴を由人はうらやましそうに見た。由人は寝る前の薬の服用と飲酒の組合せにびびって雅晴のすすめたビールを断り、自販機で買ったペットボトルのコーラをのんでいた。けれど、コーラはすぐにぬるくなってしまい、二口ほどのんだだけで、由人はペットボトルに蓋《ふた》をした。

クジラが桟橋の先端よりさらに手前の浅瀬に入り込んでしまったようだ、という連絡を受けたのは、雅晴とともに雅晴の勤務する役場にいたときだった。

広報誌の制作を担当している雅晴の同僚がどうしても聞きたいことがあるんだって、と、雅晴に連れられ、午後七時を過ぎて誰もいない役場の三階、フロアの片隅でマックをいじった。フォトショップとイラストレーターというデザインのソフトを自在にあやつる由人を見て、雅晴と雅晴の同僚が目を丸くした。

「由人さん、やっぱプロなんだなー」

野乃花がそばにいたら、また罵倒《ばとう》されると思ったけれど素直にうれしかった。お礼は何もできないけれど、そう言って缶ビールと袋入りピーナッツが入った紙袋を渡してくれたが、もらったビールのほとんどを雅晴が一人で飲み干そうとしていた。

「でも、今日はほんとに助かったわ。由人さん、かっこよかったもん。やっぱりこの人、東京の人なんだ、デザイナーなんだな、って俺、ちょっと感動しちゃった」

雅晴が由人の顔を見ながらうれしそうに言う。

「何言ってるんですか。雅晴さん、東京の人とか言うけど、僕なんか、かっこいいも何もないですよ。いかにも東京の人間みたいな顔してるやつに限って、実は東京生まれじゃなかったりするんですから」そう言いながら、由人はここからはるか遠くにある東京のことを考える。ミカに言われたことを思い出す。なんだか東京の人みたい。由人じゃないみたい。デザイナーとか言っちゃって、東京の人みたいな顔しないで。由人なんか田舎の人じゃん。大好きな人に言われた、そんな嘲《あざけ》りと蔑《さげす》みの言葉の数々を。

「それでもさ、やっぱ俺、由人さん、やりたいこと仕事にしてさ。自由でうらやましいな、って思っちゃうんだよ」

「うらやましい？」そんなふうに言われたのは初めてだった。

「俺なんか生まれたときからこの村でしょ。長男で、親父《おやじ》の田んぼの管理もあってさ。とりたてて得意なこともやりたいこともあったわけでもないから。適当に役場勤めて。だけど、ずーっとまわりの人の顔ぶれが変わらないことがつらいときもあるんだよ。自分のことなーんでも知ってる人ばっかでさぁ。それが、時々、……しんどい」

さっき手にしていたビールをもう飲み干してしまったのか、また、雅晴が新しいビールを開けた。雅晴の話を聞きながら由人は父親のことを思い出していた。

「飛行機の操縦士になりたかったんだよあの子は。……だけど、長男だし、六人も子どもがいたって男は一人だんべ」

死んでしまった祖母の言葉が耳をかすめて、思わず自分の手を見る。やっぱりまだ、何もやってない子どもの手だ。父親の手も指も、節くれ立って黒々と日にやけていた。土地も、家族のしがらみもなくて、やりたいことやって、それでなんとなく死にたいなんて思ってる自分はやっぱりただのガキだ、と由人は思う。

「……由人さんはぜんぜん飲めないのかい？」

「あぁ、僕、薬飲んでるから。それで」言ってしまってから、しまった、と思った。

「どこか悪いの？」そう聞かれて一瞬迷う。

でも明日、雅晴とは別れるのだ。隠しておきたい部分を雅晴になら託してもいいような気になった。

「うん。……あー、あの、僕、実はうつなんすよ。うつ」雅晴が由人の顔を見る。

「そうは言っても、薬さえのめば日常生活には支障がないんで。すっごく軽いうつですけどね。仕事が忙しくて。……実は、彼女いるとか言っちゃってましたけど、振られたんです僕。仕事でてんぱって彼女にも振られて、いろいろあってそれで。恥ずかしいけど」

そう言いながら、由人はポケットに入れた折り畳んだジップロックを雅晴に振って見せる。白とオレンジの薬はずいぶん少なくなっていた。東京に帰ったら、また宮崎駿に会いに行かないといけないと思うと気が重くなる。

「でも、そげな薬飲んでも、病院に行っても、東京なら人が多かから何も言われんでしょ」

しばらく黙っていた雅晴が口を開き、海をまっすぐ見たまま言う。

「……まぁ、そう言われればそうですね。会社の先輩もみんな薬のんでたし」たぶん、社長も。心の中でつぶやく。

見上げると、湾口の上空、たくさんの星の間に飛行機の赤いランプが点滅しながら移動していくのが見えた。

「こんあたりの人はよぉ。近所の目があっでしょ。そげなことがあってん我慢してしもとよ。ぎりぎりまで我慢してね……そいで耐えきれんごっなって」そう言ったまま黙ってしまった雅晴を由人が見る。前を見て口を閉ざしたまま、手にした缶ビールの真ん中を、雅晴がぎゅっと握った。べこん、と音がした。指が太く、分厚い雅晴の手は、自分の父の手に似ている、と由人は思った。

「そいで自分で……、自分の人生終わらせてしまう人がいっぱいおっど。……俺の、俺の妹、とか」そうか。雅晴から目をそらして、由人ははるか遠く、さっきよりも小さくなってしまった飛行機の赤いランプの点滅をただ見つめた。雅晴の顔は見られなかった。

「毎日毎日、暗か顔して泣いちょっ妹に、ひどかこともどっさい言うて。俺は病気のくわしかことなんかなんも知らんかったで。あいつがこっそいそげな病院に行ってもろうてきた薬をのむな、って怒って無理矢理取り上げたこともあった。妹がいなくなって、ばあちゃんも悲しませた。なんごて、なんごて」

クジラがまた体をよじらせたのか、大きな水音がした。由人も雅晴も音のするほうを見た。

「なんごて妹がそげんなったのかも俺、いまだにようわからん。わからんまんま、あいつは全部抱えていってしもた」

ぷしゅっ、と缶ビールを開けた音に続いて、ビールをのむ音が聞こえる。一息に飲み干してしまうかのような勢いでのどが鳴る。

「毎日、後悔ばっかいじゃ。薬のんだって、入院したってよかと。どげなことしたって、そこにいてくれたらそいで」

クジラが繰り返し海面を叩く音が、なんだか断末魔の叫びのように聞こえてしまう。

「そいだけでよかと」

「あんなクジラ見っちょっのもほんとはつらかとよ」

震える声でそう言った雅晴を見ると、子どものように腕で目をこすっていた。この人には泣く場所がどこにもないんじゃないか。なんとなく由人はそう思った。泣いている雅晴を見ているのがつらくて、由人はまた海を見つめた。尾びれのシルエットが突然浮かび上がって、今までで一番大きな音を立てて海面を叩いた。

「由人くん、死ぬなよ」

雅晴が由人の顔を見てそう言った。声はもう震えていなかった。

「絶対に死ぬな。生きてるだけでいいんだ」そうか、と、由人はまた思う。悩む必要なんかなかったんだ。

練炭自殺しようとした野乃花にも、リスカしてる正子にも、そして薬のんでなんとなくこの世からいなくなりたい自分にも「死ぬなよ」って。

ただそれだけ、言えばよかったんだ。

10

「クジラが泳ぎだしたって」

雅晴が携帯を手にしたまま由人に向かって大きな声を出した。

それは由人と野乃花と正子がおばあさんの家に来た五日目の朝のことで、朝食を食べたあと、野乃花が「今日帰ります」といつ伝えるか、そのタイミングをはかっているときのことだった。「あら、見っけ行かんと」おばあさんが前掛けを外して、テーブルの上を片付け始めた。雅晴は携帯でいろんなところに電話をかけ、怒鳴るように話し続けたあと、グレイの作業服を着て、「一足先に行ってるから」と慌《あわ》てて玄関を飛び出して行った。

「乗せてもろてんよかね」

おばあさんにそう言われて、由人は戸惑いながらも、もちろんです、と返事をした。昨日の夜、寝る前の話では、朝食のあと、野乃花がおばあさんに帰ることを伝え、お礼をして、荷物を車に積み、この家を出るつもりだった。慌てて家の戸締まりを始めたおばあさんの背中を野乃花の不安気な視線が追いかける。正子も由人もそんな野乃花をただ見つめるしかなかった。由人と野乃花と正子の三人は手ぶらで車に乗り込み、戸締まりをしているおばあさんを待って海岸に向かった。

海岸には少しずつ人が集まり始めていた。最初にこの小さな湾に来た日のように、空にはパタパタとヘリコプターの音が聞こえ、テレビカメラやライトやマイクを持った人が、手にした機器の調整に余念がない。博士は記者らしき人に取材を受けていたし、雅晴は同じ作業服を着たクジラ守り隊のメンバーとテントの前に立ち、湾の真ん中を神妙な顔で見つめていた。おばあさんは雅晴のいるテントにお弁当を届けに行き、由人と野乃花と正子は、見物人を整理するためにロープが張られた桟橋の手前に立って海を見つめた。

湾口のそばでクジラが潮を空高く吹いているのが見えた。

そのまま、湾の外に出て行くのかと思えば、再び、桟橋のそばまで戻ってきたり、ぐるぐると円を描くように泳いでいる。初めて自転車に乗れるようになった子どもみたいだ、と由人は思う。桟橋のそばにやってきて、クジラがしゅうううううっと潮を吹く。そんなふうに力強く潮を吹いているところを初めてみた。

「そっちじゃないそっちじゃない」

クジラが再び桟橋に近づこうとすると、近くの保育園なのか、同じ黄色い帽子をかぶった小さな子どもたちが叫ぶ声が聞こえた。

「昨日の夜は浅瀬に入りこんで苦しそうだったのに」

正子の顔を見ながらそう言うと、正子が黙って頷《うなず》いた。振り返ると、由人たちの後ろには、さっきよりもたくさんの人が集まっていた。泳ぎだしたクジラを一目見ようと、首を伸ばし、クジラが勢いよく潮を吹くたびに、「おおおぅ」というどよめきが起こる。

クジラは再び桟橋を離れ、湾口目指して泳ぎ出していた。背びれが見え隠れするたびに海面が白く泡立つ。

時折、興奮した後ろの人に背中を押されるので、危ないな、と思いながら、由人が正子のパーカーの腕をつかんで、人がなるべくいない場所に移動させた。正子は口を閉じたまま首を伸ばし、湾内を泳ぐクジラの動きを追っている。

昨日の夜から考え続けて答えが出ないことを由人はまた考え始める。このままクジラが沖に出て、おばあさんの家を出て、正子を家に送り届けて、それから野乃花とどうする。眠れないまま朝を迎えたのでこめかみが鈍く痛む。眠れないのは、正子も野乃花も同じだったようで、明け方まで、二人の布団《ふとん》から、何度も寝返りをうつ音が聞こえてきた。

「あっ！　また戻ってきたが」

後ろにいる人が興奮した声を上げる。湾口に向かって泳いでいたクジラが再び、桟橋に近づいてくる。吹き上げられた潮が光を浴びて、小さな虹《にじ》が見えた。まるで休憩をするように、クジラは桟橋のそばでしばらくの間、動きを止め、もう一度、霧のような潮を高く吹き上げると、再び湾のなかをぐるぐると泳ぎだした。

そもそも正子を家に送り届けていいものなのかどうか、それすらもわからない。野乃花と東京に戻るのか、それともこのまま旅を続けるのか。僕たち、どこに向かえばいい。クジラ見てから死ねばいいじゃないですか。やけっぱちみたいにそう言って、時間稼ぐためにそう言って、ここまで来たけど、だけど、クジラもう見ちゃったじゃん。

そのとき、隣にいる正子の体が突然、後ろに引っ張られた。驚いた由人が振り返ると、険しい顔をした中年男性が正子の肩をつかんでいた。

「正子」

眉間《みけん》に深い皺《しわ》のある中年男性がそう言った。直射日光の下、荒れた肌に無精髭《ぶしょうひげ》が目立つ。その隣には青白い顔をした中年女性が立っていた。顔の輪郭やすっと通った鼻筋が正子によく似ている。「正子、なんで」中年女性がふりしぼるような声を出して、正子の腕をつかんだ。腕をつかまれたまま正子は立ちつくしている。正子の両親か。今まずいことになる。そう思いながらも何も言えないまま由人は正子の顔を見た。今まで見たことのないような強《こわ》ばった表情で目の前にいる二人を見つめたまま動けなくなっている。

「どうしたの」

人ごみに押されて少し離れた場所に立っていた野乃花が、後ろを振り返ったままの由人と正子に声をかけた。コンクリートで固められたように立ちつくす正子と、正子の目の前にいるやつれた二人を見て、野乃花もすべてを察したようだった。

「帰るのよ」そう言いながら、正子の母が正子の腕を力まかせに引っ張ろうとする。

「正子がニュースに映ってるって、教えてくれた人がいたの。なんだってこんなところに」

正子の母が泣きそうな顔で言う。

「さ、早く」そう言いながら正子の細い腕を引っ張る。

「あ、あの、ちょっと待ってください」思わず由人の口から声が出た。

「おまえ、なんなんだ。おまえが正子を連れ出したのか」

正子の父が大きな声を上げた。

「ちょっ、違いますって」

「未成年だぞ。警察に行こうか。どういうことになるかわかってんのか」

警察、という言葉を聞いて、まわりの人がざわざわしはじめた。パタパタパタとい
うヘリコプターの音が近付いてくる。

「お父さん、私からちゃんとお話ししますから。だから向こうで」

「おまえも誘拐犯の仲間か」

腕に触れた野乃花の手を、正子の父がまるで世界でいちばん汚いものがふれたように振り払った。怯《おび》えたように目を伏せた野乃花の顔を由人は見た。野乃花のそんな表情を見たのは初めてだった。正子の父が野乃花のどこかをひどく傷つけた、と由人は思った。

「ほら正子。帰るのよ今すぐ」

正子の母がもう一度、力まかせに正子の腕をひっぱろうとしたその瞬間、正子が前を向いてウサギのように駆けだした。人ごみをすり抜け、桟橋の手前のロープを飛び越し、桟橋を駆け抜ける。駆けだした正子の背中を、由人と野乃花、正子の両親が追いかけようとしたが、クジラを見つめる人たちに阻《はば》まれてなかなか前に進めない。

「帰らない！」

あっという間に、桟橋の突端のぎりぎりのところに到着した正子が叫ぶ。

何の騒ぎだかわからないまま、突然始まった出来事に、クジラを取材しに来た地元の新聞記者やテレビ局が正子にカメラを向ける。由人と野乃花、正子の両親は「危ないから入らないで」とクジラ守り隊の職員に、桟橋に行くのを止められた。

「お母さんと家に帰るのよ」正子の母が絶叫する。

桟橋にクジラがもう一度近づいたそのとき、クジラがここに迷い込んでから、クジラを見守ってきた人たちが誰も聞いたことのない音が響きわたった。低いうなり声のような、遠ぼえのような音が、海と人間たちの鼓膜を震わせる。

「帰らない！　帰らない！　帰らない！」

そう叫びながら、正子が海のほうを向いた瞬間、由人はロープを飛び越えていた。由人の体を押し戻そうとした職員の体を左腕で強く押し返した。職員の体が傾く。ごめんなさい、と思いながら、由人は正子の背中に向かって走り出していた。すぐに息があがって足がもつれる。左足のスニーカーが脱げそうだ。転びそうになりながら前のめりになりながら、それでも走った。こめかみはずきずきするし、右の足首がくじいたように痛む。間に合え。間に合え。正子の背中が近づいてくる。由人、止まっちゃだめ。由人は思う。なんだってこんなときに母親の声、思い出すんだ。あの冬の飛行場跡で父親のでっかい背中に向かって走ったときみたいだ。妹みたいに足が速ければよかったのに。きゃーーーという叫び声が後ろから聞こえる。なんでも遅すぎるんだいつだって。終わったあとに気づくんだ大事なことに。由人の目の前から、正子の背中が少しずつ消えていく。いっつも間に合わないんだな僕。体がばらばらになるような衝撃とともに海に飛び込んだ瞬間、海面に向かって上っていくたくさんの泡のカーテンの向こう、由人の目の前を壁のような何かが横切ろうとしていた。青みをおびた灰色のしわしわの皮膚。切れ長の目が僕をひとにらみする。そんな目で見んな。いっぱいいっぱいだけど、こっちもせいいっぱいやってんだ。由人の斜め下に正子の着ているパーカーのフードが見えた。ばんざいをしているように、正子の両腕が海面に向かって伸びている。死ぬな。絶対に死ぬなよ。それにしても水が重い。由人が正子の細い枝みたいな腕を握って自分のほうに力いっぱい引き寄せたそのとき、何か大きな力ではじき飛ばされた。由人の右腕にちぎれるみたいな痛みが走ったけれど、正子は抱えたままでいた。息が苦しい。どこからか蒸気機関車の汽笛みたいな、ディストーションかけたギターみたいな咆哮《ほうこう》が聞こえる。由人の意識が次第に遠のいていく。死ぬなよ。って言う前に僕が死んじゃうかもな。ぼんやりとしていく頭で由人は思う。海のないところで生まれて海で死ぬのか。なんか、ちょっとかっこいいかも。だけど。だったら、もう一度、会いたかったな。

長い、長い夢を見ていた。

最初に出てきたのは、小さな赤ちゃんを抱えて、一人で病院の廊下を走っている女の人だ。やわらかそうなおくるみにくるまれた赤ちゃんの顔は真っ白だ。女の人は診察室の前の黒い椅子《いす》に座って途方にくれた顔をしている。次に出てきたのはベビーベッドの中から腕を伸ばして泣き叫ぶ赤ちゃんを見つめている女の人だ。夜明け前の道を、一人で駆けだしていく。その次の女の人は防空ずきんをかぶっていた。同じような防空ずきんをかぶった女の人の体を抱えて泣きわめいている。空にはたった今、機銃掃射を終えたばかりの黒い飛行機が飛び去っていく。横たわった女の人の腰から下は真っ赤だ。抱えている女の人の顔や手にも、赤い血がべっとりついている。

女の人の声がする。許せるかもしれないし、許せないかもしれない。

最後に出てきたのは忍だった。

黒いニーソックス、反対の足は白い装具をつけ、ギターを抱えて立っている。忍がギターをかき鳴らす。それは海に落ちたときに聞いた音だ。あぁ、あの音、どうやって出すんだっけ？　海老君に聞かなくちゃ。海老君の十一桁《けた》の電話番号を夢のなかで暗唱する。忍の口が動いているのに何て言っているのかわからない。顔を近づける。忍が私にわかるように口をゆっくり動かす。

言わなくちゃ。忍が繰り返しそう言う。言わなくちゃ。

正子がゆっくりと目を覚ますと、病院の天井が見えた。足のほうに重みを感じて、視線を下に向けると、病室の丸椅子に座った母がベッドの上につっぷして寝ている。正子の様子を見ているうちに疲れて眠ってしまったのだろう。気配に気づいて母が目を覚まし、立ち上がって正子の顔をのぞきこむ。お母さん。正子は小さな、けれども、はっきりした声で言う。

「ごめんなさいお母さん。私、お母さんと離れて暮らしたい」

母の顔が歪《ゆが》み始める。母から、海の中で聞いたような、夢のなかで聞いたような声がする。

「あんたたち、家族にしか見えなかった」由人の病室で雅晴があきれたように言う。雅晴とおばあさんに向かって土下座しそうな勢いで野乃花が頭を下げている。

「そいはもう、顔がねぇ」おばあさんが笑いながら言う。

「ばあちゃん、気づいちょったんか！」雅晴がそう言うと、「耳ん中に虫がおっで何も聞こえもはん。正子ちゃんにアイスでん買うてこようかね」とすました顔をしながら病室を出て行った。

「右腕骨折だってな。クジラの尾びれで叩《たた》かれて。おまえはデザイナーとしてもう終わりだ」

無精髭を生やし、目のしたに黒々としたクマを作った溝口が忌々《いまいま》しそうな口調で言った。

「社長、なんで俺、こんなに疲れ果ててるかわかります？　このバカが最後にした仕事の修正のせいなんですよ。バカ社長とバカ社員がこんなとこでのんびりクジラ見物してる間に、俺が徹夜してこいつの失敗を修正して、米つきバッタみたいにクライアントに頭下げて。それがね、まだ終わってないんすよ。悲しいことに。なのに、畠さんからも連絡あったんすよ。二人の首に縄つけて引っ張ってきてくださいって。あの人、言葉は馬鹿《ばか》丁寧《ていねい》なのに意外に強引ですよね。畠さん、なんかご不幸があったみたいですけど、初七日過ぎたら東京に戻るって」そう言いながら溝口はギプスの上から由人の右腕を軽く叩いた。由人のぎゃーーという叫び声が病室に響いた。

「あ、あと俺、このあと、雅晴さんに営業するんで。今回のね、この一連のクジラ騒動ね。絵本にして役場で売るのはどうかなって。ね。ね。雅晴さん。さ、行きましょか」そう言って溝口は強引に雅晴の腕を引っ張り慌《あわ》ただしく病室を出て行った。

「戻らなくちゃいけないみたいですね。畠さんも待ってるみたいだし」

腕をさすりながら由人が野乃花に聞いた。

「修正あるなら帰らなくちゃいけないだろ。仕事終わってないんだから。客商売なんだから」

ぶっきらぼうな口調で野乃花が言い、ベッドを離れて窓に近づいた。

「飯、作ってください、また。うまかった」窓の外を見ている野乃花に由人が言った。

「あの会社ないと東京に居場所ないんすよ僕」

野乃花は何も言わない。けれど、小さな背中の細い肩が小刻みに震えているような気がした。

ふとベッドの下に目をやると、野乃花がいつも持っている小さなトートバッグが倒れ、中に入っているいくつかの物が床に散らばっているのが見えた。さっき野乃花が蹴飛《けと》ばしたのか、歩き方も乱暴だからな、と思いながら、由人は体を起こし、左腕を伸ばして、財布やハンカチをバッグの中に入れた。バッグのわきにカードホルダーが開いたまま落ちている。一枚の写真と鳥の絵が見えた。野乃花がこちらに背中を向けているので、いけないと思いながらも、由人はベッドに体を戻し、それを見た。正子くらいの晴れ着を着た少女がはにかんだような顔をして微笑《ほほえ》んでいる。どことなく野乃花の面影があるような気がしたが、まさかな、と由人は思う。あの社長にこんな大きな娘がいるわけない。いや、でも。

その隣には黄ばんだ紙に鉛筆で描かれた鳥の絵があった。その隣に中島野乃花、と名前が書かれている。杭《くい》のようなものにとまっている小さな鳥の絵だ。ただの鉛筆で描かれた絵なのに、今にも動きだしそうな生々しさがあった。首を傾《かし》げたその姿は、いつ空に飛び立とうか、その頃合いを見計らっているようにも見える。いつの間にか、ベッドのそばに野乃花が立っていて、由人が手にしていたカードホルダーをひったくるようにして、トートバッグに突っ込む。

「社長、それ……その……」

口ごもるように由人が聞くと、しばらく黙ったままバッグの中を整理していた野乃花が顔を上げ、にやっと笑った。

「これ？　ツグミだよ。天才少女が描いたんだ」

勝手に人のもん見るな、そう言いながら、由人の頭をはたいた。

「死ぬこともあるんだぞ」

鼓膜が震えるような声が病室中に響き渡った。赤鬼のような顔をして、クジラ博士がベッドの上の正子を見下ろしながら怒鳴り続ける。

「尾びれで叩かれたら、その衝撃で人間の一人や二人、簡単に死ぬんだ。調査船に乗せて、簀巻《すま》きにして、南極海に突き落としてやりたいくらいだ」

また大きな声を出したが、正子が「ごめんなさい」とあやまると、天井を見上げて、はーーっとため息をついた。

「あの、クジラは……」正子が聞いた。

「あんたが海に飛びこんで大騒ぎしている間にクジラは沖に出た。雄叫《おたけ》びをあげながらな。マッコウクジラがあんな声だすの、俺、初めて聞いたよ。ま、税金の無駄遣いをする厄介者がいなくなって、みんなほっとしているってわけだ。まぁ、それで、俺も役目が終わってやっと帰れるわけだけど。クジラと俺がいなくなって、役場の連中もせいせいしてるだろ」顎鬚《あごひげ》をいじりながら博士が言う。

「……先生、海に戻ったクジラはそのあとも生き続けるんですか？」

「座礁《ざしょう》して水族館とかでちゃんと手当てしてもらったクジラでも、半分が二日以内に死ぬんだ。何にも手当てしないで海に帰ったんだから、あいつは……生きるか死ぬかは半分半分だろうな。……じゃ、まぁ元気でな」そう言って博士は病室を出て行こうとした。正子は海の中で聞いたクジラの咆哮を思い出していた。

「先生、人間とクジラは別の生きものですよね」

「そうだよ」

「私は生きます」

「あんなことしてケガひとつしないあんたはよっぽど悪運が強いよ。せいぜい長生きしてくれよ。雅晴のばあちゃんみたいにしわしわになるまでな」そう言いながら病室の引き戸を開けた。

「先生みたいにクジラの専門家になりたいです」

正子がそうつぶやいたときには博士はもう廊下に出てしまっていた。入れ違いに入ってきたおばあさんが、

「アイス買《こ》うてきたからね」とにこにこしながら白いビニール袋を持ち上げて正子に見せた。正子が好きなソーダアイスの水色が透けて見える。

「あら、なんじゃろねこれは」

おばあさんはそう言いながら、ベッドの上にあった小さな本を正子に手渡してくれた。それはいつか博士が正子に見せてくれたクジラの図鑑だった。

「アイス、そげん食べたかったんじゃねぇ」

おばあさんが泣きだした正子の髪を撫《な》でながら言った。


「ギターのあの音って、どうやって出すの」

正子が携帯に向かって聞いている。携帯は正子の隣のベンチに座る由人のものだ。電話したいところがあるから、とさっき正子が緊張した顔で由人に頼みにきた。どうせ男だろ。僕の妹が急にさかり始めたときとおんなじ声だ。とっとと妊娠して子ど

もでもボコボコ産めばいいんだ。由人は心のなかで毒づく。だけど。そっちのほうがずっといい。リスカするよりいい。ずっとずっといい。

病院の屋上からははるか遠くに海が見えた。最初に見たときと同じ青緑色のとろりとした穏やかな海だ。夏の午後の光を受けて小さな波頭の三角が白く光っている。するりと湾を抜け出して沖に出たクジラと、海に飛び込んだ正子、それを助けた由人のニュースでこの小さな村は大騒ぎになっていた。由人はこの病院のちょっとしたヒーローで、廊下を歩いていても、「握手をしてください」と駆け寄ってくる看護師さんや患者さんがいた。そのたびに由人はおずおずと左手を差し出した。地方紙の記者が取材をさせてほしい、と言ってきたけれど、その話は由人の耳に入る前に、こいつ図《ず》に乗るから、という理由で野乃花が断った。

由人は笑っている正子の顔を盗み見る。にやにやしやがって。正子は夏休みが終わるまでは、おばあさんの家で過ごすことになった。野乃花が正子の両親を説得したのだ。目的を達成するためには、何があっても食い下がる野乃花のことだ。どんなふうにしつこくその話をしたのか、由人には簡単に想像がつく。正子は夏休み中に一度、東京にもやってくる予定らしい。

「みんなで東京タワーに上ってみようか」

一足先に東京に帰る前に、野乃花がいつになくはしゃいだ声で由人に言った。同じころに東京に戻るはずだ、と溝口から聞かされていた畠さんには由人から一度電話をして、一部始終を話した。しばらく黙っていた畠さんは、「社長は死なせませんよ僕が。絶対に」と返事をしてくれた。あんな社長のお守りはもうたくさんだ。由人の肩から、重い荷が降りたような気がした。

正子の隣には、いつも持っている巾着袋《きんちゃくぶくろ》が置いてあって、その上にいつか由人があげた赤いフェルトのハートがのっかっていた。笑い声を上げる正子にいらついて、由人が立ち上がって近づき、携帯のそばでハートを押そうとした。正子が真っ赤な顔をして携帯を手でふさいでいる。おもしろがった由人がもう一度同じことをしようとすると、正子がまじめな顔で携帯を由人のほうに差し出した。キャッチか、と思いながら、正子にハートを渡し、携帯を受け取る。

もしもし。電波が遠いのか、声が聞き取れない。消えそうになる声に必死に耳を傾ける。屋上のフェンスに近づいてみる。誰の声よりも聞きたかった声が聞こえる。もしもし。ミカ。思わず声が大きくなる。ミカの声が途切れ途切れに聞こえる。メール送らないで。絶対に。もう。しつこい。クジラとかわけわかんない。いい加減にして。叫ぶようにそれだけ言うと電話は突然切れた。由人の手から携帯が滑り落ちる。

呆然《ぼうぜん》と左手でフェンスをつかんで立ちつくす由人のそばに正子が近づいてきた。だいじょうぶですか？　由人の顔を心配そうにのぞきこむ正子が手に持ったハートが目に入った。由人はそれを強引にむしり取って、ぜんぜんだいじょうぶじゃねぇぇぇぇ、と叫びながら、思いきりフェンスの向こうに投げた。投げる直前にハートを強く握りしめたせいで、アイラブユーというふざけた声が聞こえた。その声が落下とともに小さくなっていく。あっけにとられた顔で正子が由人を見ている。

東京に帰ってまず行かなくちゃいけないのは宮崎駿のところのような気がした。その前に、でかいビーグル犬のぬいぐるみを買わないといけない。それを抱きしめて思いきり泣くんだ。水の音が聞こえるあの古ぼけたアパートの部屋で。鍵《かぎ》を閉めてたった一人で。自分の心にゆるく由人は誓う。だけど僕は死なない。たぶん。

執筆にあたり、公益財団法人下関海洋科学アカデミー鯨類研究室室長の石川創氏から、貴重な示唆《しさ》と助言をいただきました。

また、文中の方言については新潮社の皆様にお世話になりました。

心より御礼申し上げます。

著者

二〇三頁《ページ》の一部はわかやま　けん他『こぐまちゃんとぼーる』（こぐま社）から引用しました。

参考文献

石川創『クジラは海の資源か神獣か』（ＮＨＫ出版）
水産庁編「鯨類座礁《ざしょう》対処マニュアル（平成24年度改訂版）」
(http://www.jfa.maff.go.jp/j/whale/pdf/manyuaru2012kaisei.pdf)

解説

白石一文

　この文章を書くために久々に本書を通読した。

　私が所持しているのは二〇一二年三月五日発行の第二刷だから、およそ二年ぶりの再読となる。最初に読んだのは東日本大震災からちょうど一年が過ぎた頃だった。

　二年前の感想はいまもはっきりと記憶している。

　最後の一行を読み終えてページを閉じたあと、一つ息をついて、

　――あの頃の自分にこの本を届けてやれたらなあ。

　鼻のあたりがつんとするのを覚えながらそう思ったものだ。

　私が最初のパニック発作を起こしたのは一九九八年の六月のことだった。「パニック障害」の診断を受け、その後数年にわたって発作の恐怖と間欠的な鬱《うつ》症状に苦しんだ。

　四章構成で成立している本書の第一章の章題は「ソラナックスルボックス」。これ

は「ソラナックス」と「ルボックス」という二種の精神薬の名前を重ねたものだ。ソラナックスはベンゾジアゼピン系の抗不安薬、ルボックスは抗鬱剤。どちらもかつて私が服用していたたぐいの薬である。

当時の自分自身については、発作がほぼ消失し、深刻な鬱からも遠ざかってのち、『永遠のとなり』という作品（二〇〇七年）でその一端を描いている。

だが、もしも、症状がひどかった時期にこの『晴天の迷いクジラ』を手にしていたならば、きっと『永遠のとなり』の内容は大幅に違うものとすることができただろう。

むろん、作中で、主人公の追い詰められた心を癒《いや》してくれた貴重な一冊として本書を紹介し、最終章「迷いクジラのいる夕景」の中からはかなりの分量の記述を引用して読者の共感を求めていたに違いない。

二年前、読後の余韻に浸りつつ、一抹の無念さとともに私はそのように強く思ったのだった。

窪美澄さんは、『ふがいない僕は空を見た』という衝撃作をひっさげて彗星《すいせい》のように小説界に登場し、あっという間に現代小説のトップランナーの一人となった作家だ。デビュー作でいきなり第二十四回山本周五郎賞を受賞し、第二作となる本書で第三回山田風太郎賞を立て続けに受賞したことからも、彼女の出現がいかにセンセーショナルであったかがよく分かる。

その後も、『クラウドクラスターを愛する方法』(朝日新聞出版)、『アニバーサリー』(新潮社)、『雨のなまえ』(光文社)、『よるのふくらみ』(新潮社)と着実に作品を積み重ね、どの作においても読者を決して甘やかすことのない骨太で肉厚、手ごわくてただならない小説世界を構築しつづけている。

彼女は、新作が出ると私が必ず読むことに決めている数少ない作家の一人でもある。

本書には三人の主人公が登場する。

四十八歳の野乃花、二十四歳の由人、そして十六歳の正子。

三人ともそれぞれに生き難いほどの深刻な事情を抱え、救いようのない場所にうずくまり、誰の手助けも得られない状況下に置かれている。

その三人がひょんなことから出会い、南の町の小さな入り江に迷い込んだ半ば瀕死《ひんし》のマッコウクジラを見物に出かけるというのが大まかな筋立てである。

由人、野乃花、正子の順に各章で紹介され、最終章でこの三人がようやくたどりつく一つの着地点が指し示されている。構成自体は非常にシンプルなのだが、しかし、作品の真骨頂は三人が各様に抱える苦しみの圧倒的なリアリティーにある。

本書を手にした読者は、由人の苦しみにも、野乃花の苦しみにも、正子の苦しみにも必ずや自分たちが日常生活の中で知らず知らず溜《た》め込んでいるさまざまな苦しみを重ね合わせることになるだろう。

私自身も、中学生になったばかりの息子を置いて家を出た過去と照らして、野乃花の苦悩がとても他人事《ひとごと》とは思えなかったし、幼い頃から強烈な愛情を注いでくれた母親との折り合いの付け方に五十を過ぎたいまも悩む状況から、正子の苦しみが我が事のように感じられて仕方がなかった。そして、好きな女性に裏切られた由人の絶望と、そうならざるを得なかった彼自身のふがいなさに自らの過去を重ねることのない男など、この世間にほとんどいないことであろう。

要するに、本書の中心に据え置かれているのはありきたりな喜びや希望などではなく、私たちが他人の前では口にすることも、匂《にお》わせることもしない、いやそれどころか親密な相手にすら詳《つまび》らかにするのをためらう、ごくごく個人的な絶望それ自体なのである。

そうした絶望をこれでもかというほどのリアリティーで描出しているからこそ、その絶望への困難な対処法をこの小説はとことん追求していくことができているのだ。

窪さんの作品は、『晴天の迷いクジラ』に限らず、どれもすべて、まずは絶望から出発している。

真実の絶望を描くことなしに真実の希望を見出《みいだ》すことができないのは自明だと思うのだが、しかし、実際にはそのような姿勢を貫いている作家は決して多くはない。察するに、家族のしんどさ、親子のすれ違い、夫婦の欺瞞《ぎまん》、人間の弱さやずるさといったものを窪さんはこれまでの人生の中で、おそらくいやというほど目にし、経験してきたのであろう。

そうでなければ、これほどのリアリティーを作品に封じ込めることはできないと私は思う。

だが、窪さんの強みは決してそれだけではない。

彼女はリアルな絶望を知っていると同時に、いのちというもののたしかさをよくよく知っている。

デビュー作では助産師が重要な役どころを演じ、本書では母親とは何かという問いが人物を変え世代を変えて、一貫して提示されている。第三作目の『クラウドクラスターを愛する方法』でも四作目の『アニバーサリー』でもそこは変わりない。ともすれば男という生き物は、人生を「生」と「死」の二局面のみでとらえ、いかんともしがたく死へと魅せられていくものだ。かくいう私もここ十数年、「死とは何か？」を自分の小説の最大のテーマとして追いかけてきている。

ところが窪さんの小説では、生と死にすべてを帰結させるのではなく、それとは別個の存在として、いのちというものそれ自体を核心に据えているのだ。

生とは何か？

死とは何か？

私たち男性はいつもその問いに立ち向かう。

だが、たとえこの二つに明快な答えを見つけることができたとしても、では、いのちとは何か？

と問われたとき、果たして十全に答えることができるのだろうか？

窪さんはそんな鋭い命題を私たちに突きつけてくる。

ひどく単純化して言うならば、彼女の小説が力を持っているのは、生の大切さでも死の大切さでもなく、いのちの大切さを説いているからに他ならないのだ。殺すとか殺されるとか、生きるとか生かされるとか、そういった罪と罰で彩《いろど》られた世界とは次元を異にするもう一つの違う世界が存在する、と窪さんは常に示唆《しさ》する。

本書もまたそうだ。

絶望し、もはや死んでしまうしかないと思い立った三人の主人公は、小さな湾に迷い込み、どうにも外海へと戻れなくなってしまったあわれなクジラの姿を目《ま》の当たりにして、生きるのでも死ぬのでもない、いのちのたしかさのようなものへと徐々に導かれていく。

最終章では、そのような人間存在の奥義《おうぎ》が諄々《じゅんじゅん》とあぶり出されてゆくのだが、その筆運びは、まさしく圧巻としか言いようがない。

小説なんて娯楽の一種に過ぎないといった誤った通念がはびこりつつある昨今、一人一人の人生への救いとなりエールとなる小説がいまでも充分に成立し得るということを、この『晴天の迷いクジラ』という作品は身を以《もっ》て証明している。

そして、窪美澄という作家はそうした至難の試みに果敢に挑戦している稀有《けう》な存在であるということを、この機会に、私は声を大にしてみなさんにお伝えしておきたいと思う。


（二〇一四年四月、作家）

この作品は二〇一二年二月新潮社より刊行された。

晴天《せいてん》の迷《まよ》いクジラ

新潮文庫 く－44－2

平成二十六年 七月 一日 発行

著者 窪《くぼ》 美《み》 澄《すみ》

発行者 佐藤隆信

発行所 株式会社 新潮社

郵便番号 一六二―八七一一
東京都新宿区矢来町七一
電話 編集部(〇三)三二六六―五四四〇
読者係(〇三)三二六六―五一一一
http://www.shinchosha.co.jp

価格はカバーに表示してあります。

乱丁・落丁本は、ご面倒ですが小社読者係宛ご送付ください。送料小社負担にてお取替えいたします。

印刷・大日本印刷株式会社 製本・憲専堂製本株式会社

ISBN978-4-10-139142-7 C0193